ひめぎみ考

王朝文学から見たレズ・ソーシャル

小林とし子

笠間書院

はじめに

随分と昔のことになりますが、『源氏物語』の玉鬘巻の文章を使って古文の試験問題を作っているとき、豊後介が姫君玉鬘のために食事の仕度をしているシーンを読んでいるうちに「男が女性のために食事の仕度をしている。どうして?」という素朴な疑問を持ちました。「どうして?」と思ってもすぐに答えの出る問題ではありませんでしたから、しばらくは疑問は疑問のまま年月が経ってしまいました。私は食い意地が張っているせいか、食事に関する記事がひどく気になるところがありましたので、そこで、気をつけて見ていると、他の作品や絵巻物などからヒントになるシーンがいろいろ見つかって来ました。

一応納得のいく結論が見えてきたような気がしましたので(まだまだ分からないことはいくらでもあるのですが)、このような形でとりあえず本書に纏めてみました。玉鬘の食事のシーンからたどり着いたものは結局、「姫君とは何だったのか」という極めて単純なテーマでした。追究しているうちに、姫君という当時の〈文化装置〉の果たした役割がたいへん大きかったこと、古代からの高貴な女の威力が——すでに男系観念も強く家父長化も進んでいる時代とはいえ——まだ根強く残っていて、高貴な女主人を中枢とした女文化、女社会と言えるものが生き生きと躍動していたことが見えてきました。この〈女社会〉というものを、男社会＝ホモ・ソーシャルに対応する概念として、造語なのですが〈レズ・ソーシャル〉と格好よく名付けてみました。

古代は血縁によって結束・連帯する家族形態が中心だったと言いますが、そうなると一族の中枢は結果的に「母」ということになるでしょうか。その母を中心にした血縁あるいはその拡大した形である非血縁も交えた女の共同体が連帯・結束するものとして、男社会と対応する形で自立したものとして存在したのではないか、ということから考えてみました。とは言え、世の中は有史以来、男系成立に向かってどんどん進んでいきますから、女社会は男による制度の外側に追いやられていた、と言えます。しかし、家父長制成立以前、それはつまり女の〈嫁入り〉が一般化する以前ということになりますが、このような形の女の共同体が経済的にも文化的にも自立した力を放っていたこと、それを前提として当時の社会やそこから生まれた文学作品を読み解いていく必要があるように思います。

しかし、この〈レズ・ソーシャル〉の時代が理想であるとか、現代においても復活を、などとは、到底言えません。いわば土俗的な人間のしがらみに縛られたような共同体だったでしょうから、その社会を生きるのは非常に厳しいものがあったはずです。紫式部が『紫式部日記』に憤懣をこめて書き記したように、身分高き者によって支配されて生きざるを得ないという面がそこにはあって、個人の主体性などどこにあるのか、ということになります。心身ともに誰にも支配されることもなく、自分の主体性を持って生きられる社会や家や組織というのが理想のはずですが、古代の、とくに〈王朝のレズ・ソーシャル〉はそのような自由の感覚とは無縁に、古代の論理と制度によって成り立っていたと言えます。

また、家父長制が進み、女の嫁入りが一般化すると、制度としての〈家〉では生きられない女たちが必然的に生まれてきて、そして排除されていくという現象が生まれます。その女たちを引き受けるものとして制度外としての女社会＝レズ・ソーシャルが機能したのではないか。たとえば女性芸能者集団としての瞽女さんあるいは東北の巫女集団のイタコの世界、そして花柳界などが浮かんできます。いずれも制度としての家から排除された女たちが、女性の主宰者（女主人）を「親分」「親方」として、その「娘分」たちが非血縁ではあるものの擬似的な家族を形成していくという形が見られます。生業としての芸の力を発揮していく社会です。しかし、芸によって生きて来た人々が、いわば制度外の、あるいは社会の底辺の存在であったことは確かで、そこに生きるのは過酷なものがあったはずです。つまり、女社会＝〈レズ・ソーシャル〉とは社会の底辺へと追いやられていくものでした。

平安時代の女社会、〈王朝レズ・ソーシャル〉は、社会の底辺ではないとは言え、男性による制度の外側の存在、あるいは裏側の存在に過ぎない、しかし、逆に制度外であるからこその威力を——制度外ならではの矛盾・葛藤をも抱え込みながら、ですが——放っていたのではないか、と思えます。

その女社会を悩みながらも生きた、優れた女性たちによって書き記されたものが平安から鎌倉時代にかけての文学作品であって、そこからはその時代と社会を生きたものならではの認識と美意識が見えてきます。さらに気迫も覇気も批判精神もあります。彼女たちが格闘したものは、現代の私たちにとってもやはり同じく格闘して見据えていくべき問題ではないかと思うのです。〈王朝レズ・ソーシャル〉への批判も含めてですが、今後も検証していきたいと思っています。

ひめぎみ考——王朝文学から見たレズ・ソーシャル　目次

夕顔　死と再生の物語――『源氏物語』 225

女神のお食事

女神幻想

女の聖性あるいは霊性などというものが本当に存在するとは我々はもちろんのこと、古代の人々も信じてはいなかったに違いない。聖なるものとはあくまで虚構であり、幻想という装置として機能したに過ぎないと思われる。しかし、それは我々の共同体が組織化されるに従ってシステムとして必要なものであった。

例えば古代において血縁に基づく共同体や何らかの意思に基づいた集団が成立してゆくときには、その中枢は出来うるならば神々の血統であってほしいと願うのが本来だと思われる。各氏族ごとにそのような幻想が生まれる。共同体の中枢が神であり、あるいは神の末裔であると幻想されたならば、それが共同体メンバーによる誇り、アイデンティティにもなり、全体を統《す》べる要となる。幻想とは共同体結束のための旗印であった。

さらに、血縁集団が拡大した一族郎党というような集団においても、また何らかの主義に基づいて結成された共同体においても、その中枢にはカリスマ的なものが求められる。そこに、マックス・ウェーバーの言うカリスマ的支配が起こると思われるのだが、このようなわけの分からぬ聖性に基づくカリスマ的支配は現代社会においてもある意味で有効に機能する場合もあるだろう。天皇制もそうだろうし、また家元制度や、何らかの団体・集団、会社組織にも見られるものである。

はるか原始の時代に女に聖性が求められたとすると、それは母なる女が血縁集団においては中枢であり要であると見なされたからだろうと思うのである。次々と生命を生み出してゆく母なるものは神秘であり、畏怖そのものであったろうから。

母なる女王が中枢となる共同体において、その聖性は儀式の場においてアピールされなければならなかった。その一つの例が、神に捧げるごとく捧げられる食事ではなかったか、と思われる。女神の食事は神饌《しんせん》として供奉されるものだった。

聖なる女は女神なのであるから、それにふさわしい食事が供えられなければならない。全国の神社では、神職の方が朝に夕に神饌をお供えしておられるそうだが、——例えば伊勢神宮では聖なる女神・天照大御神《あまてらすおおみかみ》に千五百年もの間ほとんど一日も欠かすことなくお食事が供えられている——それと同じように〈聖なる女〉の食事はあたかも神饌であるかのようにうやうやしく捧げられるものであった。

配膳する男

『源氏物語』に次のような場面がある。姫君である玉鬘のために、夕顔の乳母子である豊後介《ぶんごのすけ》が食事の用意をするところである。その様子を右近がうかがっている。

この豊後介、隣の軟障《ぜじやう》のもとに寄り来て参りものなるべし、折敷《をしき》手づから取りて「これは御前に参らせたまへ。御台などうちあはでいとかたはらいたしや」と言ふを聞くに、わが並みの人にあらじと思ひて、もののはざまより覗けば、この男の顔見しここちす。

——この豊後介が軟障のところへ寄ってきて、姫君のお食事なのだろう、折敷を自ら取り上げて「これは姫君にさし上げてください。お膳などきちんとしたものがなくてたいへん心苦しいのですが」と言っているのを聞くと、相客の主人は、自分たちのレベルの身分のものではあるまい、高貴な方なのだろうと思って右近が隙間から覗くと、この男の顔を見たことがあるような気がする。

この時、かの夕顔の君の遺児である玉鬘は落ちぶれてしまって、流れ流れの窮乏の生活に陥ってしまっていた。玉鬘は本来ならば高貴な血統の姫君なのだが、母の夕顔に死に別れ、父の大臣とも生き別れの有様で、乳母一家に養われてさすらいの生活をしていたのだった。それでも母夕顔の乳母子にあたる一家の主、豊後介が姫君の食事の仕度にあれこれと気を遣っている様子がここからうかがわれる。このことからも玉鬘が落ちぶれたりとはいえ高貴な姫君として大切に遇されていることが分かる。

ここで問題としたいのは、男である豊後介が食事の采配をしていることである。玉鬘の傍には落ちぶれてはいても乳母や女房や下女もいる。にも関わらず男である彼が食事の仕度をしているらしい。

ところで、豊後介が行なっていたのは、本文では明確ではないのだが、どうやら配膳ではないかと思われる。配膳とは、器に料理を盛り付け、その器をお膳の上に並べるという一連の行為のことである。調理された料理・折敷《おしき》・食器などが軟障《ぜじょう》のところにあったのを彼が料理を器に盛り、折敷に並べるという〈配膳〉をしていたのではないかと、そこまでは書かれていないが推測ができるのである。また豊後介のこの言葉から、それを聞いていた右近（彼女は夕顔の遺児玉鬘の行方を探していた）は、彼の主人が普通の身分のものではない、よほど高貴な人なのだろうと推測する。その推測の根拠を考えれば、正式なマナーに基づく食事のあり方や、この豊後介のような男性による食事の仕度が高貴さの表れであったものと思われる。つまり、配膳である。

当時の貴族の邸宅においてどのような食事の仕度がなされていたかについては、鎌倉時代の絵巻物にいろいろと描写がある。この豊後介と重なり合うところがあるので、図Aを見ていただきたい。

これは鎌倉時代末期に制作された絵巻物、『春日権現記絵《かすがごんげんきえ》』の一部で、貴族の館における厨房の様子がまことに生き生きと描かれたものである。厨房にはまず炉にかけられた鍋や火の様子を見ている人物が二人いる。髪が長いことや烏帽子《えぼし》を被っていないこと、衣装から見て二人とも女かと思われる。次に俎板《まないた》で包丁を使っている男、そして、手前には配膳をしている男がいる。配膳する男の前には一人の女がお膳を一つ運んで来ているが、（この女は布巾らしきものでお膳を拭いているように見える）、ここでは厨房で調理を行っているのは女であり、包丁、配膳という仕事を行っているのは男たちである。

次に図Bを見ていただきたい。これは同じく鎌倉末期制作の『松崎天神縁起絵巻《まつざきてんじんえんぎえまき》』のワン・シーンである。描かれているのは、播磨守有忠《ありただ》邸の部屋の様子である。

このシーンはあたかも図Aの続きであるかのようなシーンである。左端の縁側には一人の男がお膳を抱えて立っている。厨房で配膳したお膳を主人の部屋へと運んできたらしいのだが、しかし男は部屋には入らず、縁側のところで侍女に手渡している。

部屋の中を見ると、奥の方に几帳を傍らに添えて女主人が半ば横たわってなにか書いている。少し手前、男主人が畳の上に座って刀剣の手入れらしきことをしている。あとは女たちが四人、縁側には子犬もいて、陽気で裕福そうな様子が窺われる。

この二つの例は、ともに貴族階級の裕福な家の食事のあり方を如実に示しているように思われる。Bの例は、受領階級ではあるものの明らかに高貴で裕福な生活ぶりが描かれているのであり、国司というものが権力、経済力を誇る、あたかも地方における〈王者〉的な存在であったことが窺われる。このような邸宅における食事の準備に際して、男性の担う役割がどのようなものであったかがこれらの絵からは分かるのである。この男たちは包丁人と配膳のプロ、つまりは食膳の専門であったのかもしれない。

この館の厨房風景と食事の準備をする男たちというものに注目すれば、この配膳する男たちはかの豊後介の姿と重なる。豊後介は専門というわけではないだろうが、配膳に関する心得を持っていたということだろう。なお料理辞典（『日本料理伝統・文化大事典』プロスター　二〇〇八年）によれば、当時の料理は陰陽五行説の理論に則ったものだそうである。またこの陰陽の理論による料理は現代でも日本料理の根本になっているとのことである。絵の中のお膳の上のご飯が山盛りになっているのは、山の姿をかたどったものだとか。山の霊力が盛

図A　貴族の館における厨房の様子（『春日権現記絵』東京国立博物館蔵）
（小松成美・久保木彰一『春日権現験記絵（続日本絵巻物大成）』中央公論社、1982 年より）

図B　播磨守有忠邸の部屋の様子（『松崎天神縁起』防府天満宮蔵）

り込まれているのである。

豊後介は旅先の不如意な状態であっても食事の配膳をこなし、下女の三条を呼んで「これを姫さまに差し上げてください」とお膳を渡している。その姿はこの図Bの男と同じである。流浪して落ちぶれたりとはいえ玉鬘は本来ならば大臣家の姫君なのであり、豊後介自らも筑紫にいたころはこのような貴族的生活をしていたはずである。これらの例から言えることは、食事のあり方や男性による配膳が主人の高貴性を表わしているということである。

この高貴性を突き詰めていけば、それは神の神性に繋がってゆく。


儀礼的食事の源は神饌にあるとされる。神饌とは神に捧げる食事のこと、つまり神が召し上がるものである。伊勢神宮でも天照大御神と豊受大神《とようけおおかみ》が食事をするという設定になっている。この神々が女性神であることは注目したい。女性の神と、神に準じるとされる〈聖なる女〉と男による配膳は密接に結びついているように思われる。この女神たちに伊勢神宮では創設以来千五百年もの間ほとんど一日も欠かすことなく朝と夕の二回、神饌は供奉されるとのことである。

『伊勢神宮の衣食住』（矢野憲一著　角川ソフィア文庫　二〇〇八年）によれば、神饌の調理・準備は朝の四時半ごろから始まる。それからお膳に配膳され、お櫃に入れられる。そこから伊勢神宮の外宮の御饌殿《みけどの》に神職の男性たち――禰宜《ねぎ》、権禰宜《ごんねぎ》、宮掌《くじょう》の各一名と出仕二名によって運ばれる、とのことである。著者の矢野憲一氏は伊勢神宮の神職の方だが、ご自身の経験によれば、集中豪雨のひどい最中も休むことなく膝のあたりまで水に浸かりながらも御饌殿に神饌を運んだとのことである。

御饌殿に運ばれた神饌はそのまま神座に供えることになる。その役割は現在では男性が行なっているが、かつては童女によってなされていたという。給仕の役割は女性であった。この点は、玉鬘の例でも、さらに前述の絵巻の例でも同様で、主人の前に直接お膳を供えるのはいずれも女性たちである。

王や貴族など神に準じると幻想された人々は、この神饌の形を模倣する形で食事の作法を整えていったものらしい。このような儀礼的作法で聖性を作り上げ、演出したのだと言える。〈配膳〉とはつまりは〈女神の食事〉のための特別なものであったと思われる。

王のための儀礼的空間とは、神の聖性が生きるハレの空間として捉えられる。ここで押えておきたいことは、そのハレの空間とは、図Bに見られるような〈女の空間〉であったことである。図Bの豊かそうな室内の風景。国司夫妻がくつろいでいる様子が描かれているが、この空間の中心は、主人の男の方ではなく女主人の方にあるように見える。ここは女たちの部屋ではなかろうか。女主人は部屋の奥まったところに鎮座しており、背後にあるのはおそらくは塗籠《ぬりごめ》と思われ、その姿は自分がこの空間の中枢であると言わんばかりに見える。それに対して男主人はその傍らにいる、という様子である。また、部屋にいる人物はすべて女房たちである。彼女たちは女主人の配下の女房たちであろう。

中世以前の貴族や豪族の居住空間では、男の領域と女の領域は分かれていたとされる。女主人は〈女の領域〉で自分の配下の侍女たち〈女房〉を率いて主人として君臨して暮らしていた。その名残は、近世においても〈奥方〉〈奥向き〉〈大奥〉として武家や公家の邸宅のなかに北の方や御台所の統べる女たちの区域としてあった。古代の結婚形態である〈妻問い婚〉がこのような形で残っていたと考えられ、その女の空間を〈婿〉である男が訪問することになる。この図のなかの男主人は、夫婦同居の住まいではあっても女の領域にやってきた婿殿として把握できるのである。この女の空間は、古代の女系・母系の家族形態の名残であって、図Bの世界が女主人を中枢とする、あたかも竜宮城のような世界であるとすると（竜宮城の主人は乙姫さまである）、その世界は非日常のハレの空間でなければならない。ハレの空間は儀式的演出によって作り上げられるものであり、その演出する方法の一つとして食事があったと言える。専門の料理人と配膳のプロによってなされるのが、あたかも神饌のごときハレのための食事であったと思われる。

ところで、平安時代の姫君は何を食べていたのかという点については資料がほとんどないので不明なことが多い。宮廷の宴会料理（大饗《だいきょう》料理という）の記録では、まず山盛りのご飯、魚介類（これは刺身のようなものらしい）、干し肉の類、野菜料理など、現代の日本料理の原型を考えればいいらしいのだが、ただし味付けは今とはかなり異なる。醤油がまだ発明されていないし、鰹や昆布の出汁も生まれていない。味付けはお酢や味噌の原型といわれるひしおで行っていたらしい。お酢にいろいろの薬味を加えて鯛や鰹の刺身に和えたという話があるのだが、これは食べてみるとおいしいかもしれない。

ところで、図Bでは配膳の男が運んできた御膳は一人分である。室内には男主人と女主人の二人がいるのにこの御膳は一人分しかない。この御膳ははたしてどちらが食べるのか、と考えれば、どうやら女主人ではないかと推測したい。女の空間の主宰者たる女神に捧げられる御膳であったろう。女主人は女神のごとくゆうゆうとして食事を捧げられるものであった。みずから厨房に赴いておしゃもじなど握ってはいけないのである。

男神のお食事――藤原道長の配膳行為

男性による配膳とは、一応女神と幻想される高貴な女主人のための特別なものとして捉えられる。では、主人が男の場合は誰が配膳するのか。神は女神とは限らない。男の神も当然ながら存在する。しかし神というべき天皇の場合は台盤所《だいばんどころ》において配膳をこなすのは女性たちであった。男の主人の場合はその至高性は当然のこととして、わざわざ男による配膳行為は行われなかったのではないか。あるいは、男のための男による配膳があるとすれば、それは特別の配慮がある時であったかもしれない。次に例として挙げたいのは、その特別の出来事の例とみなされるもので、『大鏡』に記述された藤原道長による配膳の事例である。これは男性のための、男性による配膳の例であった。

かくせめおろし奉りたまひては、また御婿にとり奉らせたまふほど、もてかしづき奉りたまふほど、御有様まことに御心も慰ませたまふばかりこそ聞こえはべりしか。御膳《おもの》まゐらするをりは、台盤所におはしまして、御台や盤などまで手づから拭《のご》はせたまひ、何をも召し試みつつなむまゐらせさせたまひける。御障子口《さうじぐち》までもておはして、女房にたまはせ、殿上に出だすほどにも立ちそひて、……。

『大鏡（上）』左大臣師尹（小一条院）

——このように敦明《あつあきら》親王をむりむり東宮の地位から御下ろしになって後、道長は自分の娘の寛子《かんし》と結婚させ、つまり婿に取って敦明を大変大切にお世話なさった。御膳をお出しになるときは、自ら台盤所にいらっしゃって、食事の御台や盤などもきれいにお拭きになったり毒見をなさったりした。その御膳を障子口まで持って行って、女房にお渡しになる。敦明に御膳を参らせるにもお立合いになった。

三条天皇の皇子、敦明親王は皇太子の地位にあったのだが、ただこの敦明親王の母は藤原済時《なりとき》の娘娍子《せいし》であって藤原道長の血筋ではない、というわけで、時の権力者道長としてはいささか排除したい皇太子だということになる。道長としては、この敦明ではなく、娘の彰子《しょうし》が産んだ一条天皇の皇子敦良《あつなが》親王を東宮位に就けたくてたまらない、という事態になっていた。そこで日頃からの道長からの圧迫がいろいろあったものであろうか、ついに敦明は皇太子の地位から退くことになった。その代わり上皇に準ずるという意味で小一条院《こいちじょういん》という院号が与えられた。敦明が東宮位を退いて三日後には道長の孫である敦良親王が東宮となる。敦明親王を退位に追いやった道長としては大いに気を遣うところで、その後いかに小一条院を大切に遇したかが述べられているのが引用した記事である。

いかに大切に遇したか、その証しが小一条院と娘の寛子を結婚させたこと、つまり婿に迎えたことと、そして道長自らが小一条院の食事の世話をすることとして記述されている。この御膳の仕度の様子は、配膳行為と解していいのではないかと思う。ただしこれは女神ならぬ男に対する配膳である。

御膳というものを神に捧げる神饌の模倣として考えると、ここでは小一条院が神として遇されていることになる。東宮の地位から敦明を下す代わりに「我が一族を上げてあなたをわが主、わが神と見なす」という意思表示が政治的意図に基づいて道長によってなされたと解釈できるところである。日常的には小一条院の御膳は台盤所において女房たちが配膳していたのではないかと想像されるのだが、それをわざわざ道長が行なったところに意味があったと思うのである。

敦明親王はいわば政治的敗北者であった。そのまま葬り去られてもしかるべきではあるが、敗北者を神と崇めて慰撫するという方法が道長によってなされたと考えられる。いわば怨霊の封じ込めに繋がるものであり、道長はみずからが追いつめて東宮位から追い出した敗北の敦明親王を、神として崇めることによって贖罪としたのだった。その行為が配膳としてあらわれているように思われる。小一条院に対する神饌のごとき御膳のための配膳行為にはこのような特別の意味があったと言えよう。

夕顔の乳母子である豊後介が乳母一家の男主人としてわが姫君の玉鬘のために食事の仕度をしたことと、道長のこの行為とは本質的に同じであろう。それは御膳を供える相手をわが神と見なす、我が一族を上げて奉仕するというデモンストレーションでもあったように思う。

御膳を捧げられた人物は、いわば〈わが神〉と見なされたのであるから女神であろうが男神であろうが、それを受け入れて神のごとく生きる、それによって一族の結束と安泰が守られるという思考があったことがそこからうかがわれる。したがって神みずからが食事の仕度をしてはいけないのだった。神は、一族のものの総意のしるしとしての神饌を受け取らなければならなかった。それが神の、そして女神のお食事の理念であった。

配膳する女——伊勢物語〈高安《たかやす》の女〉

この女神のお食事の理念に反することをしてしまったがために婿殿から愛想を尽かされてしまった女性がいる。『伊勢物語』二十三段に出てくる〈高安の女〉がその人である。

一般的には、女性が飯を椀に盛るのは別に不思議なことではない、とされる。それが「当たり前のこと」と思ってしまうのは「食事の仕度をするのは普通ならば女性だ」という一種のジェンダー規範とも見られる。しかし、ここではその規範に反して「椀に飯を盛ってはいけない女」がいるという例である。

『伊勢物語』の二十三段は有名な筒井筒《つついづつ》の物語である。筒井筒のつまりは幼馴染の初恋が実って男と女は結婚した。女は〈大和《やまと》の女〉である。ところがその〈大和の女〉の家が経済的に逼迫し始めたので生活がだんだんと成り立たなくなり、男は山を越えて河内の国高安の郡に住む女のもとへと新たに通うようになった。そこに〈高安の女〉が新たな妻として登場したわけである。

問題は、その〈高安の女〉である。

まれまれかの高安に来てみれば、はじめこそ心にくくも作りけれ、今はうちとけて、手づから飯匙《いいがひ》とりて、笥子のうつはものに盛りけるを見て、心憂がりていかずなりにけり。

――まれまれにかの高安の女のところに来てみると、女は始めのうちこそは奥ゆかしくしていたけれど、今はすっかり気を許してしまって、自分でしゃもじを取って笥子の器に飯を盛るのを見て、嫌気がさして高安の女のところへは行かなくなってしまった。

　この男が「心憂がりて」行かなくなってしまった原因が「手づから飯匙とりて笥子のうつはものに盛りける」という行為にあったというのだが、この行為の孕む問題点は現代のわれわれにはあまりよく見えてこない。ただ、この女をかの玉鬘と比較した場合、姫君と言えるような高貴な女性は自らおしゃもじを取って食事の仕度などはしないものだとは言えそうである。

図C『嵯峨本 伊勢物語』（国立国会図書館蔵）

　この〈笥子〉については日常的な食器の類とする説と、〈家〉に属する家人《けにん》の食器とする説とがある。「笥」については用例がいくつかあって「食器」であることは明らかなのだが、「笥子」については数少ない用例ながら〈家〉の従者たちの食器のことかと推測されている。

「笥子」が単に器の意味であるならば彼女は自分の器に自ら飯を盛ったことになるし、また「笥子」が従者も含めた家族たちの食器であるとすると、彼女は家族の食事の用意をしていることになる。だが、これは高安の女が領地を統べる豪族の女首長であると考えれば、食事の用意をしているというよりは家刀自《いえとじ》としておしゃもじを握って食事の配分を行ったと考えられる。つまりは〈配膳〉である。これは後世の主婦権と言うべきものだろうか。

『伊勢物語』の絵巻物などでは、この高安の女が〈飯を盛る〉場面が題材として取り上げられているものがいくつかある。それによれば館の厨房らしきところで高貴な女が（十二単を着ている）大きな飯櫃から器に飯を盛っている。それを「昔男」らしき男が垣間見をしているという場面構成になっている。飯櫃の傍らにはお膳や食器が置かれ、女の前には二、三人の男がそれを受け取るように立っているという場面もある。これはすなわち〈配膳〉行為である。絵が示すように中世以来、『伊勢物語』のこの場面の解釈では、この女の行為は〈配膳〉とされてきた。

かの「昔男」がこの女に「心憂がりて」行かなくなってしまった理由として、この〈配膳〉が上げられそうである。玉鬘の場合は、〈配膳〉はかの豊後介が行っていた。それを、例えば玉鬘が行なうことには問題があった。同じように、高安の女もこの行為はしてはならなかったのだと考えられそうである。

ハレの空間においては、食事つまり御膳とは女主人の聖性を演出する重要な要素の一つであったとすると、女主人による配膳はいささか問題である。

かの〈高安の女〉、彼女は婿を迎えるにあたって「はじめは心にくくも作りけれ」というようにこの演出をきちんと行っていたものらしい。しかし、いつもいつも非日常を演じることはできなかったものか、ある時から「今はうちとけて」という有様になった。ハレの世界から日常のケの世界へとずるずると戻ってしまったのである。

彼女の日常生活とは、地方豪族の家刀自としての采配にあったのであろう。一族郎党の食事の分配を行うという後の主婦権のようなものを行使する風習が家刀自の役割の一つとしてあったはずである。その主婦権を発揮して〈家〉の支配・統率を行っていた。それが彼女の日常だったと思われる。

〈高安の女〉の〈家〉がどのようなものかは具体的には書かれていないが、おそらくは古代の部族の王国の残滓《ざんし》というべき地方の首長、つまり〈王の家〉だったのではあるまいか。その女王としての統治に際しては、カリスマ性が求められた。聖なる巫女王、つまりはヒメのイメージがかつてはあったはずである。それが『伊勢物語』の時代である九世紀になると、そのカリスマ的巫女王の必然性は失われつつあったのではないか。それは聖なるものの喪失を意味する。その聖性の喪失をこの〈高安の女〉は象徴的に表している。女神のお食事に表される聖なる女神の精神はすでに古代的なものとなりつつあったと考えられる。

平安時代というささか〈近代精神〉に基づく時代に入れば、この古代的感覚はもはや時代遅れの産物として廃れてゆくものであったようである。地方においては、豪族の家刀自に人々は神聖さを求めなくなっていたのではないか。〈高安の女〉の女神のお食事否定は、この時代の精神性の変遷を象徴的に表している。しかし、『伊勢物語』は今は失われようとする古代の感覚の中に、古き良き時代の精神性を見ようとしているのである。『伊勢物語』が愛惜を込めて描いているのが、〈高安の女〉と対照的に描かれている〈大和《やまと》の女〉であった。〈大和の女〉の姿にはこの古代のヒメの精神というべき女の誇りが込められているのである。夫が〈高安の女〉のもとへ通うようになっても嫌な顔一つせず夫を送り出す、そして化粧して夫の安全を祈る和歌を詠む、というところにそのヒメたる誇り高さが現れている。化粧するというのはおそらくは化粧によって巫女となり、あるいは神へと変身することを表わすものと思われる。神となった上で夫の加護を祈る、というのはたとえ落ちぶれていても、力のない妻ではあっても、夫を護ることが出来るのは〈私しかいない〉という誇り高さのゆえであろう。だからこそ、夫が高安に通うようになっても嫉妬もせず彼女は超然としている。これは女神としての超越性である。『伊勢物語』はこの古代的とも言える女神の超越する精神、その誇り高さを描いている。この超越する精神は、王朝時代の高貴な女たちのなかに生き続けた。たとえば『枕草子』の伝える定子《ていし》皇后の姿もこの精神を生きようとするものであった。

古代性が失われようとする地方に対して、都では神の末裔たちが華やかで雅なる世界を作り上げていた。天皇をカリスマ的中枢に据えた貴族たちは、自分たちの世界を儀式的に演出していく。それは劇場国家と言うべきものであった。神々の世界の幻想は失われたかもしれないが、その模倣としての〈王の世界〉が演出されたのだ。それは〈神の世界〉に対する〈もどき〉に過ぎないとしても、聖性を発揮し続けるための様々の装置が宮廷には設定された。

神饌を思わせる主人の食事も、高貴さや聖性を保証するものであった。御膳という演出もひとつの文化的装置として捉えられる。また、聖なる女という装置は平安時代においてはまだまだ威力を発揮するものであったに違いない。宮廷では、女主宰者というべき皇妃を中心とした女たちの集団がいきいきとみやびなる文化活動を行っていった。これは一種の女社会の躍動である。聖なる（と幻想される）女主人を中心とした女社会の力がまだまだ生きているし、そこから女の文化が生みだされていった。時代は男性たちによる摂関体制のもと女たちの世界は政治権力の構造の中に組み込まれてゆくが、古代のままではないにしてもその余韻の中で女文化を醸し出していった。後宮において女神を中枢に据えた女社会の精神は躍動を続け、その中から数々の女房文学が生まれたのである。

京都祇園の〈配膳さん〉と女社会

京都の花街、祇園には今は廃れてしまったが、明治のころまでは〈配膳さん〉と呼ばれる男性の仕事人たちがいたそうである。『京の花街ものがたり』(加藤政洋　角川選書　二〇〇九年)によれば、その男性たちが赴く宴席は主に祭礼・婚礼などの神事に関わるものであったので裃《かみしも》着用の正装であったという。そして、お膳に椀・皿などの食器を配し、さらに宴席にお膳を配列するという役割を担っていた。この〈配膳さん〉と呼ばれる人々は、京都の数ある花街の中でも祇園と三本木《さんぼんぎ》に限られていたそうである。

ところで、この祇園と三本木に関して、前述の著書によれば面白い言い伝えがある。この二つの花街の芸妓たちは、近世初頭のころ高台寺の庇護のもとにあった白拍子たちのその後の姿であるらしい。なんでも豊臣秀吉の北の政所《まんどころ》の「おねね」が太閤秀吉の死後京の三本木に隠棲したところ、多くの白拍子たちが参集してきて住み着いた。次に「おねね」が高台寺を創建して移り住むと、それにつき従って白拍子たちも高台寺周辺に集まってきて、高台寺の傘下のものとして「おねね」のために舞や歌を奉仕しつつ過ごした。「おねね」の死後は彼女たちの住んでいた高台寺周辺の区域は下河原の遊里として発展したが、その後に発達した祇園の方へと吸収されていった、というのが祇園花街のルーツに関する言い伝えである。ここから考えると、祇園の芸妓の世界は白拍子を淵源とする女性芸能者集団であったということになる。

この世界特有の〈女社会〉に注目したいのである。祇園に見られる〈女社会〉は、いわゆる売春を目的とした遊郭とは異なり、男性による支配や管理を受けることなく女性が主導権を握っている社会と言える。また、この世界では芸妓・舞妓たちによる擬似的な女系血縁家族が見られる。つまり「おかあさん」と呼ばれる置屋の女主人のもと、配下に姉貴分と妹分の芸妓たちを擁するというある種の女系家族のようなものが、非血縁ではあるものの形成されている。このような擬似的女系家族は、平安・鎌倉時代の遊女の世界にも見られるものであるし、また母系・女系に基づく家族のあり方が、古代においてはむしろ一般的なものであったことは『源氏物語』や『蜻蛉日記』の記事からも知られるところである。

女社会とは、女主宰者によって統率された擬似的な女系母系血縁家族集団である。その女主宰者はかつては女神として幻想された。そしてそこには女神に御膳を捧げる男の配膳が見られる。祇園花街にかつて存在した〈配膳さん〉とは、女社会の残滓とも考えられるし、そこにかの豊後介のまぼろしもほの見えるのである。

十世紀に書かれた『蜻蛉日記』では、筆者は母・姉・叔母とともに暮らしている。それぞれには夫がいるが皆〈通ってくる夫〉であった。この形は祇園に代表される花街の形とまことによく似ている。花街においては、女の家に男の客があたかも〈婿〉であるかのように通ってくるという点で、これも古代の〈妻問《つまど》い〉〈通い婚〉の一形態であると言えなくもない。飛躍して言えば、古くからの結婚形態がこのような形で花街に残ったのだと言えるかもしれない

しかし、平安時代の〈通い婚〉や〈婿取り婚〉の形は失われてゆき、やがては〈嫁入り婚〉が一般化してゆくと、かつての母親主導型の母系家族から父親主導型の家父長制による家族へと転換していった。それによって、〈女社会〉は正統なものではなくなり、その結果、社会の制度から外れた女たちの集団のなかに生き残ったと考えられる。裏社会へと追いやられゆくもの、それが〈女社会〉であった。

古代の文学作品、特に平安・鎌倉時代の宮廷や貴族社会の中から生まれた文学作品を読むには、この〈女社会〉の原理のごときものを軸に据えなければ読み解けないものがあるように思われる。豊後介が〈わが姫〉である玉鬘のために食事の仕度をする風景の〈ウラ〉にあるものは何か。それを突き詰めていったときに見えてくるものがある。それが、原理として存在する〈女社会〉の活動である。

『魏志倭人伝』の一節

次にあげるのは『魏志倭人伝《ぎしわじんでん》』の一節である。

（倭の国はもともと王は男であったが、動乱が起こったので女の王を立てた。）

名卑弥呼、事鬼道、能惑衆、自謂、年已長大、無夫婿、有男弟、佐治国、以婢千人、自侍、唯有男子一人、給飲食、伝辞出入其居処……。（東洋文庫613『邪馬臺国論考1』より）

――名は卑弥呼《ひみこ》という。鬼道《きどう》を事として人々を惑わし、神の意を告げる。年齢はかなり高い。夫はいない。弟がいて国の政治を補佐している。侍女たち千人にかしづかれて暮らしている。ただ、一人の男だけがその女たちの中に飲食を給するために出入りしている。そして、卑弥呼の言葉を伝えている。

西暦三世紀の頃、日本のどこかにあったと伝えられる邪馬台国《やまたいこく》。その女王であった卑弥呼の生活がかろうじて知られる一節がこの文章である。卑弥呼は女たちの集団の中で暮らしているという。婢千人というのは誇張であろうが、どうやら女集団の中枢として卑弥呼は存在していたらしい。この女性集団が〈女社会〉ではなかったかと思えるのである。

さらには、その女性集団の中に男子一人が飲食を給するために出入りする。この「飲食」とは具体的には記されていないのだが、この男性はあるいは卑弥呼の食事を支度してかつ〈配膳〉をしていたのかもしれない。〈配膳する男〉の最古の事例がここにあるのではないかと想像してみたくなるのである。卑弥呼は神のごとく聖なる存在として神饌を捧げられていたと想像される。女神のごとく生きる女主宰者に捧げられる食事の例がここにあるとすれば、〈女神のお食事〉とはなにやら日本古来の、と言いたくなるほどの伝統を有するものであったかもしれない。

伊勢神宮の御饌殿に粛々と運ばれてゆく神のための食事である神饌。その神饌を配膳し、運んでゆく神職たちの姿が浮かびあがる。

また、玉鬘のために食事の仕度をする豊後介。女神のために、そして女神の末裔たる女の為に、粛々と食事が運ばれてゆく風景が古代の映像として浮かび上がるのである。

この古代の映像の翳がようやく薄れゆこうとする十世紀・十一世紀の女社会の中から、女性による文学作品が次々と生まれた。〈女社会〉の原理と言えるヒメ＝女神の精神性をそこから読み取りたい。

翁幻想――『枕草子』

翁丸《おきなまる》という犬の話

昔々のこと、私たち家族が茶の間で食事をしている時、わが家の犬は土間にお行儀よく坐ってこちらを見上げていたものだった。名前は「ハチ」と言った。もちろんかの忠犬ハチ公にちなんだ命名である。時々、私たちの食事の一部、たとえばお芋などがハチに投げ与えられるし、残り物がハチの餌ということになるので、ハチは期待を込めてそこに坐っていたのだと思う。

その頃、私たち家族が住んでいたのは奈良の古い町屋形式の家で、玄関から一番奥の裏庭まで長い廊下のような通り庭（土間）が続いていた。その通り庭の途中にいくつかの部屋が並び、さらに厨《くりや》や壷庭、トイレや風呂がある。さらに渡り廊下の先には離れがある。そのどん詰まりの先に裏庭と蔵があった（蔵にはお化けが棲んでいた）。この、玄関から裏庭までの通り庭がハチの生活空間であった。

ところで、この犬が時々土間から上の部屋に上がってくることがある。すると母や祖母たちが厳しく叱りつけて、犬を思いっきり蹴飛ばすのだ。犬は尻尾を垂れてすごすごと土間へと戻る。磨き込まれた縁側や板の間に犬の足跡がついていたというだけでも大変だった。犬はやっぱり叱られる。なにか、犬というものは上に上がってはいけない、という絶対的な掟があるかのようだった。

しかし家のものたちは、「ハチよハチよ」と呼んでとても犬を可愛がっていた。私はハチに抱きついてそのままお昼寝などしていた。ハチは「子守り犬」としても最高だった。

『枕草子』にも、そういうとても愛された犬「翁丸」が登場する。愛された犬、ではあるのだが、彼、翁丸は大変な難儀に出くわすのだった。『枕草子』第六段にはそのいきさつが生き生きと描かれていて魅力のある段になっている。

あるときのこと、「上にさぶらふ御猫」が「端に出でて」昼寝をしていた。つまりは縁側の上に猫はいたらしい。ちなみに猫は「上」にいて、さらに「御猫」とあるように敬語付きである。地べたに居る犬とは格が違うのだ。その大切な猫に翁丸という犬が襲いかかったという。猫のお世話係の馬の命婦《みょうぶ》がふざけて「翁丸いづら、命婦のおとどくへ」（翁丸はどこ？　猫の命婦さんにかみつけ）と言ったのを犬は真に受けて襲いかかったのだという。

その結果、犬は天皇から大変なお叱りを受けて、ついには追放処分となった。

犬がいなくなった後、定子《ていし》皇后と定子に仕える女房たちは翁丸に大いに同情して憐れんだ。そして次のように言う。

御膳《おもの》のをりは、かならず向かひさぶらふに、寂々《さうざう》しうこそあれ
――定子様のお食事の時には必ずこちらをむいて控えておりましたのに、いなくなると寂しいですね。

翁丸は、定子のお食事の間、庭に坐っていた、というのは多分残り物がいただけるので期待を込めて、ちょうどわが家のハチのように、坐っていたのだろう。ちなみに、ある論文には「定子は犬を傍らに侍らせて食事をしていたか」とあるのだが、それは大いなる誤解だと思う。犬は上には上がれない、縁側の外側にいたはずである。

ここにある「御膳」としての定子のお食事というのは「女神のお食事」で書いたように、女神としての儀礼的な正式の食事のことで、定子は自分の住まいである御所において朝の十時にお食事をされる。それに対して天皇は自分の空間である朝餉《あさげ》の間で、というように、別々の食事である。

御膳の残り物は、配下のものや下女たちが食べることもあったらしい。翁丸ももらっていたのだろう。食事をする主人と犬との関係というのは少し時代は下がるのだが鎌倉時代の絵巻物にも、注意してみているとちらほら描かれていることがある。犬の格付けが分かってなかなか面白いものがある。

始めの図Aは、『松崎天神絵巻《まつざきてんじんえまき》』（鎌倉時代末期成立）の一場面である。これは京の町のある職人の家の厨の様子を描いたものなのだが、囲炉裏《いろり》の傍らで黒っぽい衣装を着て、料理人たちにあれこれと指示をしているのがこの家の女主人。鍋のそばで、女が、この女には赤ん坊が抱きついているのだが、火の様子を見ている。さらにひとりの男が（この男はこの家の主である）包丁を手にして調理をしている。もう一人の男は、ここでは何もしていないのだが、想像するに出来上がった料理を配膳すべく待機しているところだろうか。当時の富裕な家や豪族や貴族の館での料理の有様が如実に描かれていてなかなかに面白いものがある。

ここで注目したいのは、女主人の側に猫が、ちん、と鎮座していること。次に縁側の下に犬が坐っていることである。『枕草子』第六段と同様に「猫は上・犬は地べた」なのだ。

次に図のBを見ていただきたい。これも同じく『松崎天神絵巻』のワン・シーンである。部屋の中央で少女がひとり食事をとっている。この食事の有様はかなり異常なところがあって、御膳の上にはご飯が山盛りになっているのを少女がぱくぱくという感じで食べているのだ。その部屋の外側の縁側の下に犬たちがいる。

ところでこの食事中の少女なのだが、彼女の名前は多治比文子《たじひのあやこ》という。絵巻の語る伝によると、天慶五年（九四二年）、京の右京七条に住む少女文子に突然に神が憑依した。神は文子の身体に乗り移ってご託宣を述べ始めたのである。

その出来事により、北野の地に菅原道真を祀る社殿を造営した、というのが今もある北野天満宮の由来であ

図Ａ　富裕な家の料理風景（『松崎天神絵巻』防府天満宮蔵）

る。

この食事中の女の子は、ただの「文子ちゃん」ではない。神が憑依してその結果、神となってしまった女の子なのである。この神とは雷神となった菅原道真の霊と思われる。ここは神と化《な》ってしまった少女がお食事をしながらご託宣を述べている場面と考えるべきところである。

ところで、ご託宣を述べるときに、なぜ飯などぱくぱく食べているのだろうか。古代の巫女たちに神が憑依してご託宣を述べるという話は珍しいことではなく、政治上においても重要なことであった。その託宣の記録は正史に詳細に記されているのだが、飯を食いながら、というのはないように思う。ただ、巫女と米とは古来深い関係性があったのは確かで、巫女がご託宣を述べたり祈祷をしたりという場面では傍らの折敷に米を盛り上げているさまが絵巻物などでも、例としては『春日《かすが》権現験絵《ごんげんけんえ》』にいくつか確認できる（図C参照）。米とは邪を祓う魔よけとしても聖なるものであった。ただ、この文子ちゃんはその米を（きちんと炊いたものだと思われるのだが）ぱくぱくと食べているのである。この例とただ一例だけ関連がありそうな事例は、伊勢斎宮婤子《せんし》内親王が、長元四年

図Ｂ　食事をしながら託宣を述べる少女（『松崎天神絵巻』防府天満宮蔵）

図Ｃ　巫女と米の関係（『春日権現験絵』東京国立博物館蔵）
（小松成美・久保木彰一『春日権現験記絵（続日本絵巻物大成）』中央公論社、1982 年より）

（一〇三一年）六月、嵐の夜に突然神がかり状態となり、アマテラスの神が憑依しご託宣を述べたという出来事である。この時嫥子内親王は大盃でお酒を何杯も何杯も飲みながらご託宣を続けたという。いわば泥酔状態であったと記録には記されている（『小右記《しょうゆうき》』による）。斎宮の場合は酒を飲みながらのご託宣であった。つまりは酒もお米の一変形に違いない、というところから考えれば、ここは米のもつ霊力のようなものに注目すべきだろうか。文子ちゃんは子どもであるからまだお酒は飲めないために、代わりにご飯を取りながらその霊力によって神の言葉を語り続けた、と解釈できるかもしれない。お膳の上の山盛りのご飯に注目すれば、まさに米とは威力あるものだったかもしれない。

　神話においては、食料となる作物の起源は、天降ってきた神々の子孫たる支配者と、先住民であった一般民衆とでは異なっていると考えられていたらしい。『日本書紀』では、保食神《うけもちのかみ》が殺された後、その身体の各部分に穀物が成った、その穀物というのが民衆の食物としての粟稗麦豆だとされている。それに対して稲は天照大御神《あまてらすおおみかみ》が高天原《たかまがはら》の斎庭《ゆにわ》において栽培したものが起源となっており、天孫降臨の瓊瓊杵尊《ににぎのみこと》はその稲穂を携えて下界に降りてきたのである。稲、そこから成る米とは、いわば神々の食物であったことになる。そこから考えると、米を食べるとは、つまりは神としてのアイデンティティであったと言えようか。

　従って、図AとBの食事あるいは食事の準備風景は、一庶民の普通の食事風景ではなく、女神のごとき女主人の食事、つまりは御膳に関わる風景なのである。図Aの厨の場面で、料理の指示をあれこれとしている女主人は、実は後妻としてこの館に新たに入ってきた女であった。彼女は家の女主人としての権威・権力を発揮すべく料理の指示をしているのである。ただし、前にも述べたように、聖なる女主人は自ら料理・配膳をすることはない。

　図Bの神が憑依した少女も、ここでは神になってしまった存在、つまりは女神と言えよう。その女神の食事の場面において犬が縁の下に控えているという構図である。なぜここに犬がいるのか。

思うに、絵師がたまたま自分の好みで犬を背景として描いたというものではないのではないか、むしろ、そこに〈あるべきもの〉として犬はいなければならない、というひとつの観念があったことが想像される。つまりは、神の食事の時には、縁側の下に犬はいなければならなかったのではあるまいか。別の絵巻物などにも、食事と犬とがセットになって描かれている例がある。また、偶然かもしれないのだが、食事をしているのがすべて家の男主人ではなく女主人の方なのである。『枕草子』においても、犬の翁丸が控えていたのは、天皇の食事の場ではなく定子皇后の方であった。

では、なぜ犬はそこにいるのか。「餌がもらえるかもしれないから」としか言いようがないテーマなのだが、もう少し深いわけがありそうなのである。

犬の名前〈翁丸〉に注目したいのである。犬は〈翁丸〉と命名されることによって〈翁〉としての属性が与えられたと考えれば、犬は翁のイメージを担って宮廷の庭で生きていたと言えそうである。実は、翁というものも〈縁の下〉にいる存在として古来表れて来るものであった。

犬・翁なるものが古来どのようにイメージされたかについては、『古事記』・『日本書紀』に語られる海幸《うみさち》彦《ひこ》・山幸彦《やまさちひこ》の神話に辿り着くことが出来るのだが、その由来は後で述べたい。ここで結論だけ言えば、犬は宮廷護衛の役割を担う存在（の比喩）であり、翁は放浪乞食のような姿で現われて人々を奉祝する神の化身として捉えられた。

『伊勢物語』第八十一段には、この乞食のような翁が登場する。

左大臣源融《みなもとのとおる》の邸宅、河原院において遊宴が行なわれた。時は十月のつごもりがたである。

図Ｄ　縁の下に坐る翁の姿（『松崎天神絵巻』防府天満宮蔵）

夜ひと夜、酒のみし遊びて、夜あけもて行くほどに、この殿のおもしろきをほむる歌詠む。そこにありけるかたゐ翁、板敷きの下にはひありきて、人にみな詠ませ果てて詠める。

塩釜にいつか来にけむ朝なぎに釣する舟はここに寄らなむ

——遊宴も時が過ぎて夜明けの頃、この河原院のすばらしさを賞め称える和歌を人々は詠む。そこにいた乞食の翁が縁の下を這うようにして歩き、人々が歌を詠み終えて後、次のように詠んだ。

いつのまに塩釜の地に来てしまったのか、朝凪に釣をする船がここに寄ってほしいものだ。

河原院の庭園はみちのくの塩釜の海の風景を模したものとして有名である。この歌は、まるで塩釜のようだと褒め称えるものとなっていて、つまり〈殿ぼめ〉である。ここに縁の下に〈かたゐ翁〉がいる。この乞食翁はおそらくは宴席の趣向として主人公の男がリアルに演じたものではないかと推察されるのだが、そこには翁というものは「板敷きの下にはひありきて」というように「縁の下」にいるものだという共通理解があったもののように思う。また、この翁が〈塩釜〉の翁であることに注目したい。これは塩筒老翁《しおつちのおじ》につながる海の神であり、海の神を祭祀する住吉信仰へとつながるものと思える。

また、古来、寺社などの創建に際して乞食のような翁が現れる話は数多くある。翁は法要に参加して奉祝ののち寺の後ろ戸から去ってゆくのだという。後ろ戸には、背後から仏を守護する魔多羅神《またらじん》が祀られており、それは〈後ろ戸の神〉として芸能者たちが信仰した神であった。また〈後ろ戸〉の床下は多くの乞食や病者たち、いわば賤民が住み着いたという独特の場であり、いわば聖域であった。その後ろ戸へと消えてゆく翁は人々を祝福し、その安泰・幸福を祈る神の化身として捉えられたのだった。宗教性を帯びた放浪の芸能者のようなものと捉えればいいだろうか。具体的には、昭和三十年代ごろまで私たちの暮らしの中に現れることのあった放浪の門付け芸能者のようなもの、あるいはその起源のようなものが想起される。

犬の翁丸とは、何であったろうか。縁の下に坐って定子を護衛し、さらに定子を祝福し続ける役割を担ったものとして『枕草子』の中に立ち顕れているのだと考えていいように思える。そして、そこには清少納言の祈りの声のようなものが現れていたと考えたい。

この翁丸追放事件は長保二年（一〇〇〇年）三月のことである。前年の長保元年に、叔父道長の娘彰子《しょうし》が入内《じゅだい》し、この年の三月、中宮となった。定子の方はそれまで中宮であったのが、彰子が中宮になってしまったのでその結果定子の方は皇后へと押し上げられることとなった。異例の二后並立である（中宮も皇后も同じといっていいのだが、后とは本来一人でなくてはならないのである）。定子の父である道隆が長徳元年（九九五年）四月死去の後、政権を握った道長は、翌長徳二年、定子の兄の伊周《これちか》と弟の隆家とを逮捕・追放の処分にした。そのようにして道長はわが権力を確実にしていったのである。父の道隆の死後、定子を支える者たちは次々と失われていった。定子は行き場もなく追いやられようとしている。翁丸の追放事件を、この伊周・隆家の追放になぞらえる形で比喩として清少納言は描いたのではないかと論じられることも多い。この兄弟も翁丸も定子を護る者たちとして捉えられるのである。

ところでこの翁丸は頑張って宮廷に復帰するのである。

ある日、翁丸とも思えないような貧相にうらぶれた犬が宮廷の庭に現れた。皆は翁丸が生き延びて戻ってきたのではないかと思って声をかけたというが、犬はいっこうに反応しなかった。ある朝のこと、翁丸は死んだのであろうか、かわいそうなことをした、と定子のめぐりの女房たちが語らっているその時、庭先にいたその犬がふるえつつ泣き始めたのだという。それから「さば、翁丸か」と声をかけると犬はひれ伏して泣きはじめた――、というのが翁丸復帰のいきさつであった。

この翁丸の様子は、犬と一緒に暮らしてきた人間にはなにか目に見えるようなリアリティがあるのだが、いかにも犬ならばそうだろうと思わせるものがある。思いっきり叱られて殴られまでして追放された犬は、自分のいた共同体（と犬は思っているはずだ）から排除されたと思って嘆いているが、共同体の長の許しがあればまた戻りたいと考えている。それまでは恐縮して小さくなりながら許しのあるのを待っているのである。清少納言の「あはれ、昨日翁丸をいみじうも打ちしかな。死にけむこそあはれなれ――」の言葉を聞いて、自分のことが話題になっていると察したであろうし、その語調から〈許し〉を感じ取ったのではないかと思うのだ。定子とそのめぐりの女房達が翁丸にとっては自分の世界の親分、つまり飼い主であったろうから。『枕草子』では何やら人間になぞらえるような感じで描写しているのだが、犬の習性から考えてみても翁丸のこの行動は理解できる。

翁丸にとっては無事元の世界に戻れたというだけの事件であったろうが、『枕草子』の中にこの事件をおいてみると、翁丸復帰は定子の世界にとって大きな意味を持つ。書き手である清少納言がなぜこの事件を取り上げて記したかに関わる問題があるように思う。

翁丸復帰とは、〈翁〉なるものの復帰であった。翁とは、前述のように人々を奉祝し、その安泰を寿ぐものであった。翁丸追放は、定子の世界から定子を寿ぐ者を追放したことに他ならない。

定子は父の道隆の死ののちは弱者へと追いやられようとしている、ましてこの三月には新たに彰子が中宮となっているのである。一条帝の愛情は失われていないとはいうものの、定子が中宮という女神のような存在であった輝かしさはもう一人の后の出現によって失われようとしていた。定子中宮は無理無理の形で定子皇后となった。異例の二后並立であるのだが、后とは本来は天皇と一対をなす絶対的なものとすれば、この二后並立はその絶対性をきわめて不確実なものにしてしまう事態であろう。

定子は皇后として弱体化しつつはあったものの、女神のごとき神聖さをこの事態においてこそ発揮しなければならない。その神聖さを保証するものとして要請されて現れたのが翁丸という犬ではなかったろうか。

翁丸の復帰とは、つまりは翁の復帰である。定子皇后をことほぐものが一度は失われたかのように見えて、しかしまた現れ出たこと、これは定子の幸せと安泰、そしてその后としての永遠性を保証するものであったろうか。

この翁丸の話は、定子の永遠性を語ろうとする祈りではなかったかと思うのである。この祈りは、当然ながら語り手である清少納言の祈りの心である。

犬の翁丸がまた戻ってきた件は、人々に笑いを起こさせる。

定子その人も「いみじう落ち笑はせたまふ」というようにお笑いになり、右近内侍《うこんのないし》たちも「笑ひののしる」ありさまで、果ては一条天皇の耳にもこの件は届いて、「あさましう、犬なども、かかる心あるものなりけり、と笑はせたまふ」というように、すべては〈笑い〉のなかでこの事件は無事おさまったのだった。〈笑い〉というのは福を呼び込むめでたいものであった。笑いによって邪気ははじかれ、安泰と幸せが呼びこまれる。翁丸の事件は、定子の世界に笑いを呼び起こすという意味で極めて価値のある事件であった。清少納言がなぜこのエピソードを書いたか。二后並立という屈辱的な事態のなか、そこから呼び起される邪気・不運・悲運などを弾き飛ばすようなエネルギーが要請されたのだと思う。天岩戸《あまのいわと》に入ってしまった、弱体化したアマテラスを蘇らせようとする神々の笑いが想起されるところである。翁丸の蘇りは、つまりは〈翁の復活〉であった。

猿楽言《さるごうごと》の翁——関白道隆

縁の下の翁

土間のある家というものは最近はすっかり少なくなっているように思うのだが、そのことと相関するように家族関係や社会構造も大きく変化したと言えるかもしれない。過去に一般的であった家の構造はやはりその時代の制度や構造を如実に表している面があったと言えよう。

かつての我家においても、家の中を貫く通り庭つまり土間によって表されていたものがあったに違いない。犬のハチが決して土間から上には上がれないというような決まり事もそうであろうし、また、もっと複雑なことが土間に関わっていたように思う。

私の幼年期のある日の記憶なのだが（昭和三十二、三年頃だと思う）、わたしは通りに面した見世《みせ》の間に坐っていた。隣には玄関の土間がある。土間はそこそこ広くて二坪か三坪はあったと思うのだが、そこに一人の年配のおじさんが蹲《うずくま》るようにして坐っていた。そのおじさんに「どうぞ、上に上がって。上がってお茶など飲んでいっとくなはれ」と母がしきりに頼んでいた。しかし、そのおじさんは「いえ、わたしらはここで」と言って上に上がろうとしない。「そんなとこに坐られたら私が困りますよって、上にどうぞ」と母はしつこく勧めていたのだが、しまいにそのおじさんの腕にしがみつくようにして上に引っ張り上げようとした。でも、おじさんは抵抗する。上に上がろうとしないおじさんと上げようとする母とがなにやら土間で揉み合っていた、というような記憶である。

今推測するに、家の仕事を何か手伝っていただいたのだろう。そして一仕事終えたその方に、茶の間でお茶や饅頭などで一服して行ってくれと母は頼んだのだろうがそのおじさんはどうしても茶の間に上がろうとしなかった、ということだろう。

幼い私にとって何か不思議で奇妙な感じがしたのだろうか、記憶に残っている。少し物心がついたころ、あのおじさんはどういう人なのかと母に聞いたことがあるのだが、母は少し困った顔をして「上に上がろうとしない人たちがいる。わけの分からないことだけど」と言って言葉を濁していた。幼い私には説明が難しかったのだろうと思う。

これは当時まだ濃厚だった被差別の問題にかかわることだと後から分かってきたのだが、上に上がろうとしない、あるいは上がれない感覚というものが社会の中に昔からの風習のような形で残っていたのだろうか。母は当時の現代っ子であったからそのような風習は受け入れがたいし、もともと差別の感覚など微塵もない人間であったから、というのがあの土間での闘い（?）であったらしい。わが家はけっして金持ちでもなく名門でもなく小さな商いをしていた家に過ぎないのだが、それでも土間というものが存在して上と下との識別がなされていたということだろうか。

土間と上の部屋との間には縁側があることもある。縁側は、外と内との境界だと言えるし、また上と下との境界としての機能を持っていると言えよう。縁側や階段を境界として人間を識別・区分してゆくやり方がいわゆる身分階級制度というものであったろう。遡って平安朝は『枕草子』の時代ともなれば、上にいる人間がつまりは殿上人《てんじょうびと》であり、地べたにいる人間が地下人《ぢげにん》ということになる。

　土間に坐っていたかのおじさんはあの〈縁の下の翁〉だったのか、という連想がおこってくるのだが、そう結論付けてしまうのはあまりに短絡的すぎるし、また無神経すぎることだ。昭和の三十年代に土間に坐っていた人は、古代の翁とは断絶した、その後作り出された社会構造によって生み出された差別現象のひとつである。意味のない虚構の差別というものが家の構造、土間とか階段とか縁側によって目に見える形となって現れていたということだろう。またその根底には貧しさというものもあったに違いない。

　前述した古代の〈かたゐ翁〉についても、彼らは人々を奉祝する宗教的芸能者であり、そこに聖性を人々は見たのだとは捉えてみても、そこに賤視はなかったろうか。〈かたゐ翁〉は、畏怖すべきもの、聖なるもの、神の化身であるというまなざしと同時に、得体のしれぬ賤しき者、恐ろしき者、排除したい者、という意識も当然あったはずであろう。制度内に定住して生きる人間から見れば、はみ出し者・ならず者・非定住のものたちであり、制度外の得体のしれぬ世界に生きる不思議の者たちということになる。

　前述した犬の翁丸、可愛がられた犬であったに違いないが、それでもたかが犬、なのである。テレビの大河ドラマ「平清盛」を見ていると、武家のものたちは「王家の犬」と公家の者たちから侮蔑されていた。殿上に登れず、階段の下の地べたに丁度犬のように坐っているからだ。

　翁や犬というものが地べたに坐るものとして捉えられている以上、そこに賤しきものを見るまなざしがあったことを当然ながら考えなければいけない。

　次に取り上げたいのは、定子の父、道隆である。この道隆はみずからこの〈翁〉を名乗っているのである。

もちろん、猿楽言、戯言としてではある。しかし、清少納言が、自ら翁を名乗る道隆のエピソードをわざわざ取り上げているというその点に注目したいのである。あるいは、道隆の冗談好きがそのまま反映されただけなのかもしれないし、清少納言の記憶の中にたまたま道隆の〈翁〉ぶりがあざやかに留められていたということかもしれないのだが、凋落してゆく道隆のいわゆる中関白家と〈翁〉のイメージはどこか絡み合っているように思うのである。ここでは〈翁〉とは中関白家にとっては消えてゆくものとして表れているのかもしれない。清少納言がこれを意識したかどうかは分からないのだが、あるいはそこに清少納言の執筆意図の一つを見る可能性もあるように思う。

猿楽言の翁

定子の父道隆は、藤原兼家の子。兼家の後を継承する形で政治権力を握る。永祚《えいそ》元年（九八九年）内大臣就任。翌正暦元年（九九〇年）一月一条天皇が十一歳で元服すると同時に娘の定子（十五歳）が入内して同年十月中宮となった。道隆の方はその年の五月に関白となっている。それから道隆の死去する長徳元年（九九五年）四月までが道隆・定子たちのいわゆる中関白家の絶頂期だったと言える。清少納言が出仕をしたのはその後半の正暦四年（九九三年）のことであるから、彼女が見聞したその華やかなる時代というのは二年ほどのことだった。『枕草子』に描かれた道隆の人間像はまことに魅力的だ。明るくて陽気、冗談を言って周囲を笑わせる。定子配下の女房達に対する心遣いも行き届いている。容姿もほっそりとして優美であったことが分かる。その道隆の猿楽言、つまり冗談のなかで彼は自らを翁になぞらえている場面が二か所ある。その二か所に注目したい。始めの場面は九十九段「淑景舎《しげいしや》、東宮にまゐりたまふほどのこと」にみられるエピソードである。長徳元年（九九五年）正月十九日、道隆二女の原子《げんし》が東宮女御として入内した。この時の東宮は冷泉帝の皇子居貞《おきさだ》親王（後の三条天皇）である。原子は淑景舎つまり桐壺を住まいとしたので『枕草子』では「淑景舎」と呼ばれる。道隆にとっては、天皇の后たる姉の定子、皇太子の女御（将来は当然ながら中宮となることが予想される）妹の原子《げんし》、この二人を擁した得意絶頂の時だったろうか。

その原子が二月十八日、姉定子のいる登花殿《とうかでん》を訪れた。そこに彼女たちの父母や兄弟たちという家族も訪れる。家族団欒と言いたいような和やかな場面である。

原子がやってきたのは「夜半ばかり」、十八日の十二時過ぎごろか。それからほどなく夜も明けようとする暁に道隆夫妻がやってきた。夜が明けると定子、原子それぞれに朝の御手水《おちょうず》が出される。朝の儀式としての洗面である、童女や下仕えなどが華やかに盥《たらい》などを運んで世話をする様子が描かれている。その後の十二時ころ、御膳の時間になった。

この御膳は先に述べたように〈女神〉としての正式の儀礼的な食事である。〈女神のお食事〉であるからこの場で食事をするのは定子と原子の二人だけであって、同席しているはずの道隆夫妻たちには当然ながら御膳は出されない。

まず定子に御膳が出された。続いて「あなたにも、御膳まゐる」と原子にも出される。その折の道隆の様子は「うらやましう、方々の、みなまゐるめり。疾くきこしめして、翁・媼《おうな》に御おろしをだに賜へ、と日一日ただ猿楽言をのみしたまふほどに」（うらやましいことだ。お二人には御膳が参ったようだ。はやくお召し上がりになって、翁と媼にせめてお下がりを下さりませ、と一日中ただ冗談ばかり仰っていた）という有様であって、機嫌よく冗談を言っているのだった。彼は自分たち夫妻を〈翁・媼〉になぞらえていることに注目したい。ここには翁だけではなく媼までもが入っているのだが、この翁媼はあたかも〈縁の下の翁〉であるかのようだ。丁度犬の翁丸のように縁の下に坐ってお下がりを戴けるのを待っているイメージである。定子の御膳に父母が侍っているこの状態は、あたかも犬が庭先に坐ってお下がりを戴けるのを待っている状況を彷彿とさせる。冗談としては卓抜であろう。さらには翁には奉祝という役割もある。道隆は自分たちをこのように卑下する形で、聖なる女神となった娘たちを寿いでいるのだ。犬や翁は、聖なるものの聖性を寿ぎ、その聖性を保証するものとして縁の下に侍るものたちであったろうか。聖なるものにこそ犬・翁は侍るのである。

道隆が自らを翁になずらえたもう一つの例は、百二十三段に描かれている。これは年月日は不明だが、道隆が関白の絶頂期であった時期のエピソードである。

関白殿、黒戸《くろど》より出でさせたまふとて、女房のひまなくさぶらふを「あな、いみじのおもとたちや。翁をいかに笑ひたまふらむ」とて分け出でさせたまへば、戸口近き人々、いろいろの袖口して御簾ひき上げたるに、権大納言の、御沓《おんくつ》とりてはかせたてまつりたまふ。

――関白道隆が黒戸から退出なさろうというとき、女房たちがぎっしりと居並んでいるその有様を「あらあら、すばらしいご婦人たちだ。この翁をどんなにか笑っておられるだろう」と言いながら皆をかき分けるようにして出て行かれるのを、戸口近くにいる女房が色華やかな袖口を見せて御簾を引き上げる。権大納言の伊周が関白の沓を取り上げておはかせになる。

ここに出てくる「黒戸」については『徒然草』百七十六段に次のような記述がある。

黒戸は、小松御門《こまつのみかど》、位に即かせたまひて、昔、ただ人にておはしましし時、まさなごとせさせたまひしを忘れ給はで、常に営ませ給ひける間なり。御薪《みかまぎ》に煤《すす》けたれば、黒戸と言ふとぞ。

――黒戸は、光孝《こうこう》天皇が位におつきになって後、昔臣下でおられたころ料理のまね事をされていたことをお忘れにならないで、いつもそこで煮炊きをされていたひと間である。かまどの火で煤けて黒くなっていたので黒戸というのだそうだ。

黒戸とは清涼殿の後方、つまり北側にあるひと間を指しており、そこはかまどでの煮炊きのせいで黒くなっていたという。道隆はある日この黒戸から退出するときに「翁をいかに笑ひたまふらむ」と女房たちに冗談で自らを翁になぞらえた。この冗談からは、翁とは笑われるものであったろうか。翁とは何であったろうか。

ここでは道隆は〈黒戸の翁〉というわけだが、これはいわゆる〈後ろ戸の翁〉にたとえたものであろう。

後ろ戸とは周知のようにお寺の本堂にある後陣のひと間のことである。本尊の仏様がおられるちょうどその背後の空間であって、そこにはひっそりと神々が祀られている。この神々は本尊の背後にあって本尊を守護するという根源的な意味を持つ神、つまりは宿神《しゅくじん》であった。ところでこの後ろ戸と黒戸は構造が似ている。比喩的に言えば黒戸も清涼殿の本尊たる天皇のおられる後方に位置していて、かつては（『徒然草』によると光孝天皇の御代には）かまどがあった。

またこの後ろ戸の神を祀る呪法は後戸猿楽《うしろどのさるがく》として芸能化したのだが、猿楽の折は本尊背後の後戸空間が猿楽芸能者の楽屋・詰所となった。演者はこの後ろ戸から登場して演技ののちは後ろ戸へと退出してゆく。とくに猿楽における翁を〈後ろ戸の翁〉と呼んだ。この後戸猿楽は寺院における修正会《しゅしょうえ》の延年の中で行われたものらしいが、天皇家や摂関家においても盛んに行われたという。『枕草子』の時代の人々には馴染みのあるものであったろうか。

また、先に述べたように、いずくともなく現れて人々を奉祝したのちに後ろ戸から去ってゆくというさすらいの翁の姿も浮かんでくる。

道隆は、このような後ろ戸の翁に自らをたとえたのであった。本堂たる清涼殿から退出する際に、清涼殿北側の黒戸のひと間へとやってきた自分は、かの後ろ戸へと消えてゆく翁のようだと思ったに違いない。なかなか卓抜の洒落であったと思う。

ちなみに道隆は正暦三年（九九二年）十二月に四十の賀を行っている。亡くなったのは三年後の長徳元年（九九五年）四十三歳であった。四十歳（初老）から老いが始まるという当時の認識からすれば道隆のこの翁ぶりは納得のいくものではあるが、あくまで冗談であったに違いない。実際は、翁とは六十歳以上の共同体長老格の人物をイメージするものであったらしいから、道隆はまだ若すぎるのである。『栄花物語』などによれば道隆はなかなか容姿端麗であったらしいので、まだまだ若くて魅力的な自らを翁にたとえて周囲を笑わせていたのだろうか。

道隆という人間は猿楽言をいう愉快な人物として描かれている。しかし彼は猿楽の翁でもあり、後ろ戸の翁であった。芸能者としての翁は、やはりかの縁の下の翁と同じく聖なるものを寿ぐ役割を担っている。そしてその翁とは後ろ戸へと消えてゆくものであった。奉祝の後、いずくとも知れず消えてゆくさすらいの翁のイメージが道隆にも課せられたという思いがするのである。

この段における翁の比喩が、晴れの舞台から消えてゆく道隆の運命を暗示している。この百二十三段は道隆も定子も亡くなったその後の時点で執筆されたものであることが段末の記事で分かるのだが、執筆時点の清少納言には、その後の道隆と定子の運命が見えているし、道隆の後権力を握った道長の運命も見えている。その時点から見た道隆と定子の姿の捉え方には、清少納言のひとつの執筆意図のようなものがあったように思う。

百二十三段——道隆・道長の運命と定子の超越

百二十三段の構成は次のようになっている。

①猿楽言を言いながら道隆が黒戸から退出する。権大納言の伊周が戸口に控えていて道隆に沓を履かせる姿を見て「権大納言に沓を取らせるとは関白道隆の運勢とはなんと素晴らしいことか」と清少納言は感嘆する。

②道頼たち（伊周の異腹の兄弟たち）もずらりと居並ぶ。さらに宮の大夫（道長）が戸口のところに立っていたが、やはり道隆の前に跪いた。清少納言はこの件に対しても道隆の前世から約束されたかのような運命に感銘を受ける。

③道隆死後の忌日のこと、女房の中納言の君が勤行をしている。他の女房たちがその数珠《じゅず》を取り合って「私たちも関白様の強運にあやかりたい」とはしゃいでいる。それを定子がお聞きになって「関白の運命にあやかるよりは成仏して仏になる方がずっと素晴らしいわ」と言ってにっこりなさる。それがまたすばらしかった。

④関白が退出の折、道長が跪《ひざまず》いたことを繰り返し繰り返し定子様に私は申し上げる。定子様は「いつものご贔屓ね」とお笑いになっていた……。

⑤道長の現在の権勢の素晴らしさを定子様が御覧になったら、私の言っていたことも「もっともね」とお思いになるのでしょうが。

ここで述べられているのはまず関白として人臣を極めた道隆への賞讃であった。①にあるように権大納言ほどの身分の人物が沓をとって道隆におはかせになる。また②のように宮の大夫（道長）までもが道隆に跪く。ここは、道隆にすれば息子である伊周と弟の道長がうやうやしく恭順している姿に過ぎないのだが、彼らの身分を考えれば高貴な人々の頂点に立つ道隆の究極の威光が目に見える形であらわれている場面である。清少納言は、④にあるようにこの後も道長が跪いたことを繰り返し定子に言ったものらしい。清少納言は道長びいきであったから余程印象が強かったのだろうか。ここでは道長ほどの覇気ある人物までもがひざまずいたことを記すことで道隆の威光が強調されているのである。

この場面は〈現在〉から見た〈過去〉の回想である。このことを考えれば、清少納言には跪く道長の姿と、執筆時点での道長の運勢とが重なり合って見えたはずである。かつては道隆に跪いた人物が現在では道隆に代わって光り輝いている。兄道隆の威光と弟道長の恭順ぶりとが光と暗のように対照化されていたものが、それが今では逆転している。兄道隆は亡くなりその子どもたちは不運のただなかにいる、というのが執筆時点での状況であった。

清少納言は道長びいきであったという。これが執筆時点での道長へのおもねりでないとすれば、評価すべき人物として清少納言は捉えていたらしい。ちょうど行成を清少納言が優れた人物と評価したように彼女は道長を評価していた。そして、末尾に述べるように、定子が生きておられて今の道長の権勢ぶりを御覧になったら私のかの評価ももっともだと仰るだろう、ということになる。「私の男性鑑識眼はたしかでしょう」というわけである。

考えたいことは、道隆死後の定子の不遇は道長の圧迫によるものであったことである。道長のせいで定子は行き場もなく、后としての立場もなく、あたかもさすらいのような運命にあるのだが、ここには道長に対する怒りも怨みも定子には無いかのようである。少なくともそのように描写される。道隆から道長へという権勢の行方など定子にはどうでもいいことであったかのように。確かに、定子は俗世のことに過ぎない権勢の行方は超越していたのだという問題がここで浮上する。つまり清少納言は、超越する定子の精神性をここで明らかにすることで、怨みつらみに泣く女神などはありえないという理念を貫いているのである。

その定子の超越性は③の部分にも明らかである。関白という臣下として最高位を極めた人物の光にあやかりたいとはしゃぐ女房たちに対する定子の「仏になりたらむこそは、これよりまさらめ、とうちゑませたまへる」と言う言葉・態度に清少納言は「めでたくなりてぞ見たてまつる」というように讃美する。

道隆から道長へと暗転する運命、威光を放ったものがおちぶれて滅び、権勢ははかなくも移ってゆく、しかし、「そんなことは私には関係ないわ」と言わんばかりの超越した天女のような、そして女神に他ならない定子の精神性がここで描かれた。

さらに定子の超越性を描くことは、定子の怨霊化を否定することに繋がるのである。定子の死後、道長たちは自分が追いつめて追いやって排除しようとした不運の皇后の怨霊を恐れはしなかったろうかという疑念がおこる。怨霊・もののけとは政治上の敗北者がなるものであったという視点から見れば、たしかに定子は敗北者であった。怨霊と化して道長や彰子に祟ってもおかしくはない状況があった。しかし清少納言の描く定子の神々しさはそのような敗北のイメージなどは真っ向から否定するものであった。定子にはそのような俗世の醜さなど微塵もなかったのだと清少納言は訴えているように思う。怨霊・もののけになることほど罪深いことはないとされた時代である。そのような罪深さからは定子は超越している。罪や穢れの世界からもさらには俗世の俗事からも超越した定子の姿を立ち上げることが清少納言の理念であったと思うのである。

翁が暗示するもの——服従する海幸彦の物語

『伊勢物語』八十一段に現れた「かたゐ翁」とは『日本書紀』の海宮遊幸神話などにあらわれる海の神である〈塩筒の翁〉をイメージするものであった。また海の神を祭祀する住吉信仰へと繋がるものであった。

翁が暗示するものとは何であったろうか。翁のイメージからは海宮遊幸神話に見られる海幸彦と山幸彦の物語が浮き上がってくるのである。この海幸彦と山幸彦の神話からは、翁やかの犬の翁丸の起源というべき服従しつつ聖なるものの守護を宿命とするものたちの姿が現れてくる。清少納言がこの神話をイメージさせながら道隆の翁ぶりを描いたとすれば、道隆から道長への権勢のうつろいもまた必然性を帯びてくるのである。

『日本書紀』神代下・本文によれば、兄の火蘭降命（ホノスソリノミコト）は海の幸を取って生きるものであった。つまり海幸彦である。対して弟の火火出見尊（ホホデミノミコト）は山に生きる者、山幸彦である。この兄弟がそれぞれ山の幸を取るための弓矢と海の幸を取るための釣とを交換をして、弟の山幸彦が海へ、兄の海幸彦は山へと出かけてゆくという周知の物語なのだが、結果的に山幸彦が海神の娘である豊玉姫と結ばれてこの世の支配権を獲得することになる。その王となった山幸彦に対して敗北の兄の海幸彦は服従を誓うというのがこの神話のあらすじである。

『日本書紀』ではこの神話にはいくつかのバリエイションがあって兄弟の名前も少々違っているのだが（「一書第二」では兄の名は火酢芹命〈ホスセリノミコト〉で、弟の名は彦火火出見尊〈ヒコホホデミノミコト〉）、大よその筋書きには変わりはない。兄の釣り針をなくして途方に暮れている山幸彦に救助者として塩筒老翁が現れるというのも一貫している。海の精霊のごとき塩筒老翁は、前述のようにさすらいの奉祝者の〈かたゐ翁〉や猿楽の翁のようなイメージの源ともいえる存在なのだが、弟の山幸彦を援護する形であらわれる。

弟に敗北した兄の海幸彦は服従を誓うことになるが、この服従の仕方にはいささかバリエイションがある。「本文」の方では、兄は「今より以後、我は汝の俳優（わざをぎ）の民たらむ。請ふ、施恩活へ。」という誓いをたてる。兄は「吾田君小橋等が本祖」とされるが、吾田《あた》の君とは阿多隼人《あたはやと》のなかでも有力部族であるという。「一書第二」では「俳優」に成ろうと誓うのは「本文」と同じだが、その記事に続いて狗《いぬ》の吠える真似をして宮廷に仕えるものとなったと述べられる。これは隼人の人々が宮中警備をすることになった起源譚となっているもので、この人々は狗のように吠えるのだという。

「火酢芹命の苗裔《びょうえい》、諸々の隼人たち、今に至るまで天皇の宮墻《きゅうしょう》の傍らを離れずして代々に吠ゆる狗《いぬ》してつかへたてまつるものなり」

——ホスセリのミコトの子孫たちである隼人諸部族の人々は、今に至るまで宮廷のそばを離れず、代々吠える犬の所作をして仕え申し上げている。

宮廷警備の隼人にはこの犬の遠吠えのような発声がいわば儀礼となって伝わったというが、地べたに跪いて番犬のように警備にあたる人々の起源がここにある。

海幸彦の末裔は宮廷警備の隼人としてイメージされた。そして、それはあたかも犬であるかのようであった。海幸彦の末裔は敗北し服従するものとして王家の人々に番犬のごとくに奉仕するという役割を担っていたのである。また海の部族であったらしい隼人には海でおぼれるさまを演じる芸能が伝承されていたという。そこから見ると、隼人は俳優（わざをぎ）つまり芸能者としての起源譚も持っていたことになり、猿楽の翁、つまり後ろ戸の翁につながるものがそこにあるように思う。猿楽の翁も海幸彦の末裔であったろうか。

このように神話に現れる翁の姿は一つではない。しかし、翁を名乗った道隆の猿楽言のなかから神話の海幸彦や塩筒の老翁が立ち上がってくる。弟の山幸彦の救助者としてあらわれる海の精霊たる塩筒の老翁もまた道隆なのであろうか。一方、この世の支配権を獲得してゆく山幸彦には、弟である道長の姿が投影されてはいないだろうか。

海の部族の末裔としてさすらい歩く宗教芸能者、さすらいの翁の姿には、敗北した海幸彦の姿が彷彿と浮かび上がる。それは消えてゆこうとする道隆の姿であるかのようだ。

縁の下に坐し、定子の御膳のあまりものを戴く犬の翁丸の姿は、海幸彦の末裔である宮廷警備の隼人の比喩であるかのようだ。まさに、犬であり、地べたに這いつくばる翁でもあったのだ。

清少納言があるいは無意識のうちに書いたかもしれない兄の道隆の翁ぶりは、この世の権勢を獲得してゆく弟道長の運命をはからずも浮かび上がらせる。その運命とは、いわば王権を獲得してゆく弟山幸彦の運命であった。道長が権勢を獲得するという運命が、ありうべきこととして、いわば宿命として際立ってくるのである。もし彼女が意識的にこれを書いたのだとすれば、どうであったろうか。道隆死後の中関白家の衰弱も定子の不遇も、それに対する道長側の権勢も神話に基づく論理であったことになる。清少納言はこの権勢の変遷を宿命として捉えたのかもしれない。

この百二十三段は短いものだが、枕草子執筆の意図がきわめてコンパクトに表されているように思う。

権勢を誇り、すばらしかった関白道隆の威光。

それは貴顕のすべての人々が跪くものであったこと。

(執筆時点では)権勢を誇っている道長までもが跪いたこと。

定子は中宮としてそのような男たちによる政治世界からは超越していたこと。その世界は所詮は臣下たちの人間の世界である。そこから超越した女神のごとき聖性を定子が放っていたこと。

私、清少納言は人物を見る目があったこと（道長に対する評価の高さが現在証明されている……）。

――要約すると以上のようになる。道長による圧迫などはものともしない定子の精神性が立ち上がってくる。現世での不遇などは関わりがないものとして超然としていた定子をこのような形で顕彰しているのである。『枕草子』においては、不遇に泣く姿などは定子のものではなかった。定子は不遇に泣いてなどはいられない、やらなければならない大切な仕事があったのである。それは超然とした精神性を放つ女神として生きることであった。

翁であった父道隆もこの定子を祝し、ことほぐものであった。道隆死後の翁不在をおぎなうものがささやかながら犬の翁丸であったろうか。永遠の女神として生きた定子を寿ぐものとして翁丸は『枕草子』の中にあらわれているかのようである。

めでたき女　伊勢御息所《みやすどころ》――『伊勢集』に見る女社会

めでたき女

伊勢は、まことに華やかなドラマのある人生を生きた人である。少女の頃から女御温子《にょうごおんし》（のち七条后）に仕え、何人かの貴公子と恋愛らしきことを経験し、さらに時の天皇である宇多帝の寵愛を得て、皇子を生んだ。宇多帝退位の後は、宇多帝の皇子の一人の敦慶《あつよし》親王の愛を得て、娘でのちに歌人となる中務《なかつかさ》を生んだ。歌人としての評価も高く、『古今和歌集』・『後撰和歌集』に多くの歌が入集し、いわば歌壇の花としてその生涯を崇拝と尊敬の中に送った、と以上のように概括することが出来る。

伊勢は大和《やまと》の守藤原継蔭《つぐかげ》の娘、生没年は明確ではないが元慶元年（八七七年）頃誕生したとされる。没年に関しては、天慶五年（九四二年）、娘の中務とともに藤原敦忠《あつただ》の山荘を訪れて詠んだという和歌が『拾遺和歌集』にあるので、少なくとも没年はそれ以後ということになる。当時としては長命だったと言うべきであろうし、老齢ではあっても歌人としての華やかな社交生活を娘とともに送っていたことが想像される。

伊勢と同じように歌人として名声を得ていたはずの小野小町や和泉式部は晩年を落魄・流離したというような無惨な伝説化が著しいが、伊勢にはそれがない。代わりに後世の評価は極めて高く、歌人としての尊敬と崇拝はまことに華々しい。あっぱれ、立派という他はないのである。この評価の高さは、鎌倉期初期に執筆された『無名草子《むみょうぞうし》』においても次のように如実に示されている。

まことに名を得て、いみじく心にくくあらまほしき例は、伊勢の御息所ばかりの人はいかでか昔今も侍らむ。

――本当に名声を得て、大層すばらしく理想的な例としては、伊勢の御息所ほどの人は昔も今もどうしてございましょうか。

伊勢はこのように「あらまほしき」理想を生きた女の例として称揚されているのだが、その称揚の根拠は歌人としての評価と名声にあった。

また『無名草子』は、この称揚に続けて、延喜の御時、つまり醍醐天皇の御世の出来事として、天皇が伊衡《これひら》の中将を伊勢の屋敷に派遣して和歌を奉らせたというエピソードを語っている。その折、伊勢が詠んで奉った和歌は次のようなものである。

散り散らず聞かまほしきに古里の花見て帰る人もあらなむ

と詠みて奉りたるほどのことどもなど、返す返す心も言葉もめでたくおぼえ侍れ。

伊勢の有様、その和歌はまことに「めでたく」おもわれるものであった。この「めでたし」とは、まことにあっぱれ、立派であったというほめたたえであろう。

ところで、『無名草子』に載るこのエピソードは、『今昔物語集《こんじゃくものがたりしゅう》』巻二十四にある「延喜の御屏風に伊勢の御息所和歌を詠む語　第三十一」と同じ内容なのだが、『無名草子』の方ではかなり簡略されている。『無名草子』はあくまで伊勢がいかに歌人として立派であったかを語ることに眼目があり、歌人としての評価に視点が置かれている。しかし、『今昔物語集』の方が捉える伊勢の姿は、歌人としての立派さよりは別のものに重点を置いているように思える。その部分を『無名草子』は省略したのである。

では、『今昔物語集』の伝える伊勢の立派さとは、と言えば、それは伊勢が大勢の女たちを配下に従えて女主人として理想を生きる姿であったように思われるのである。女の集団を率いる主宰者としての姿がそこに浮かび上がってくる。

『今昔物語集』の内容に沿ってその有様を概観すると、まず宮廷において屏風歌を急遽誰かに詠んでもらわねばならないという事態が起こった。そこで醍醐天皇は伊衡少将（『無名草子』では中将となっている）を伊勢の家に派遣することに決めた。伊勢ほどの歌人ならば即刻詠んでくれるであろうこと、そして使者が伊衡ならば伊勢は引き受けてくれるだろうという天皇の思惑がそこにあったのである。それは「この人（伊衡）、形・有様より始めて、人柄なむありける。然れば、御息所恥しと思ひぬべき者は、此くなむ有る」（この人は容姿・風采を始め人柄もよい。従って御息所が一目置くのはこの人しかない）、という天皇の判断である。ここからうかがわれることは、訪問者は伊勢のおめがねに適うものでなければならないこと、でなければ伊勢は拒否するであろうこと、が推測される。おめがねに適うには容姿・風采・人柄という人間的もしくは男性としての魅力が必要なのであり、その魅力とは女性側の価値判断、みやびなる文化基準に照らし合わせて決定されるものではなかったかと思える。そこで、その基準に適うと判断された伊衡が向うのは、伊勢が女主人として君臨する女たちの世界であった。

『今昔物語集』では、天皇の命を受けて訪問した伊衡を、伊勢が、そして伊勢のみならず大勢の女たちがいかに歓待してもてなしたか、そして伊勢の暮らしぶりがいかにみやびやかなるものであったかを語る。そこに見られる伊勢の姿は、大勢の女たちを配下として擁し、その女たちの中心として女親分さながら悠々とみやびを生きるものであった。そこに一種の女たちの社会、〈女社会〉の顕現が見られること、そして〈女社会〉とはいかなるものとして天皇を始めとする男性たちに認識されていたかが読み取れるのである。

伊衡が五条あたりにあるという伊勢の屋敷に行ってみると、「庭の木立極めて木暗くて、前栽いみじくをかしく植ゑたり。庭は苔・砂青みわたり、三月計りのことなれば、前の桜おもしろく咲き、寝殿の南面には帽額《もこう》の御簾所々破れて神さびたり」というもので、風情があって美しいが、ぴかぴかの華やかなものではなく、木立も年月が経っているので成長して小暗くなっており、しかもものさびた風情という、女主人の美意識を表わすものであった。

寝殿に向かえば、女房があらわれて「故びたるころにて」「内に入らせ給へ」と告げ、さらに進めば、御簾の内には清らかな女房たちの袖口が見える。薫物《たきもの》のいい香りが漂ってくる。御簾越しに伊勢に用件を告げるとそれに応じる伊勢の気配はまことに気高く美しく「世の中にはこれほどの人もいるものか」と伊衡を感嘆させる。次に可愛らしい童女が現れて伊衡に酒をすすめる。また、別の女房があらわれて果物などを差し出す、という調子で、伊衡は女たちのもてなし、讃美、感嘆のなかでひとときを過ごし、伊勢から無事に和歌を一首得て、――それが先に引用した和歌である――宮廷に帰還したのだった。

伊衡の訪問は予告なしのものであったにもかかわらず、伊勢の女の世界はまことにみやびやかなものであり、伊衡に対するもてなしも行き届いたものであったことから、この暮らしぶりは特別なものではなく日常のことであったことが推察される。日頃から彼女たちはこの美意識を維持して暮らしていたのだった。

さらに、この美意識の世界に適った男として伊衡をもてはやし、褒めそやし、讃美したのは伊勢配下の女たちであった。あるいは女主人である伊勢の気持ちを代弁する存在として女房たちがいるのかもしれないが、この女の集団が自分たちの世界に介入するものを峻別・識別するという仕組がそこに見られる。

『今昔物語集』のこの挿話では、無事使命を果たして帰還した伊衡を天皇を始めとして宮廷の男たちは「よくやった、でかした」と讃美したと言うが、どうやら伊衡の成功はなかなかの快挙であったことが分かる。また、伊勢の詠んだ和歌を天皇たちは褒めたたえているが、歌人としての誉れに焦点があるのは『無名草子』と同じなのだが、伊勢という女人の捉え方に違いがあるのである。ここでは、大勢の女たちの中枢に君臨して生きる女首長のごとき伊勢の生き方が取り上げられている。その女の世界に伊衡が推参し、女たちのおめがねに適ったことが〈面白い話〉として取り上げられていると言える。

では、伊衡がもしも女たちのおめがねに適わなければ伊勢は和歌の詠進を拒否したのだろうか、あるいは笑いものになったのだろうか、という想像も起こり得る。女社会に推参するには、みやびという資格が必要だったのではないか。

その点に関しては、『枕草子』二百九十四段におけるエピソードが想起されるのである。ある日、御所に一人の下男がやってきて、火事に遭って暮らしに困っているという窮状を訴えるという出来事があった。それを清少納言はじめ女房たちが揶揄して笑い者にするというエピソードである。現代の視点からすれば非人道的としか言いようのない話なのだが、女たちの笑いと揶揄と拒絶は、おめがねに適わなかったものに対する正当な対応だったろうか。定子《ていし》という聖なる后を中枢として戴く女集団には、この下男のごとき和歌も読めない〈非みやび〉なる者は排除されるしかなかったのかもしれない。

また、定子皇后が出産のために大進生昌《だいじんなりまさ》の屋敷に滞在することになった折、生昌に対する清少納言のあの揶揄と笑いも想起される。清少納言があまりに笑い者にするので皇后が気の毒がるほどであったが、あの笑いも自分たちの文化に合わないものに対する正当な対応であったかもしれない。そこにあるのは、自分たち女の世界が、聖なる女、かつ高貴な定子を中枢として結束するみやびなる文化を顕現するものだという誇りであった。自分たちのレベルに合わないものを笑い飛ばして排除することが、主宰者定子皇后の聖性を保証するものであったように思われるのである。

また、『徒然草』では次のように述べる。そもそも、女とは男を笑うものであったらしい。

すべて、男をば女に笑はれぬやうにおほしたつべしとぞ。「浄土前関白殿は、幼くて安喜門院のよく教へ参らせ給ひける故に、御詞などのよき」と人の仰せられけるとかや。山階《やましな》左大臣殿は「あやしの下女の見奉るをもいとはづかしく、心づかいせらる」と仰せられけれ。

——だいたい、男子は女に笑われないように育て上げなければならないということだ。「浄土前関白殿は、幼少時、安喜門院様がよくよく教えてさしあげたために、言葉遣いなどは大変良かった」とある人が仰ったとか。山階左大臣殿は、「身分の低い召使の女にさえもどのように見られるか、大変気を遣うものだ」と仰ったのだった。

吉田兼好の場合は、ここから女性批判へと筆が進んでいくのだが、この文章からは、言葉遣いから、態度、衣装、マナーなどの価値判断が女の側にあったことがうかがわれる。女に笑われぬように、女に気に入られるように、男の子を育て上げなければならない、という言葉からは、逆に女は男を笑うものであったこと、しかも女の文化の基準で、つまりみやびやかなる美意識という基準で男を批評するものであったことが想像される。つまり女文化に対しては男性たちは一目置いていたらしいのである。

『無名草子』においては、源氏物語論を始めとして王朝文化華やかなりし時代に活躍した女性たちを取り上げて一種の〈女性論〉が展開されている。その中でも伊勢も〈めでたき女〉の一人として論じられている。しかし、その取り上げられ方は、前述のように歌人としての誉れに焦点が当てられているのであって、小野小町、清少納言や小式部、和泉式部、宮の宣旨というような女房歌人と同列のものである。このことから推察すると、伊勢の扱いは高貴な女としてではなく、一人の女房としてであるかのようである。

そして、このような女房歌人たちを論じたその最後に、四人の高貴な女が『無名草子』の掉尾を飾る。高貴な四人の女とは、定子《ていし》皇后、上東門院彰子《しょうし》、大斎院選子《せんし》、小野の皇太后である。つまり、高貴な皇統の女たちであった。そして、その高貴な女たちがたとえ失意の時であろうが年を取って世の中から忘れられているような時であろうが、かつての盛時の折といささかも変わらない華やかな、文化レベルの高い生活ぶりを維持していることが述べられている。ちょうど前述の『今昔物語集』における伊勢の暮らしぶりを語るのと同様に、あっぱれなこととして褒め称えているのである。そのみやびな世界もやはり大勢の女たちを擁した女社会であった。

『無名草子』が伝える女主宰者の暮らしぶりは、例えば小野の皇太后の例を挙げると次のようなものであった。

小野の皇太后は、出家して小野の山荘に籠った後も、大勢の女たちとともに華やかな堂々たる暮らしぶりを維持していた。ある時、白河院が予告もなしに不意に訪れた際は、あらかじめ用意していたわけではないのに、女房たちは華やかな衣装に身を包み、童女たちによるもてなしは美しく機転の利いたものであった。女主人は隠遁生活にもかかわらず盛時と同様、その暮らしぶりは依然として華麗なものであった。女房や童女という皇太后配下の女たちのその美しく優美な姿、みやびを体現するその有様こそが女主人の精神性を表わしているのである。

この例に見られるように、『無名草子』では、みやびな女社会の主宰者として褒め称えているのは皇女や皇妃といった聖性を帯びた高貴なる女に限定している。本来、女社会を率いる女主宰者にはカリスマ的な聖性が求められたのではないかと思える。古代に遡れば、共同体の中枢であるシャーマンとしての巫女的な女王や、神の系譜を生きる聖なる女王が本来的な女主宰者であったかもしれない。

この女主宰者とは、古代的に言えば、母系的な氏族血縁共同体を統べるヒメとも言うべきものであったろう。その古代的なヒメを取り巻く姉妹や同族の、さらには一族眷属の女たちをも擁した女社会の存在を考えてみたいのである。最古の例としては『魏志倭人伝《ぎしわじんでん》』の伝える女王卑弥呼《ひみこ》の生活も大勢の女たちとともにある女社会だったらしく思える。そこに入ることが出来るのはごく限られた男だけだったと記されている。

その女社会の形は、当然、時代の流れとともに律令体制や摂関体制の中で変化してゆくものであったろうが、その古代的な感覚は生活の基底としてなおも女社会のあり方を決定しているものではなかったかと思う。

時代が下がって、摂関体制下、後宮に生きていた女たちは、この古代的なヒメの余韻をなおも響かせながら、かつて女神であった聖性を体現していたのではなかったろうか。『無名草子』『今昔物語集』やあるいは『枕草子』などが伝える女主宰者、ヒメはこの世ならぬ世界の威力を発露しているのであった。そのエネルギーこそが女社会に生きるものたちを生かせる源であったのではないかと思う。

『無名草子』では、その他にもたとえば落魄して失意の時であろうとも、その堂々たる矜持と覇気を失わない高貴な女の生きざまが取り上げられている。それは、女社会のトップというべき主宰者とはいかなるものであったかを物語るものであったように思う。

ここで、伊勢に関して問題としたいのは、伊勢は一方では自らが率いる女集団の中枢として君臨する女ではあったけれども、一方では身分・階級から言えば宮仕えの女であったということである。ただ、伊勢を〈女房〉として捉えることには留保が必要である。女房という存在が言葉として定着するのはおよそ十世紀後半の頃であって、また女房階級なるものが決定していくのも伊勢の時代よりはかなり後のことになるのである。『伊勢集』にも〈女房〉の語は出てこないし、また十世紀中ごろの成立とされる『大和物語』にも出てこない。代わりに用いられているのは「御たち」（ご婦人たち）という言葉である。

言葉がない、ということは〈女房〉なる概念がまだ曖昧だったと言えるのであって、では代わりにあったものとして〈ヒメ〉を取り巻く女たちの集団があったという点が問題になるのである。

伊勢がいわゆる〈一介の宮仕えの女〉に過ぎないのか、あるいは宇多帝の寵愛を受けるべく藤原氏が用意し、期待した妃候補であったかは今までいろいろ論じられてきて意見の分かれるところだが、伊勢は少女期から女御（のち后）温子に仕えた女であった。〈仕える〉ということをいわゆる主従関係として考えていいものか、検討すべきことである。むしろ、温子の率いる女社会に加わり、その世界に生きた女として考えてみたい。

『伊勢集』は周知のとおり、冒頭の三十首ほどの部分は歌物語のようになっている。その歌物語は温子に宮仕えしていた時期のもので、その〈物語〉の最後は温子の崩御の記事で終わっていることからも、『伊勢集』冒頭部分は〈温子の世界を生きた女の物語〉として捉えられる。

伊勢と温子《おんし》の関係

『伊勢集』の歌物語を読むに際して「よく分からない」という意味で問題としたいのは、温子と伊勢の関係である。

伊勢が宇多天皇の妃の一人、当初は女御であった温子に仕えるという状態のまま、宇多天皇の寵愛を受けてその皇子を生むという事態があるにもかかわらず、温子と伊勢の関係はまことに情のこもった主従の関係として『伊勢集』では語られているのである。温子と伊勢の間に、たとえば宇多天皇という男の存在をめぐる女同士の葛藤などはなかったのだろうか、というのは当然生じてくる疑問で、一人の男の愛をめぐる、いわば三角関係が生じているわけであるから、伊勢や温子の心に嫉妬のような感情が生じたはずだと考えるのは当然であろうか。この〈分からなさ〉のために『伊勢集』はどうしても不可解なところのある文学作品となっているのかもしれない。

『伊勢集』によれば、生まれた皇子は桂の家に置いて、伊勢はそのまま温子に仕えていたという。

雨の降る日うちながめて思ひやりたるを、宮御覧じて、

月のうちに桂の人をおもふとや雨に涙の添ひて降るらむ

かへし

久方のなかに生ひたる里なればひかりをのみて頼むべらなる

伊勢と温子との贈答歌である。雨の降る日、雨を眺めてもの思いにふけっている伊勢を温子が御覧になって、「桂に置いてある皇子を思って、あなたの涙も降る雨のように流れるのでしょうか」と歌いかける。それに答えて、「久方の月の光の中の桂にすむわが子は、月の光のようなあなた様の庇護を頼みにしておりますよ」と伊勢は詠む。私が生んだ皇子も、そして私も温子の光の中にこそ生きているのだという、温子との絆を詠んでいるのである。

ここに見る温子と伊勢の互いを思いやり、情けと恩義を交し合ううるわしき関係というのは、現代の感覚で言えば分かりにくいものがある。しかし、この〈分かりにくい〉という感覚はあくまで現代のものであることも考えなくてはいけないことだと思える。宇多天皇の帝寵をめぐって温子と伊勢の間に葛藤・競争意識があるはずだというのも、いわば現代の感覚であって、古代なら古代の論理に従って読み取るべきものであるのかもしれない。

研究史においてもこの〈分かりにくさ〉は常に問題となっている。

「皇子出産を中宮温子と主従ともどもに喜び、かつ慰めあうという状況も、例外に近い方の状況としなければ、理解し難い」（加納重文「伊勢の御　私見」『古代文学研究』第二号　昭和五十五年八月）と述べられているように、この二人の情愛は〈例外〉的なものとして捉えなければいけないのではないか、という視点も生じる。

また、二人の関係が「やさしくいたわる后」と「忠実な女房」という理想的なものであって、あまりに模範的な伊勢の姿がきれいごと過ぎるとして「この部分は物語部分と呼ぶにふさわしく全く虚構ならざるはなし」（片桐洋一「『伊勢集』物語部分の性格」『中古文学』昭和五十五年五月）というように、これは〈物語化による虚構〉であるとする読み方も起こり得る。

また、この二つの論をふまえた上で、秋山虔は宇多帝治世時の政治体制に注目された。父藤原基経《もとつね》の後宮対策として、いわば宇多帝に対する無理強いの形で入内《じゅだい》させられた温子と、これもあるいは藤原氏の後宮対策の一つの駒であったかもしれない伊勢との間に、愛憎を超えるものがあったのだ、と解釈された。「なまぐさい女同士の関係という位相を超え、また、いっぽう高貴な中宮と、これに仕える女房といった関係をも突き抜けて、それぞれたがいに逼迫した心と心とをうるわしく相かよわせる者同士となる」（秋山虔『伊勢』王朝の歌人5　昭和六十年八月）というようにあるべきはずの「なまぐさい女同士」の関係がここでは生じることなく、それを超越してしまったのは、互いに心と心が相寄ったからであったと考えられた。秋山氏の論は、まことに行き届いた納得のいくものなのだが、さらに考えたいのは、この論の前提となっているのが、二人の関係が「なまぐさい女同士の関係」のはずだという点である。温子と伊勢の間に〈帝寵をめぐる葛藤があるはずだ〉というのが秋山氏だけではなく、先の二論においても当然のことと見なされている。

それに対して、私は、温子と伊勢の間に宇多天皇の愛をめぐっての葛藤などなかったのではないか、というところから考えてみたいのである。

天皇と天皇をめぐる女性たちの関係は必ずしも恋愛感情に基づくものではなかったろうし、制度に則ったものだという点をまず考えておきたい。無論そこに愛がなかったというのではないが、社会体制や慣習・しきたりが婚姻のあり方や人間関係を決定していくことを考えた場合、いわゆる愛をめぐる葛藤というものは事情が異なってくるように思われる。温子と伊勢の間に「なまぐさい女同士」の葛藤があるはずではないか、という考え方は現代の視点によるもの、そして近代的な恋愛イデオロギーに基づくものではあるまいか。現代の恋愛イデオロギーに捉われることは避けるべきことのように思える。

恋愛イデオロギーなるものは、明治以後、西洋から導入された個人主義やキリスト教の一夫一婦主義に基づいて生まれたものと一般的には言われている。無論、それ以前にも男女関係では、惚れる、いとおしい、というような感情があってそこに恋や夫婦の関係が成り立っていたのだろうが、制度・慣習としては本人の意思に関わらず成立することが多かったのは事実である。制度やしきたり、あるいは慣習というものに則って民俗の世界ではごく自然に「決められた婚姻」を受け入れて来たのではなかろうか。しかし、近代の社会では、理念としての恋愛が生まれたのである。

恋愛とは、個人が自己の意志で相互に確認し合って成り立つもの、それに基づいて結婚があるということが理想として掲げられたとき、それはイデオロギーとして成立する。しかし、この理念に従って明治以前の封建社会における婚姻、さらには古代の王をめぐる結婚の問題、そして宇多天皇の寵愛をともに受けた温子と伊勢の関係を捉えることは出来ないように思われる。

温子と伊勢の関係を、伊勢が記すとおりに互いを思いやったうるわしい関係と捉えた上で、なぜその関係が成立するかを考えてみたい。嫉妬と葛藤がない女同士の関係が成り立つ世界がそこにあったことを考えてみるべきだろう。

また、温子と伊勢との間に嫉妬・葛藤が生じたはずだとする考え方は、あるいは男社会からの発想とも言えよう。男性主体の社会においては、文化の規範も女性のあり方・生き方も、そして女に対する評価も男性が決定することになる。そういう社会では、男をめぐる女同士の嫉妬・葛藤は確かに起こりやすいのである。男社会、あるいはホモ・ソーシャルというような、性は介在しないが男同士の連帯で成り立っている社会では、女はその連帯を成り立たせるための〈もの〉に成りうることもある。

このような男社会、あるいは男系に基づく男性優位社会が成立する以前、女には女の主宰者、ヒメなるものを中枢とした女社会、言い換えればレズ・ソーシャルなるものが存在したことを想定してみたい。レズ・ソーシャルとは、ホモ・ソーシャルに対応する概念として勝手に私が考えた用語なのだが、性の介在の有無は問わず女性同士が連帯結束することによって社会的にも力あるものとして成り立つ社会のことである。その成立の条件として、女にも権力・権威、そして聖性があると認知され、それが社会的にも有効に機能していることが考えられる。

伊勢に話を戻せば、伊勢が仕えていたのは宇多天皇ではなく温子であったことをまず考えておきたい。温子の率いる世界の中で伊勢は生きており、また生かされていたと言うべきだろう。伊勢が大切に思っていたのは、宇多天皇ではなく温子の方だったという所から伊勢と温子の関係を考えてみるべきだと思う。そこに温子がヒメとして君臨する女社会の存在を浮き上らせたい。

女主人と配下の女の問題

温子と伊勢の関係を考える場合、少し時代がずれるのだが『源氏物語』での例を見てみたい。そこでは、光源氏が妻である葵上や紫の上の配下の女房を愛人としている例がかなりあるのである。

例えば、光源氏の正妻たる葵上付きの女房である中納言の君というのは、光源氏の思い人としてあらわれている。「としごろ、忍びおぼししかどこの御思ひのほどは、なかなかさやうなる筋にもかけたまはず。あはれなる御心かなと見たてまつる」（年来、中納言の君を内内に御寵愛だったが、葵上の服喪の間はそのような色めいたことは光源氏はかけてもなさらず、そのことをしみじみとおやさしいことだと中納言の君は拝見申し上げていた）とあるのだが、光源氏の思い人である中納言の君は、葵上が亡くなった折の喪の期間（四十九日間、光源氏は左大臣邸で喪に服していた）、光源氏が彼女に性的なことを要求しなかったことを「あはれなる御心」と評価している。

また、紫の上の配下たる女房たちの中にも、「中納言の君」「中将の君」という愛人がいた。その「中将の君」は、紫の上の死後を語る幻巻においては、光源氏のまなざしのなかであたかも紫の上の形見であるかのように描かれる。

人よりことにらうたきものに心とどめおぼしたりしものをと、おぼし出づるにつけて、かの御形見の筋をぞあはれとおぼしたる。

——紫の上は生前他の女房たちの誰よりも特別に可愛いものとして目をかけておられた、と思い出されるにつけても光源氏は、かの形見として中将の君をいとおしく思っていらっしゃる。

性の対象としてではなく、紫の上を偲ぶよすがとして光源氏は彼女を傍らにおいて過ごしていたという。中将の君とは紫の上の形見のようなもの、あえて言えば分身のごときものといえるだろう。中将の君は幼い時から紫の上に仕えて、殊の外に愛されていたという。彼女の主人はあくまで紫の上である。それなのに光源氏の寵愛を受けるようになったことを主人に対して申し訳ないことと思っていた、という。思うに、それは紫の上からの嫉妬を考えてのことではあるまい。彼女の心理を推察するに、主人である紫の上から愛されているのに、別の人間からの寵愛を受けるのは主人をないがしろにするかのようで申し訳ない、というものであろうか。紫の上の夫である光源氏の愛を主君と競い合うというものではなかったはずである。中将の君とすれば主人に愛されているのに、光源氏にも尻尾を振っていい顔をしなければならない、そのことを紫の上に対して申し訳なく思っている、というように考えられるのである。彼女にすれば主人である紫の上の方が大切であったわけであり、その紐帯《ちゅうたい》を優先したかったということのように思われる。

これらの例では、葵上も紫の上も、物語では何も語られていないが、自分の配下の女と光源氏の愛人関係に対して拘泥《こうでい》している様子がない。そこに嫉妬や葛藤があった形跡は見られず、少なくとも物語内部では語られていない。配下の女たちと光源氏との性関係は当然あり得ることとして容認していたとしか考えられない。紫の上の心が広く、光源氏の浮気として大目に見ていたとも考えられない。紫の上に限って言えば、彼女は嫉妬深いとされていて、たとえば明石の君に対する嫉妬などは隠さなかったのであるし、また光源氏と朝顔の姫君との関係には心を痛めていたのである。

ここから見ると、紫の上の嫉妬の対象は自分の配下の女にあるのではなく、自分と拮抗する立場の女であった。明石の君も花散里も、また光源氏の他の妻たちもそれぞれが独立した自分の女集団を率いて、その上で婿君たる光源氏を迎えていた。紫の上にとって脅威となったのはそのような女性たちであった。

それに対して、自らの率いる世界の女たちは彼女にとってはわが傘下の者たちであり、自分の身内であり、いわば分身だったのではないかと思われる。わが傘下の者たちは女主人にとっては親愛の対象ではあっても嫉妬の対象ではなかったのではなかろうか。

そもそも女社会の原型としては、母と娘、姉と妹、母の姉妹、従姉妹というような血縁に基づく母系の集団が考えられる。そのような女集団による家に婿たちがそれぞれ通ってくるというのは平安時代の日記や物語にも普遍的に見られるもので、社会的には父系観念強化の時代ではあっても母方居住の家族制度は根強いものがあった。この女社会の原型が拡大したものが、摂関体制下における後宮の妃を中心とする女集団、つまり後に女房集団として成立する女社会だったのではないかと考えると、配下の女とはつまりは〈わが同胞〉である。

摂関体制下になれば、一人の妃を取り巻く優れた女たちが後宮対策として求められた。その結果、母系の血縁だけではなく、父系の血縁や一族眷属の中から優れた女たちが集められた。この擬似的な血縁集団ともいうべき女集団が高貴でかつ優れていればいるほど、中枢たる女主人の聖性が保障されるのである。その基本となっているのは〈はらから〉意識ではないかと思える。

たとえば、『伊勢物語』初段の初冠《ういこうぶり》の物語では、昔男が垣間見るのは「はらから」であった。その姉妹のなまめきたる（生き生きとした）美しさに心魅かれた昔男は、彼女たちに対して男性のマナーとしてあいさつの恋歌を贈る。まことにみやびの発露というべき物語になっている。ところで、この「はらから」という姉妹は女集団の原型というべきであって、あるいは、女の集団たる母系血縁集団を象徴するような形でこの〈はらから〉が現れているのかもしれない。姉妹とは、一族のシンボルたるヒメと、そのヒメの分身というべき妹のヒメ（つまりは乙姫である）たちをまとめて言うものであろう。姉と妹がワン・セットになって母系集団を表わしているとと考えられる。この姉妹のワン・セットのシーンは、『源氏物語』においても繰り返されるもので、宇治十帖の橋姫巻で薫君が垣間見をするのは八の宮家の大君と中君《なかのきみ》の姉妹であった。また、竹河巻では、玉鬘の娘である大君・中君の姉妹が同様に垣間見の対象となっている。姉妹とは女社会の核のようなものであったろうか。

この母系集団の原型というべき姉妹の関係を、温子と伊勢の関係、もしくは『源氏物語』などに見られる女主人と配下の女たちとの関係に敷衍《ふえん》してみれば、女主人は〈ヒメ〉、配下の女たちは妹のヒメ、つまりは乙姫として捉えられそうである。乙姫の〈乙〉とは甲・乙の乙であるから、甲のヒメ（えひめ）に対して妹のヒメの意味になる。乙姫とは姉のヒメの分身であった。

神話の世界においては、姉のトヨタマヒメに対して、妹のタマヨリヒメが姉の身代わり・分身として機能している。

この姉妹の関係が女の集団として拡大されていくと、女主人を中心として多くの乙姫たちが女主人を囲繞《いじょう》するという形態が出来上がる。このような古代的な感覚がはるか後の時代の王朝世界のなかになおも基底として残っていることを考えてみたい。

伊勢と温子の関係を、忠義に基づく後世のような主従関係として捉えるよりも、このような古代的な感覚を擁した姉妹＝同胞の連帯がそこにあったと考えると、二人が互いに思い合う関係が明瞭に見えてくるのである。

しかし、以上の論に矛盾するかのようだが、女主人とそこに仕える女房との関係が必ずしも理想通りに行かない例もまた見られるのも事実である。

たとえば、『大和物語』百三十四段には次のようなエピソードが語られている。

先帝の御時、ある御曹司に、きたなげなき童ありけり。帝御覧じて、みそかに召してけり。これを人にしも知らせ給はで、ときどき召しけり。さて、のたまはせける。

飽かでのみ経ればなるべしあはぬ夜もあふ夜も人をあはれとぞ思ふ

……中略……

この主なる御息所聞きて、追ひ出でたまひにけるものか。いみじう。

――先帝――醍醐天皇の御代のこと、ある御息所に仕えている小奇麗な童女がいた。天皇が御覧になって密かにお召しになった。このことは他の人には特別にお知らせにならないで、時々お召しになった。さて、次のように天皇はその童女に（歌で）仰った。

いつも満足するほどお前と逢えないせいか逢わぬ夜も逢う夜もいつもお前が恋しい。

……中略……

この件を童女の主の御息所が聞いて、なんとまあ、童女を追い出してしまったとか、ひどいことを。

この物語では、女主人は自分の配下の童女――成人前の少女であるから十三・四歳ぐらいだろうか、――が天皇に寵愛されるのが許せなかったのである。ただ、『大和物語』の執筆者はこの御息所の行為に対して批判的である。

『伊勢集』の温子と伊勢の関係、『源氏物語』の紫の上と配下の女房の関係はやはり理想であって、こちらが現実なのだと言えなくもない。しかし、『大和物語』の執筆者の批判的書きぶりを考慮すると、女主人はこんなことでは童女を追い出したりしないのが正当だという意識や当時の社会通念がうかがわれる。当時の後宮の常識からするとこの御息所の行為は非道というべきものであったのではないか。

あるいは、御息所の怒りは、天皇がこの童女を召したことを秘密にしたことにあるとも考えられるし、またこれは天皇の恋であったかもしれないとも思われる。恋は、この御息所の主宰する女社会を壊すものであったのかもしれない。恋と秩序は相容れないものである。

伊勢の場合は、彼女が「きさきの御心かぎりなくなまめきて世にたとへむかたなくおはしましける」（妃の御心は限りなく思いやりがあり、おやさしくて、この世にまたとないものでいらっしゃる）と称賛する温子の理想的主人ぶりがここで生きてくる。女主人は主人としてあらまほしき高貴性、立派さ、美質がなければ仕える者たちの称賛は得られない。主人への称賛がなければこの女社会は維持できない、というのは『枕草子』の清少納言と定子の関係を見てもうかがわれることだが、伊勢と温子の関係も、温子の思いやりと伊勢の慕う心が一つになったものとして捉えられる。だからこそ伊勢は〈温子の世界〉に生きられた自己を『伊勢集』において描いたと思うのである。

伊勢の宮仕え

伊勢の宮仕え生活を『伊勢集』冒頭の歌物語部分から具体的に見ていくことにする。『伊勢集』は次の文章から始まる。

寛平帝《かんぴょうてい》の御時、大御息所と聞こえける御つぼねに、大和に親ある人、さぶらひけり。親いとかなしくして、なべての男はあはじ、と思ひてさぶらはせけるに、御息所の御せうといとねむごろに言ひわたり給ふを、いかがありけむ、親いかがいはんと思へど、さるべき宿世《すくせ》にこそあらめ、若き人頼みがたくぞあるや、とぞ言ひける。年ふるほどに、その時の大将の婿になりにけり。

――寛平の御時、宇多天皇の治世のとき、大御息所（温子）と申し上げた方のもとに、大和に親がいる人（私＝伊勢が）お仕えしていた。親は大層私を大切にして、普通の男とは結婚させまいとして温子に仕えさせていたのだが、温子の弟君（藤原仲平《なかひら》）がたいそう熱心に求愛なさっていたのだが、どのようであったのでしょう。親は、どうしょうかとは思っていたのだが、「そうなる宿世であったのだろう。しかし、若い人は頼みにし難いものだが」と言っていた。やはり、年月を経て、男はその当時の大将の家に婿取りされてしまった。

ここには伊勢の出仕のいきさつが語られている。「親、いとかなしくして、なべての男にあはせじ、と思ひてさぶらはせける」という文からは、伊勢の出仕に対して当初からの期待が親にあったことが分かる。「なべての男」とは結婚させないための出仕となれば、それは帝寵を期してのことに他ならない。そのために温子に仕えさせたということは、温子の主宰する世界に入ること自体が帝寵を受けることと同義になるであろう。極端なことを言えば、温子配下の女たちは帝に対して開かれているのではないか。

温子は仁和四年（八八八年）十月六日、更衣《こうい》として入内、翌月の十一月九日に女御となった。時に数え歳十七歳であった。ちなみに温子が皇太夫人（中宮）となったのは宇多天皇退位後の寛平九年（八九七年）七月二十九日である。伊勢の年齢は正確には不明だが、温子と同世代か少し年下ではなかったか、というところから元慶元年（八七七年）頃の出生かと推測されている。温子が入内するのと同時に出仕したとすれば、その頃伊勢は十二・三歳ということになる。

出仕してしばらくした頃か、親の期待に反して温子の異母弟、仲平との恋愛が生じている。仲平は貞観十七年（八七五年）生まれで、寛平二年（八九〇年）十五歳で元服をしているのだが、親の「若き人頼みがたくぞあるや」

と案じたとおり仲平はその後「時の大将」の家に婿取られてしまったのだった。これは仲平が別の女性に心を移したというのではなく、元服を迎えてしかるべき権勢家の婿になる必然によるものと思われるので仕方がないと言えば仕方のないことだが、一夫多妻の時代とはいえ正式な婿取りを経ての婚姻であるから、これは正妻の決定を意味する。伊勢にとっては、先の見込みのないはかない関係しか残されていないのである。伊勢の〈歌物語〉はこの仲平との恋のその後、さらに仲平の兄の時平《ときひら》の求愛、その他何人かの青年貴公子とのやりとりなどが展開してゆくが、その合間に親がいるという大和滞在の折の寺巡りの記事などがあり、若い女性の、一種の青春ドラマのようになっている。

いくつかの恋愛はあったようだが結局は誰のものにもならぬまま、伊勢は宇多天皇のお召しを受ける身となった。

これかれとかく言へど聞かで、宮仕えをのみしけるほどに、時の帝召しつかひ給ひけり。よくぞまめやかなりけると思ふに、をとこ宮生まれ給ひぬ。親などもいみじう喜びけり。仕うまつる御息所も后にゐたまひぬ。宮を桂といふ所におきてたてまつりて、自らは后の宮にさぶらふ。……。

——あれこれと男たちは言ってくるけれど私は拒み続けて、宮仕えに勤めていた。そのうちに宇多帝が私をお召しになった。よくぞ真面目にしていたことだと思っているうちに男宮がお生まれになった。親なども非常に喜んでくれた。お仕えしていた御息所も后の位にお就きになった。生まれた宮を桂という所に置いて、自分は后の宮にお仕えする。……。

ここにあるのは、めでたさを喜ぶ伊勢の心境である。天皇のお召しにあずかるのは名誉でありめでたきことであった。他の男に靡《なび》かずに誠実に宮仕えをしていて良かったと伊勢は記す。さらに慶事は続く。「をとこ宮生まれ給ひぬ。親などもいみじう喜びけり。御息所も后にゐ給ひぬ」というように〈も〉によって繰り返される慶事は、伊勢が男宮を出産したこと、親も喜び、さらに続いて温子が中宮になったことであり、この一連は、これが自分たち、温子と伊勢と親たち、あるいは一族全体の喜びであったことを表わしているだろう。これは〈わたしたち〉の喜びなのである。

また、生まれた子は桂の家に置いて自分はなおも温子の傍らに仕えているのである。伊勢はこのようにあくまで温子との関係を重視する。自分が帝寵にあずかったことも、皇子を生んだことも、それは温子の世界のなかの出来事だったからではないか。

ところで、伊勢が皇子を生んだ時期や、皇子の名前などは不明である。また、温子が中宮の位に就いたのは宇多天皇退位後の寛平九年（八九七年）のことであって、伊勢の皇子出産と温子が后になった時期はかなりずれているのではないかと思われるのだが、これを執筆するに際して伊勢の心の中ではこれらの喜びは一連の出来事となっていたように思われる。この記事の筆致からは〈わたしたち〉という温子と伊勢の共同体意識がうかがわれるのである。

『伊勢物語』——藤原高子《たかいこ》の例

温子と伊勢との関係はどのようなものであったかをずっと考察してきたのだが、ここで伊勢の時代よりおよそ半世紀以前の『伊勢物語』における藤原高子の例を取り上げたい。高子は『伊勢物語』における昔男との悲恋で有名だが、このヒロイン高子と伊勢との間には比較検討するべき要素が見られるように思う。

〈二条の后〉として名高い藤原高子は、承和九年（八四二年）藤原長良《ながら》の娘として生まれた。父の長良は斉衡三年（八五六年）五十五歳でなくなる。その時、高子は十五歳だった。

古来、高子は藤原氏の政治戦略上の大切な持ち駒の一つであったと解釈されている。高子は後に貞観八年（八六六年）二十四歳の時に清和《せいわ》天皇の女御となり、貞観十年（八六八年）貞明親王《さだあきら》（後の陽成天皇）を生むことになる。その后候補の大切な姫君を業平ごときに奪われてはならないという藤原氏の思惑が『伊勢物語』における二人の悲恋物語を生み出すものとなっているのである。

ところで、この在原業平との悲恋物語を、歴史的事実とみるか、全くの虚構と見るかで論が分かれている。もっとも二人の恋を伝えるのは『伊勢物語』という〈ものがたり〉の世界でのことであるからそれを全くの事実として捉えることもなかろうし、また〈ありえない〉話として排除してしまうのも真実から逸れてしまうのではないか。

高子には入内に関する正確な記録がない。どうも普通の姫君のごとき入内という形は取らなかったようなのである。この間のことを推察して、『大鏡』は次のようなことを記している。

　この后宮の宮仕えしそめ給ひけむやうこそ、おぼつかなけれ。いまだよごもりておはしける時、在中将しのびてゐてかくしたてまつりたりけるを、御せうとの君達、基経の大臣、国経《くにつね》の大納言などの、わかくおはしましけん程の事なりけむかし。とりかへしにおはしたりける折り、「つまもこもれり、我もこもれり」とよみたまひたるは、この御事なれば、すゑの世に「神代のことも」とは、申し出でたまひけるぞかし。されば、世の常の御かしづきにては御覧じそめられたまはずやおはしましけむとぞおぼゆる。もし、離れぬ御仲にて染殿宮にまいり通ひなどしたまひけむほどのことにや、とぞ推しはかられ侍る。

この記事によれば、高子の入内した折の正確な記録はなく、はっきりとしないとのことである。ともかくも、入内以前に業平との恋愛沙汰があって『伊勢物語』六段が語るように業平らしき〈昔男〉が高子らしき高貴の女を奪って逃げた、というような事件があったことから、それが障害となって高子は貴顕の姫君としての正式な入内という形は取れなかったらしい、というのである。清和天皇との馴れ初めは、高子が従姉の明子后の染殿宮にしばしば滞在などしているうちに天皇のお目について、その結果、お召しがあったのではないか、と『大鏡』は推測する。

業平との恋愛が障害となって正式な入内という形が取れなかったことが示唆されているように、『伊勢物語』での二人の恋はここでは歴史的事実となっている。また、注目したいことは、高子が従姉の明子（清和天皇の母）のもとに身を寄せているときに天皇との馴れ初めがあったのではないかと『大鏡』が推測していることである。高子はいったい何故明子や伯母にあたる順子のもとにいたのか、考えてみるべきことと思われる。

藤原高子という女性は、藤原氏の後宮対策の重要なかなめとして位置づけられてきた。平安朝に入って以後、藤原氏は天皇を婿として取り入れる〈特殊〉の一族として基盤を固めて来たのだった。九世紀初頭、藤原冬嗣《ふゆつぐ》は娘の順子を仁明天皇の後宮にいれ、生まれた文徳《もんとく》天皇には良房《よしふさ》（冬嗣の子）の娘である明子を入内させた。そこで生まれたのが清和天皇である。

その清和天皇の後宮にも藤原氏の娘を入れて次代の天皇を生ませなければならないという政策が当然考えられるわけで、その候補として高子が浮上する。もっとも清和天皇よりも高子は八歳の年長になるので、清和天皇が大人になるまで待たなければならなかったという事情が考えられる。記録では高子が女御になったのは二十四歳の時であり、天皇の方は十六歳ということになるから、時期としては妥当といえるだろうが、いずれにしても高子には成人してから二十四歳になるまでのおよそ十年に及ぶ長い待機期間があったわけである。

高子という女性は天皇の妃候補として藤原氏にとっては重要な駒の一つということになるのだが、高子をめぐる物語を読む限り高子は本当に正当な妃候補として当初から決定していたのかどうか疑ってみてもいいのではないかと思われる。そして、清和天皇が元服するまでの長い期間、高子は未来の后候補として絶対的であったのかどうか。さらに、彼女に正統な入内の形がなかったとすれば、その原因が業平との恋だったというのは本当か否か。むしろ、父の長良が早くに亡くなってしまったことも原因ではなかったかとも思えるのである。

『伊勢物語』の四段から六段に到る高子と業平の物語は、おそらくは父の長良の死後のことと思われるのだが、彼女は伯母順子の五条の宮に滞在していたり、また従姉の明子（文徳天皇女御）の染殿宮に「仕うまつるやうにてゐ給へりける」という状況であったりした。

私は、この間、高子は順子や明子の率いる女社会に所属していたのではないかと解釈したいのである。九世紀前半はまだ古代的な家族制度が残っているであろうから、それは女房として仕えるというものではなかったとしても、〈大いなる女〉と言うべき一族のなかの女首長の傘下に入ることではなかったろうか。それは大いなる庇護をうけることを意味したとも考えられる。家父長の成立する以前には母系社会の痕跡のようなものが残っていて、女首長＝いわばヒメとも言うべき女性が一族の女たちをこのような形で統べていたのではないかと想像されるのである。

『伊勢物語』四段で、「ひむがしの五条に、大后の宮おはしましける。その西の対に住む人ありけり」と語られているように、伯母である順子の邸宅の西の対に高子は住んでいた。彼女が宮廷へと去った後、その西の対は住む人もなくがらんどうになっていたというのであるから、高子は明らかに姫君として西の対に暮らしていたのであって決して侍女としてではなかった。

角田文衛《つのだぶんえい》氏は『二条の后藤原高子　業平との恋』（幻戯書房　二〇〇三年）において、高子は伯母順子か伯父良房の養女あるいは養女格として引き取られていたのではないかと推測されているが、養女と言ってしまえばまことに分かりやすいのであるが、順子の庇護のもとにあったことから推測すると順子を〈親分〉とすれば高子は〈娘分〉としてその配下にあったと解釈できるのである。擬似的な母系血縁家族、つまり〈母と娘〉の関係がそこにあったのではないか。

また、六段の末尾には次のような、よく知られた記事がある。

これは二条の后の、いとこの女御の御もとに、仕うまつるやうにてゐたまへりけるを、形のいとめでたくおはしましければ、盗みて負ひていでたりけるを……。

――この話は、後に二条の后になった高子が、まだ若い頃従姉の女御（明子―清和天皇の母）のもとにお仕えするような形でいらっしゃったのを、とてもおきれいでいらっしゃったので、業平が奪い取って背負って逃げたのを……。

高子の所属が伯母の順子から従姉の明子に移っているが、いずれ権威のある身内の女性のもとに身を寄せている。そして、その期間に業平との恋愛が生じた。

この経過は、『伊勢集』に見られる伊勢の〈物語〉ときわめて似ていることに気づくのである。もちろん、藤原北家の政治権力の中枢に生まれた高子と、受領階級の姫君にすぎない伊勢とは身分・階級が異なっているのであるが、ともに帝寵を受ける可能性のある候補者という点が共通する。高子もあるいは清和天皇の寵愛を受ける可能性のある女として、天皇の母である明子の染殿宮にいたのかもしれない。それは『伊勢物語』筆者の解釈では「仕うまつるやうにて」という形であったのかもしれないが、それは後の時代の〈女房〉というものではなく、また侍女というものでもなく、明子配下の女として明子の庇護のもとに妹分として暮らしていたというものではないかと推測したい。

伊勢が、帝寵を受けることを親が期待して温子のもとに宮仕えさせたにも関わらず仲平との恋愛が生じたように、高子にも恋愛が生じたのだと言えないだろうか。帝寵はいわば〈ありうべきこと〉かもしれないし、また、他の貴公子との恋愛も〈ありうべき〉ことであったかもしれない。そういう曖昧な状態が、伊勢にも高子にもあったように思える。

『伊勢物語』五段にあるように、〈昔男〉は築地《ついじ》の崩れを超えて高子らしき女に通ってきたが、主人（順子）はついにそれを許したとある。女社会の主人は、娘分の高子の恋を許したのである。そこには、男性の政治権力闘争とは別の女社会の論理があったのであろうと思われる。

業平との恋が事実なのか物語的虚構なのかは分からないが、仮にそれらしきことがあったとしてもそれが清和天皇への入内の障害になったとは言えないかもしれない。伊勢にとっても仲平との恋愛が帝寵を受けるに際しての障りとなったわけではなかったらしい。

ただ、伊勢に比べて高子は、父を亡くしていたとは言うものの藤原氏の中枢に生まれた姫君であったからだろうか、正式に女御となり、貞明親王を生み、元慶二年（八七八年）貞明親王の即位により皇太夫人となった。さらに元慶六年（八八二年）天皇の元服に際して皇太后となる。一族の伯母の順子や従姉の明子と同じく皇統の世界を大いなるヒメとして生きたのだった。

伊勢のその後

温子は延喜七年（九〇七年）六月に三十六歳で没した。その時伊勢は三十一歳（推定）である。伊勢は、温子の遺児均子《きんし》内親王にそのまま仕えたと推測されているのだが、均子はその三年後の延喜十年（九一〇年）に二十一歳で没してしまう。

この均子内親王の夫であったのが、この後伊勢と関わりの生じる敦慶《あつよし》親王である。伊勢とこの敦慶親王との間に、いつ、どのような経過を経て関係が生じたかは明らかではないが、二人は敦慶親王が延長八年（九三〇年）四十四歳で没するまで愛人の関係であったと推測されている。親王が亡くなった折の悲痛な哀悼歌が『伊勢集』にある。そして二人の間には娘の中務が生まれている。

温子の没後、その忘れ形見である均子内親王に伊勢がそのまま使えるのは必然の成り行きのように思われる。温子の世界から均子内親王の世界へと伊勢の所属が変わった。それは言いかえれば、均子内親王を中枢とする〈女社会〉に伊勢が入ったと把握できる。そこは伊勢を始め大勢の女たちがまだ若い均子内親王を護りつつ結束する世界であったろうか。また敦慶親王はその〈女社会〉にやってくる訪問者であったろうか。訪問者、それは婿君としてであった。均子内親王と敦慶親王が同居であったか否かは分からないが、たとえ同居婚であったとしても均子内親王は邸内において大勢の女たちを率いて女の世界に君臨していたと思われる。男は〈婿〉として、つまり女たちの評価を得て、その女の世界を訪れる存在である。

伊勢と敦慶親王の間に関係が生じたのが均子内親王の没後であると考える必要はないように思える。女主人均子内親王の精神的な意味での同胞・身内・姉妹のような傘下の女として、つまりは分身として伊勢は敦慶親王のお召しを受けることがあったかもしれない。まして伊勢は歌人として若い頃より評価の高い、いわば歌壇における花形の女性であった。彼女を均子内親王配下の重要人物として、あるいは魅力ある女性としても、あるいは文化的な意味においても優れた歌人として評価することが、お召しにつながったのではないかと想像される。

伊勢という一人の女性の一生をこのように概観してみると、どこか恋多き女性のようにも捉えられそうなのだが、必ずしもそういうわけではなかろうと思える。彼女は決して「恋愛遍歴に生きた女」ではなかった。青春時代の若き日々の恋は別にして、伊勢は高貴の男から〈お召しを受けた〉だけなのだと考えていいように思う。一度目は温子に仕えている配下の女として宇多天皇からお召しを受けた。二度目は、均子内親王に仕える女として敦慶親王からお召しを受けた、ということになるだろうか。その〈お召しを受ける〉ことが大変名誉でありがたいことであったとしても、それは伊勢主導で始まったことではないのではないか。それは近代的な意味での恋というものではなかったように思う。

この伊勢に比較すれば、和泉式部はまことにまっとうな恋愛をしたのだと言えるのではないか。『和泉式部日記』に描かれた敦道《あつみち》親王との関係は、相手が高貴な男であるとは言え対等の関係に基づく〈恋愛〉であった。真の恋愛とは、個人と個人が正面から向き合い、そして内なる他者として葛藤するものであり、それは対等の関係によって成り立つものであろう。いいかえれば、恋愛とは、互いがただの男と女になることであり、その世界では上下関係も意味を無くしてしまう。必然的に対等になるのである。

『和泉式部日記』に見る限り、和泉式部と敦道親王の物語には二人の切ないまでの恋心があふれている。この恋心が制度や秩序の破壊をもたらすものとして捉えられたのであろうか。和泉式部が「浮かれ女」と揶揄されたり、「けしからぬ女」として批判されるのも、この真っ当な恋愛によるものと思えるのである。その意味において『和泉式部日記』は現代にも通じる至高の恋の美しさを文学の力によって表現し得たものと言えよう。後には、和泉式部をめぐってさまざまな伝説が生まれた。とくに、晩年を落魄して老残の姿をさらして流離する物語も数々生まれた。その伝説化の根拠として、彼女が制度を破るという意味での真の恋愛を貫いたことが大きいのではないかと思える。

和泉式部に比べれば、伊勢の人生は制度を破るものではなかったと言えよう。和泉式部のように晩年を落魄・流離したというような伝説は伊勢に限っては生まれなかった。伊勢が、宇多天皇を愛したかどうか、それは恋心によるものであったかどうか、また敦慶親王との関係に於いても、それが身分や階級を超えるひしひしとするような情熱によるものであったかどうか、それも不明である。

伊勢に個人としての意識があった事は当然のことであり、この思いがあるからこそ和歌が生まれる。しかし、彼女は社会制度のなかを生きる女だった。聖なるカリスマ的な女を中心として女が連帯・結束する〈女社会〉というものを想定して見れば、その女社会に生きる女であるからこそ、そこから生じた生き方・愛し方（近代的な意味ではなく）を貫いたのではなかったか、と思えるのである。

女神のお仕事――『枕草子』の世界

〈私たち〉の世界

『枕草子』――その作品世界はさまざまなエピソードや現象があふれかえっているかのようで、まことに無秩序でとりとめがないという印象を受ける。しかしとりとめのないように見える『枕草子』にも、執筆者清少納言はひとつの法則に基づいて執筆したはずである。その法則に基づいて、彼女は何を書き、あるいは何を書かないかを決めていったのであろうが、その法則が明らかではないように思う。『枕草子』には数々の疑問や謎があるのだが、原因はその法則が何であったのかが分かりづらいことにあると思う。ただ羅列しているように思える記事の中から中宮定子《ていし》（のち皇后）の姿があざやかに立ち上がってくる。

定子とその配下の女房たちの集団を定子を主宰者として統率されたひとつの〈女社会〉として捉えてみたい。定子をいわば親分格として結束する女たちの集団の力がそこからうかがわれ、かつその力は躍動している。ただ、定子は中心ではあるがあまり動かない。動くのは清少納言たち配下の女房達である。

物語の世界では、たとえば映画などでもそうだが、主役というのはテーマを体現する存在である。主人公の定義とは一概に言えることではないが、中心となって物語を推進してゆく人物と一応は言える。彼もしくは彼女の存在そのものがテーマなのであって、そのためには主役としての存在感が必要である。つまりは存在しているだけで絵になる人物でなければならない。それに対して脇役というのは具体的に動いてテーマを説明してゆく、いわば遂行者と言うべきだろうか。定子は、主役としてまことにふさわしく彼女の存在が『枕草子』という作品のテーマなのだと思う。脇役たる女房集団たち、その代表たる清少納言はそのテーマを具体的に展開し、解説してゆくことで、定子という聖なる女神の威力を表現していったように思う。

清少納言と同僚の女房たちは、塊のように一緒に動いていて、とても仲がいいように思える。『枕草子』には、

〈私たちの女社会〉における葛藤は、――あったであろうし、それが窺われる章段もあるのだが、――それを書き記すことはない。清少納言が若い女房たちを連れてあちらこちら遊びに行くという記事もあるが、年配のリーダーが手下の若者を引率してゆくかのような光景で、リーダーの清少納言と一緒にいる女房たちは、ある意味では仲間であり一心同体であるかのようだ。女房の個人名が出てくることはあるが、それがいかなる家柄、性格、容姿であるかは記すことはなく（対して、紫式部はそれを記している）、清少納言の心を推測すれば、そこには〈私たち〉と言えるものがあったのではないかと思える。従ってそこには紫式部がなしたような分析批評がないのである。

そこには定子を中枢に据えた〈私たち〉の世界があって、清少納言はその〈私たち〉の一人に過ぎないのかもしれない。『枕草子』には、定子を中枢とする〈私たち〉の世界がありありと躍動的に描かれている。その〈私たちの世界〉とは何であったのか。『枕草子』理解のためにはその〈私たちの世界〉がいかなる存在であったのか、その存在の意義は何であったのかが問われなければいけないと思う。

定子の世界

〈ケガレ〉なき世界

清少納言は定子の〈物語〉を書こうとはしなかった。

『枕草子』には定子の姿がまことにはれやかに描かれているが、それは定子の〈物語〉というものではなかった。〈物語〉というものには一定の型に則った構造がある。〈語る〉という行為によって浮きあがってくるのは、一つの完結した〈昔〉の世界であって、語るという〈今〉の時点から見た語り手の解釈によって甦ってくるものである。今から見ると、あれはこうだった、ああだったという回想と解釈によって成立するものである。さらに物語では一人のヒーローの完結した一生が語られる。ヒーローの誕生、そして受難、死と再生をめぐる構造から一人の主人公の一生が、〈今は昔〉の事として語られてゆくものであった。

しかし清少納言が描いたのはそういうものではなかった。『枕草子』からは定子の一生が浮かんでこない。今、という執筆時点から回顧して書くというよりは、（そういう章段も少しあるのだが）昔のことがあたかも今の出来事であるかのように描かれている。定子も清少納言も昔の世界には生きてはいない。〈昔を今にかへさばや〉の思いで描いていないのは確かで、昔は失われたものではなく永遠に今現在のものとして現れている。

したがって『枕草子』は回顧録でもなく定子の物語でもなく定子への哀悼文でもない、という形を取っている。しかし、定子の生きていた世界をこのような形で執筆するということが定子への最大の哀悼であり、賞賛であったと思うのである。

さらに『枕草子』には〈書かれなかったこと〉があまりに多い。定子がいかなる人生をたどったか、それがいかに政争に翻弄された厳しいものであったかは、他の資料によって現代の我々には周知のことだが、それらの事件を『枕草子』から知ることは出来ない。書かれなかったこととは、例えば、定子の入内《じゅだい》前の事や生い立ちなども挙げられるし、また定子や定子の里である中関白家にとっては一大事であったはずの出産記事も記されていない。また、定子その人の死も語られない。

定子個人に関わる出来事の外に、清少納言が書かなかったことは、定子の父の道隆の死、そして定子の兄弟である伊周《これちか》と隆家の流罪になった折の記事などである。『枕草子』には描かれていないが、『栄華物語』にはつぶさに描かれた兄の伊周の流罪の折の定子の嘆き悲しむ姿などは、清少納言は傍らで見ていたかもしれないのにすべて書かれなかった。これらの素材を使えばどれほどか劇的な物語が書けるであろうに、と思わずにはいられないが、この悲劇的要因を書き手はすべて除外したのだった。

では清少納言は〈悲劇的事柄〉だけを省いたのか、と言えば、そこにはまた矛盾が生じるのであって、悲劇的ではない出産という慶事も省いているのは注目していいことと思える。『枕草子』は定子の、素晴らしかったことやお目出度いこと、つまり〈いいこと〉だけを選んで描いたのだとよく論じられることではあるが、それならば出産の件はとくに皇子の出産は定子とっても〈いいこと〉であろうと思えるのだが、清少納言はそれを記すことはない。紫式部がその手記『紫式部日記』を彰子《しょうし》の出産記事から書き始めたこととは対照的で、『枕草子』の執筆論理は別にあるのである。

清少納言が書かなかったことを一覧にして眺めてみれば、そこには共通する理念があることに気づく。つまりケガレの要素がすべて除かれていることである。それは民俗学で言うところの〈ハレ〉の対立概念としてのケガレである。ケガレの範疇に収まるものは、死、女性の月経、出産などが上げられるが、月経・出産は血の穢れ、また、罪を得ての流罪も〈罪〉という穢れに属する。そのように考えると、『枕草子』の世界はケガレというものが排除された世界なのだったと捉えられそうである。

兄弟の伊周・隆家が罪を得て流される記事が省略されているのもその点から見ることが出来るだろうか。つまり『枕草子』はケガレがすべて排除された世界であり、そこにあるのは〈ハレ〉の世界ということになる。したがって宮廷の皇妃として、大勢の女房たちを配下に従えた定子の女の世界が〈ハレ〉の世界として立ち上がってくることになる。

定子はハレの世界の主宰者として存在している。とすれば、その世界を背負う定子は、日常性を表す〈ケ〉の世界をも超越した存在、つまり神の次元を生きる女神のような存在としてあらわれてくると言えようか。『枕草子』の世界が「祝祭的」と論じられることがあるのも、祝祭というハレの世界がそこにあるからであって、定子と彼女が率いる〈女社会〉はその祝祭的ハレの時空を担うものであった。飛躍して言えば、〈女社会〉というものがケという日常性を超越した世界、非日常性を作り上げるものではなかったか。そこに宮廷という空間の聖性を絶えず喚起し盛り上げる装置としての〈女社会〉の存在があったように思う。

『枕草子』が〈定子の物語〉であるためには、それはケガレの要素をはらむものでなければならないが、それらがすべて排除されたところに『枕草子』の世界があるとすれば、当然それは〈定子の物語〉とはならない。物語とは、貴賤の構造を踏まえてハレとケガレが表裏一体となって主人公の死と再生を描くものだからである。主人公がケガレにまみれて死に瀕する世界から、浄化されてハレの世界へと再生するという、いわばカタリシスの要素が物語にはあるものだが、『枕草子』はそのような構造には則っていない。

もしも定子が〈物語の主人公〉であったなら、悲劇に流されてゆく悲嘆の姿や、死んでゆく終焉も描かれなければならないのだが、それは神ならぬ〈人間のドラマ〉である。人間だからこそ、生まれて、そして死んでゆく、つまりケガレをはらんだところに人間の一生があるのだが、そのようなものを超越したところに定子は位置している、と枕草子は訴えているかのようである。そこに定子の、〈人間〉というものを超越した、あたかも女神であるかのような永遠性が立ち上がってくるのである。定子がいかに立派であったか、中宮（皇后）として、大勢の女たちの中枢としていかに素晴らしかったか。それを『枕草子』は描くに際して定子を女神として描いた。人間のドラマではなく女神をめぐる〈神話〉がそこに存在しているように思われる。それは天皇という至高の存在に対応する〈至高の女主宰者〉としての中宮（後には皇后）のあり方を描くものではなかったかと思えるのである。古代的に言えばヒメである妃とその世界に湧き起こるものを描いた記録であり、ヒメたちの立ち上げた文化規範の記録であった。この世の規範を作り上げるのは〈神のお仕事〉である。では、女神である定子中宮が立ち上げた世界とその文化規範は、さしずめ〈女神のお仕事〉として捉えられるものであったろうか。

女たちの世界——幻想を生きる

『枕草子』には、定子がどのように自分の世界を作り上げていったかが如実に述べられている。そこに定子の意志の力を見たい。思うに〈自分の主宰する世界〉は自らの意志で作り上げるものなのであろう。そこには、たとえ不遇の時であろうとその誇り高き暮らしぶりを改めない高貴な女のあり方が示されているのだが、それは定子の覇気として捉えられるものである。そして、その定子の覇気は同じ世界に住む女房たちの覇気でもあったろうか。

『枕草子』百三十六段に次のような話がある。

殿などのおはしまさで後、世の中に事出で来、騒がしうなりて、宮もまゐらせたまはず、小二条殿《こにじょうどの》といふところにおはしますに、何ともなくうたてありしかば、久しう里にゐたり。御前渡りのおぼつかなきにこそ、なほ得耐へてあるまじかりけれ。

定子の父道隆が亡くなった後、定子は不遇の状態になっていて宮廷から退き小二条殿にいた。その頃の事、として清少納言は記す。清少納言は定子のもとにいられないような事態が起こっていて里に引きこもっていたらしい。この事態とは当時の政治情勢に関わるものであるらしいことは推測されているのだが、それがどのようなものであったかは『枕草子』には直接記されてはいない。ただ、定子の側にそのころはいなかったことだけを記しているのである。

その清少納言の元へ、右中将（源経房《つねふさ》 当時二十八歳）が訪れる。「右中将おはして、物語したまふ」とあるが、ここで〈物語〉が発生するのである。経房が語る〈モノガタリ〉とは次のようなものであった。

今日、宮にまゐりたりつれば、いみじうものこそあはれなりつれ。女房の装束、裳《も》・唐衣をりにあひ、たゆまでさぶらふかな。御簾のそばのあきたりつるより見入れつれば、八、九人ばかり、朽葉の唐衣・淡色の裳に、紫苑・萩などをかしうて、ゐ並みたりつるかな。御前の草のいと繁きを「などか。掻き払はせてこそ」と言ひつれば、「ことさら露置かせて御覧ずとて」と宰相の君の声にていらへつるが、をかしうもおぼえつるかな。「御里居、いと心憂し。かかるところにすませたまはむほどは、いみじきことありとも、かならずさぶらふべきものにおぼしめされたるに、かひなく」とあまたいひつる、「語り聞かせたてまつれ」となめりかし。まゐりて見たまへ。あはれなりつるところのさまかな。台の前に植ゑられたりける牡丹などのをかしきこと」などのたまふ。

——今日、定子皇后のもとへ参上いたしますと、たいそう風情のあるご様子でしたよ。女房の装束の唐衣も裳も季節にピッタリと合って、皆さん気を抜かずお仕えしていらっしゃる。御簾の空いているところから中をのぞくと、女房が八・九人ぐらい朽葉色の唐衣に淡色の裳をつけて、紫苑重ねも萩重ねもしゃれていて、並んで座っていらっしゃいました。

前栽の草草が繁っているのを見て「どうしてこうなんでしょう。草は掻き払わせればよろしいのに」と申し上げると、「こんな風に繁らせているのは、ことさらに露が置くのをご覧になりたいからと、定子様がおっしゃるので」と宰相の君の声で返事があったのは、なかなかしゃれたことと思われましたよ。

皆さん口々に「清少納言の里居はたいへん情けない気がするわ。こういうところに定子様がお住まいの時は何があってもお傍にいるべきものと思っていらっしゃるのに。その思いのかいもなく」とおっしゃるのは、あなたに（清少納言に）に「語り聞かせ申せ」ということなのでしょう。まあ、とにかく参上してその御様子をごらんなさい。本当に美しくも風情のあるところですよ。台の上におかれた牡丹のすばらしいこと」などと経房はおっしゃる。

定子たちは、今〈不遇の時にある〉という前提のもとでこのエピソードは語られている。客観的に歴史の事実を見れば、道隆の死後、伊周・隆家が罪に着せられ逮捕されるという事態が起こっていたのであり、定子自身も思い余って落飾するに至っている。いわば精神的に追い詰められていたはずの時期の記事が小二条殿でのこの堂々たるはれやかなエピソードなのである。

不遇の時だからこそ定子とその側近たる女房の心のあり方が、つまり「不遇なんて私たちには関係ないわ」と言わんばかりの〈超越性〉が賞賛されるのである。

このエピソードはささやかな挿話と言うべきものだが、一種の異界訪問譚の形式をとっている。定子の世界に足を踏み入れ、その世界を垣間見て、そしてこの世へと戻ってきた経房がある解釈を持って自分の見聞したことを語るという構造になっている。その〈ある解釈〉とは、定子たちの世界はめでたくもすばらしいということである。

経房の賞讃は、まず一つは女房たちの装束が華やかであること。それも季節に合わせて装束を整えていることであった。定子が宮廷にあるときは女房たちがそのように華々しく装っているのは当然のことであるかもしれないのだが、今は宮廷を離れている。宮廷にいれば訪問者も多いだろうが、今は来る人も少ない。女房たちは気を緩めていい加減な装束をしていてもあるいは許されるかもしれないのだが、女房たちは気を緩めず堂々たるはれやかさであった。宮廷の非日常世界が、彼女たちにとっては日常であって、つまりははれやかさを生きるのが定子の世界だったということになろうか。

経房が次に賞賛するのは、定子の美意識に対してであった。前栽がいわば草ぼうぼうの状態になっている。それを放置するのは露の美しさを愛でるためだという。草ぼうぼうというのは本来ならば荒れ果てたイメージをもたらすもので、〈不遇の時〉を過ごす定子にはむしろマイナスの事と思われるのだが、その常識を覆す美意識がそこにある。そのような〈荒れ果てたイメージ〉など放っておけと言わんばかりである。

経房が見聞し、清少納言に語ったのは、訪問者経房の「今は余裕もなくそれどころではないだろうに、意外にも正々堂々たる晴れやかな暮らしぶりは賞讃に値する」という解釈であった。その解釈に従って、定子たちの生活ぶりが経房によってこのように〈語られ〉たのであった。

鎌倉時代初期に執筆された『無名草子《むみょうぞうし》』では、枕草子のこの部分を取り上げているが、枕草子にはない頭中将（経房）の感想を次のように付け加えている。

いと思はずに、今は何ばかりをかしきこともあらじと思ひあなづりけるも、浅ましくおぼえけるに、

——たいそう意外で、今はもう少しも定子の暮らしぶりに素敵なことはあるまいと見くびっていたのが、浅はかであったと思われて。

定子の生き方は栄華のときであろうと不遇の時であろうと関係なく、高貴な女のはれやかなる誇り高き暮らしぶりであった。このあり方が高貴な女の、つまりは女神の末裔であると幻想された皇族・貴族の高き身分の女たちの〈立派さ〉であったと思う。このような身分高き女性の例は『無名草子』にも数々述べられているの

だが、それを〈めでたし〉あるいは〈めでたき女〉として評価しているのである。〈めでたし〉とは、賞賛に値する立派さとして解釈できる。

ところで、高貴の女に対する女神幻想はあくまで幻想であって、当時の人々も、あるいは当の本人も自分が女神であるなどとは思いはしなかったろう。この幻想はイデオロギーと言ってもいいかと思われるのだが、この女神を中枢に据えた集団を社会的に位置づける意義を持つイデオロギーであり、女集団を統べるものであった。共同体にはなんらかの幻想が必要なのだと思う。そして、中枢たる主宰者はその幻想を体現する存在でなければならない、つまりは幻想を生きるものであらねばならない

この女の社会を、あたかも異界訪問譚のように男性が来訪する。訪問者は誰でもいいというわけではなく女たちによる評価を得たものだけが歓待される。

『枕草子』では、清少納言は訪問者たる男性官僚の数々と交流し、はなやかに社交を繰り広げるところに彼女の才知が光って躍動的な面白さがあるのだが、その男性官僚、文化的知的な知識人たる彼らに対する批評や批判が繰り広げられる。経房、公任《きんとう》、斉信《ただのぶ》や行成に対する清少納言の賞讃や批判など、訪問者に関してあれやこれやとまことにかまびすしいものがあるのだが、そこに女の世界を訪問する男たちを識別選別する仕組みが見られる。つまりは評価した男しか女の世界には入れない。さらに評価されないものは思いっきり笑いものになることになる。あえて言えば、どのように笑いものにするかによって、女たちの評価基準がいかなるものであったかが示されているのである。極端な例としては、『枕草子』二百九十四段には、その排除された気の毒な男、窮状を訴えて救助を願い出た下男が思いきり笑われ者になって排除された話があるのだが、そこに女社会の論理が見られるように思う。『枕草子』の世界にはヒューマニズムの論理はない。

つまりは選ばれた男だけが来訪者として迎えられる。その選別の評価基準が、例えば『枕草子』が書き記す

美の規範であり、文化というものであったろうか。逆に言えば女たちに評価されることが男たちにとっても名誉ではなかったろうか。ずっと後の世になって兼好法師が『徒然草』に書き記すように「男は女に笑われないように育て上げなければならない」ものであったのではないか。

ヒメたる女主宰者が擁する世界、つまりは〈女社会〉は至高のハレの世界を構築する美と文化によって成り立つものであり、そしてそのみやびやかなるものを絶えず発揚しづけるものであったように思われる。さらにその女たちの文化の規範によって、男たちの世界も批判と批評によって絶えず検証され続ける。定子の世界を訪れる男性貴族たちと清少納言との文化的交流の数々は、相互の批評がぶつかり合い、スパークするという現象であった。そこに王朝時代のみやびやかなるものが現象として生まれ出たように思う。

また、『枕草子』の大半を占める〈ものの羅列〉のような章段は、美しいもの、みやびやかなるもの、魅力のあるものを既定の美意識に捉われることなく取り上げていったもので、それは即ち新しい美の規範を作る行為であった。『古今和歌集』以来の和歌的な美の規範に収まりきれずに逸脱するものがここにある。これは、清少納言がこの規範を作ったというよりは、定子を中枢とする〈私たち〉が新しい規範を作るということであった。ここでは規範の認定者は主宰者定子である。この世の至高の女である中宮定子が、文化規範の決定者として、それはすなわち神の営みであり〈女神のお仕事〉として、立ち上がってくるのである。

ところでこの女の世界、定子を中枢に据えた女房たちの世界を〈女社会〉として把握したいのは、そこに女系血縁集団を基盤とする女たちの結束があったことが窺われるからである。母とその姉妹、そして母の娘たち、という母系を中心にした血縁集団があって、そこに乳母や乳母子、その他のゆかりの女を加えて拡大していった女たち、という血縁非血縁による女たちの集団が王朝時代の高貴な姫君を囲繞《いじょう》する構造が見られる。

女集団の〈長〉たる主宰者を親分格として結束する女社会がそこにあったように思う。

男の社会でもいささか前近代的なものにはなっているものの〈親分〉〈子分〉〈兄貴分〉〈弟分〉などの呼称がいまだに生きているように思うのだが、そのような男社会に対応するものとして、民俗の世界では〈女社会〉なるものがかつてはあったと想定されるのである。

この〈社会〉のあり方は、いささか古典的ではあるがF、J、テンニェスの言う「Gemeinshaft = 共同社会」の特徴を持っているように思われる。本来的・自然的な人々の結びつき、つまり血縁や地縁および精神性などによって結束する共同体のことで、後に発生する契約関係を特色とする利益優先の「Gesellschaft = 利益社会」とは異なり、この「共同社会」においては人と人の心の結びつきが根底にあったとされる。つまり人格がものを言う社会であり、その社会の中枢の人間に対する一種の〈愛〉のようなものが大きく機能したのではないかと思える。これは、古代的であるとともに、土俗・民俗の世界に今も根強く見られるものである。古代においては、女神と幻想された女主宰者のもとで、血縁・地縁・その他の縁に基づく女たちの結束する女社会なるものがあったであろうと思うのである。

このようないささか古代的と言える〈女の社会〉が、王朝時代の貴族社会に生き生きと躍動するものとして威力を放った、その現象を描いたのが『枕草子』ではなかったかと思う。土俗的に言えば〈女親分〉たる定子とその配下の〈子分たち〉が織りなす世界である。主従関係とはまた異質の〈親分―子分〉関係がそこに見られる。摂関体制の中で、その女の威力は喪われつつあったのかもしれないが、女の威力つまりここでは定子中宮の威力が描かれているのである。

定子の女社会――二百六十段

その古代的と思われるような〈女社会〉が基盤となっている定子の世界を、二百六十段「積善寺供養《さくぜんじくよう》」の記事を参考にして見ることにする。

この積善寺供養とは、年譜（新潮古典集成『枕草子』による）によれば、正暦五年（九九四年）二月二十一日、定子の父関白道隆が積善寺において盛大に営んだ仏教供養のことである。そこに道隆の姉である女院詮子《せんし》と娘である中宮定子の行啓があり、清少納言も定子に従って参加したのだった。清少納言はその前年の正歴四年に出仕したばかりであったからまだ半年足らずの新参者と言うことになるのだが、その新参者の目に華々しく焼きついた定子とその父道隆の栄耀栄華の絶頂期のありさまが詳細に記されることになった。

定子は積善寺行啓に先立って、二月初旬二条北宮へ移っている。そこへ関白道隆がやってきた。定子の周りには正装した女房たちがずらりと並び、その有様を「ただ光り満ちて見ゆ」と清少納言は記す。定子の世界のはれやかさは女房たちの華やかさと装束の華麗さによって表されてもいる。その女房集団を前にして道隆は次のように語ってみんなを笑わせている。道隆は陽気な冗談好きのひとであったらしい、女たちを笑わせながらもそこには彼の大満足の大らかさが窺われる。

「宮、何事を思し召すらむ。ここらめでたき人々を据ゑ並めて御覧ずるこそは羨ましけれ。一人、悪き容貌《かたち》なしや。これみな家々の女《むすめ》どもぞかし。あはれなり。よう顧みてこそ、さぶらはせたまはめ……」

――「宮様はいったい何を思うことがあるでしょう。このように素晴らしい人々をずらりと据え並べてそれをご覧になるとは羨ましい。誰一人、悪い器量の者はいない。みな、美しい。これは皆、立派な家柄の娘たちですぞ。うれしいことだ。よく心をかけて、お召し使いなされ」

道隆流の戯れの言葉、女たちを喜ばせてその場を盛り上げるという意味合いで言われた言葉かもしれないのだが、定子の配下の女房たちが「一人、悪き容貌なし」「家々の女」であるというのは取り上げていいことかもしれない。宮廷は美が規範となるハレの空間であるから美しさというのは必然であったろう。ちなみに研究書の数々は、清少納言を不器量な女として論じているものが多いのだが、彼女の容姿が悪かったという客観的証拠・事実はない。ただ清少納言自身が『枕草子』の中で「私は容姿に自信がない」と謙虚にも卑下しているだけのことである。さらには女房たちは歴とした家柄の、名門の女たちであった。その優れた女たちが定子の配下にあることを道隆は「あはれなり」と感動しているのである。このような女たちがわが娘である定子の周囲を固めているということ自体が定子とその父の繁栄を表していることになる。

名門の女の宮仕えを称賛するというのが『枕草子』の性質であったのだが、それに対して名門の女が宮仕えをするという事態に拘りつづけたのが紫式部であった。このことを考えると、『枕草子』と『紫式部日記』の作品論理の差異は明らかなもので、別の章でその点について論じることではあるが、本来ならば皇妃となってしかるべき名門の姫君が落ちぶれて不遇になったため心ならずも別の姫君に宮仕えをしなければならない、という事態が宮廷の女房世界にあることを鋭く受け止めているのが紫式部だった。

『枕草子』においては、名門の美しい女たちは定子の世界をはれやかなものへと盛り上げる装置であって、定子を中枢とする〈元姫君たち〉の集団がハレの世界をつくりあげていく世界だったと言える。女房一人一人には個人としての〈物語〉があったであろうが、『枕草子』の世界はそれらを取り上げないのである。

さらに、その世界の核にあるのが、定子をめぐる女系血縁の女たちであったと思われる。

次の描写は、定子一行がいよいよ積善寺へと出発する折のものである。定子の背負う世界の構造がいかなるものであったかがそこからはうかがわれる。
いよいよ積善寺へと向かうというその時、一行は牛車に分乗して出掛けることになるのだが、人数の多いことであるからそれはなかなか大変なものであった。衆目の中、この牛車に乗るというのは女房たちにとってはいささか拘らざるを得ないものであったらしく、紫式部も清少納言もその大変さをそれぞれ記しているのだが、おそらくは人の目に自分の姿をあからさまに曝してしまうことや、また乗る順番が女房としてのプライドに関わるものであったことが、拘りの原因であったらしい。
ところで、女房たちがその序列に従って順次牛車に乗る様子を定子が御簾の中から〈御覧になる〉場面がある。この時定子の傍らに居並んでいるのは定子の母系血縁集団であった。

先づ、女房ども車に乗せさせたまふを御覧ず、とて御簾のうちに、宮、淑景舎《しげいしゃ》、三・四の君、殿《との》の上《うえ》、その御妹《おんおとと》三所《みところ》、立ち並《な》みおはしまさふ。

――まず、女房たちを牛車にお乗せなさるのを御覧になる、というので、定子、妹の淑景舎、妹の三の君と四の君、母の貴子、母の妹の〈叔母たち〉三人が、ずらりと立ち並んでいらっしゃる。

定子とともに御簾の内にある人々が、父道隆の一族ではなくすべて母方の血縁であること、さらにここには男性血縁者たちは一人も居らず女性血縁者だけであることに注目したい。
定子とその母、高階貴子《たかしなのたかこ》がいる。そしてその傍らに貴子の妹が三人いて、母方の女系血縁が定子の回りを囲んでいることが分かるし、しかもその叔母たちの一人光子は定子の乳母であったとされる。乳母つまり〈妻の弟〉＝〈めのおと〉が乳母の語源であるという説に従えば文字通り母の妹が乳母の役割を担っていることになるが、そもそも女主人の配下の女房集団の筆頭に位置するのは乳母であった。乳母とは本来は叔母である母の妹がなるものであったのかもしれないが、その意義が忘れられた時代になっても、乳母は母の代理として母方を象徴するものであったのではないかと思える。その血縁の叔母にして乳母である高階光子が、女房集団に加わらず、定子の血縁として女房たちを〈御覧になる〉立場にある。さらに定子とともにいるのは、定子の同腹の妹たちであった。

つまりここにいるのはすべて定子の母系女系血縁の女たちであって、その人々が定子配下の女房集団をあたかも睥睨《へいげい》するかのように立ち並んでいることが分かる。定子の主宰する女社会というものの構造を考えてみたとき、その社会のトップにして中核を担うのは主宰者定子の母系血縁の者たち、そして準血縁というべき乳母たちであって、その配下に女房たちが序列に従って構成されるという形が考えられる。

この母系女系の血縁による女社会は、定子が宮廷の皇妃となれば、後宮が彼女たち女社会の舞台となったのだと思われる。後宮と言うのは周知のとおり皇妃の里の家がそのまま出張所であるかのように殿舎を賜って移ってくるものであり、皇妃が入内する折にはその母が付き添う例も見られる。つまり〈母と娘〉を基本とする〈女の家〉が後宮に皇妃の数だけ存在することになる。そして天皇は〈婿殿〉としてその〈女の家〉を訪問するものであった。婿取り婚のバリエイションがそこに見られるのだが、定子のもとへは里の人々、つまり家族が自由に出入りをしているのはそこが定子を中枢とする〈女の家〉であったからであろう。定子の兄弟たちも自由に訪れているのもそこが彼らの血縁の世界だからということになろうか。

考えておきたいことは、清少納言が所属した世界は、よく論じられるような「中関白家」の世界ではなく、定子を中枢にした〈女社会〉であったことである。定子の父道隆の存在は、定子の世界を支える権力であったかもしれないが、清少納言が描こうとしたのは〈定子と私たち〉という女社会の有様とそこから湧き起こる至高のみやびやかさという現象であったように思われる。

ちなみに、定子は父たちの〈中関白家〉とは独立した自らの〈家〉の主宰者であったことを考慮に入れなければいけない。この場合の〈家〉とは、家族の集合体と言うよりは社会的な一つの組織としての集合体である。中宮とは、天皇を中心とする〈家〉とは別に中宮職も置かれた〈中宮の家〉の当主であった。中宮・皇后に限らず、三位以上の女官（女房）には、女御も含めて各自の政所が設置されているので、それぞれが自分たちの〈家〉の者たちを擁する、つまり自分たちの組織的な女社会を率いる当主であり、さらに女親分的な党首の意味合いもあったように思える。

道隆のはれやかな笑いも、兄伊周の〈物語の男のような〉美しさも知性も定子のハレの世界の周縁として定子を取り巻くものであったに過ぎない。婿取り婚の概念に従えば、父の道隆もこの〈女社会〉を訪問するかつての婿殿であった。

清少納言が、牛車に乗るために定子の御前を歩いて行かなければならない。彼女が気にしているのは、定子の視線とその評価だけであった。

御簾の内に、そこら御目どもの中に、宮の御前の「見苦し」と御覧ぜむばかり、さらに侘しきことなし。汗のあゆれば、つくろひ立てたる髪なども「みなあがりやしたらむ」とおぼゆ。

――御簾の中で御覧になっている大勢の皆さんの視線の中で、取り分け定子様が「見苦しいこと」と御覧になるとしたら、それだけがまことに辛いことこの上ない。汗が吹きだすので、きれいに仕上げた髪などもぼわぼわになっていないかと思われる。

清少納言は、定子の評価だけが大事と言わんばかりである。女社会の主宰者が評定者なのである。

定子の御前を通り過ぎた清少納言を待ち受けていたものは、牛車の傍らに控えている伊周・隆家の貴公子二人であった。「車のもとに、はづかしげに清げなる御さまどもして、うち笑みて見たまふも現ならず」というように貴公子二人は女房たちの介添えとして控えていた。また清少納言が車から降りるときには、伊周は手を差し伸べて甲斐甲斐しくもそれを介助している。後世の主従観念に基づいて考えれば、伊周は〈主家〉中関白家の御曹司であり、一介の女房からすれば若殿様というべきものであろうが、ここにはそのような関係はうかがえない。伊周兄弟の女房たちに対する介助は、家来や従者に対するものではなく、この貴公子二人はあたかも〈女社会〉に奉仕しているかのようだ。これは〈定子の世界〉に対する奉仕として把握できる。また、伊周たちに対する「はづかしげに清げなる」という清少納言の讃辞も絶対的なものではないことに気が付く。絶対的な評価〈きよら〉ではなくその次のランクである〈きよげ〉なのである。『源氏物語』などの物語の世界では、ヒーロー・ヒロインというべき人物、つまり光源氏やその息子の夕霧、匂宮など〈光〉の系譜の中の人物や、〈紫〉の系譜である藤壷、紫の上などは、至高の美を表す〈きよら〉によって形容されているのであって、いわば神の末裔と幻想される物語の主人公に対する形容が〈きよら〉であった。それに対して〈きよげ〉は一見したところ〈きよら〉に見えるというレベルの美であって、ヒーローならぬ〈人間〉に対する形容であった。

伊周に対しては、別の個所でも〈きよげ〉が用いられている。つまりはこのレベルの評価が一貫して伊周に対してなされているのである。この点では〈この世ならぬもの〉と形容された定子に対する絶対的な形容とは異なっている。清少納言は、定子だけを絶対的なものとして讃美するが、道隆や伊周兄弟に対しては褒めてはいるが至高のものとは見ていない。彼らは女神たる定子のあくまで周縁の存在である。この点では、父の道隆も同様であって、その人間的魅力は溢れかえるように描かれているのだが、あくまで〈人間〉なのである。『枕草子』は道隆や伊周兄弟の中関白家を讃美するものとして捉える論が多く、また清少納言の主家を中関白家とする論も多いのだが、清少納言の主人は定子その人だけであったと捉えるべきだろう。〈主人〉というよりはここは〈親分〉と言いたいところである。〈親分〉というにはあまりに若いのだが、これは〈分〉という一種の格付けの問題であって年齢は関係ないように思う。

清少納言は定子の世界に生きていたのである。そこでは価値観の評価基準の決定者は定子であった。何をもって是とするか非とするか、みやびなる文化を決定づけていく権利を担うもの、それが主宰者たる定子であり、その世界がつまりは〈女社会〉であったと思う。女社会には女社会の論理がある。主宰者にして〈女神〉を生きる定子にいかに評価されるか、このことに清少納言の存在価値があったと言えよう。

女主宰者の母なるもの

定子の母、高階貴子について考えたい。定子が至高の女神であるならば、その母はいかなる存在として捉えるべきか。定子の社会が女系母系を基盤とする女社会であったとすれば定子の母である高階貴子もその社会の中枢でなければならないのだが、実際は貴子に関しては『枕草子』はそれほど取り上げてはいない。母の貴子も自邸においては多くの女房たちにかしづかれて〈自分の世界〉を築き上げていると思われるのだが、その世界はさらに高貴な世界へと昇華した娘の定子の世界と一体になって繋がるものであったのではないか。

貴子の件が記されているのは、『枕草子』では九十九段と二百六十段の二か所のみである。この二か所にしか貴子の事が記されていないので、あるいは貴子に対する清少納言の無関心の表われかと推測することもできるのだが、この二つの段は定子とその一族にとって最盛期の特別の慶事を取り上げているものであることを考えると、貴子の扱いには特別の意味があるかもしれない。

二百六十段は前述のように正暦四年（九九四年）の積善寺供養の記事で、これは道隆の栄耀栄華の頂点を表わすものであった。九十九段はその翌年長徳元年（九九五年）一月定子の妹の原子《げんし》（淑景舎）が東宮の妃として入内し、二月にその原子が姉の定子と登花殿において対面した折の様子とを描いた章段である。この年、長徳元年の四月に道隆は死亡しているので、この二つの記事は中関白家凋落直前の最もはれやかなる時期を描いたものと言える。道隆死亡の後に定子の不遇が始まることになるのだが、道隆死亡の翌年の長徳二年の十月に貴子その人も亡くなっている。貴子の記事が華やかな時期のものだけであるのは、あるいはその時期に限定するという特別の配慮であるのかもしれない。つまりは、定子とその一族の絶頂期の幸せを象徴する存在として貴子が現れているとも考えられる。

九十九段においては、定子と原子がいる登花殿に道隆・貴子の二人がやってきて、さらに定子・原子の兄弟たち――大納言伊周、三位中将隆家と、伊周の息子当時四歳の松君（後の道雅《みちまさ》）もやってくるという具合に、この登花殿の定子の空間は定子一族の〈団欒〉の場となった。清少納言は、松君のさまを「いとうつくし」（まあ、かわいいこと）と記し、その後に次のように続けている。


大納言殿はものものしうきよげに、中将殿はいと労労《らうらう》じう、いづれもめでたきを見奉るに、殿をばさるものにて、上の御宿世《すくせ》こそ、いとめでたけれ。

――大納言殿はたいそう堂々として美しく、中将殿はあかぬけていかにも利発そうで、どちらもご立派なのを拝見するにつけても、父の道隆殿のご運は当然のことながら、上（貴子）の宿世こそまことに素晴らしいものです。

ここでは、この一族の幸運が「上の御宿世」というように貴子に収斂《しゅうれん》されていることに気づく。この時点では、貴子の運命はまことに華々しいものであったに違いない。長女の定子が中宮になり二女の原子が東宮妃となったのである。当然ながら将来娘たちの生んだ男子が次々と天皇となるであろうことが未来の可能性として想定される。そういう事態ともなれば貴子は天皇たちの祖母となるのである。いわば貴子を源とする血統から天皇が続々と生まれ出てくる。それも女から女へという系譜のもと、女の〈生む〉力によって皇統の系譜に繋がっていく。貴子の位置づけは、皇統の源に位置する大いなる女の祖として、それも女系の祖ということになろうか。清少納言が記す〈上の御宿世〉の言葉は、そのような高貴なもの、聖なるものの始源となった貴子の運命を祝福するものであるように思う。この宿世はたしかにこの時点では貴子のものであった。しかし、現実にはその宿世は周知のように後には反転し崩壊してゆく運命にあった。この女系の祖となるべき祝福すべき宿世は後に入内する彰子の母である倫子《りんし》のものであったことが後々明らかになるのだが、長徳元年（九九五年）二月のこの時点ではたしかに貴子のものであったのだ。

この貴子の位置づけは、たとえば『源氏物語』における明石の君の母親、明石尼君を想起させるものがある（ここで「明石尼君」と記したが、源氏物語の本文では〈明石〉の呼称はなく、「母君」「尼君」とのみ記されているもので、〈明石尼君〉というのは後世の人による通称である。ただ便宜上ここでは〈明石尼君〉と呼ぶことにする）。

明石尼君は祖父が中務の宮というようにもとは源氏の女である。それが藤原氏（と思われる）の婿を取った。それが後の明石入道。次に、生まれた娘、明石君に光源氏という高貴な血統の男を婿として迎えた。そして生まれた娘、明石姫君がのちに入内して中宮となる。この明石中宮が生んだ男子が後に天皇となる。というのが明石尼君の系譜なのだが、天皇の血統から出た女が次々に婿を取って、ついに再び天皇の系譜へと流れ込んでゆくさまがそこに見られるのだが、この女による血の系譜の始源に位置するのが明石尼君なのである。明石物語の最後の巻、若菜下巻にはこの明石尼君を「幸い人」としてほめそやす人々の様子が——たとえば近江《おうみ》の君が双六の賽を振るときに「明石尼君、明石尼君」と唱えるように——描かれているのだが、この時点では明石尼君はめでたき宿世を象徴する呪文かまじないのようなものになっているのだった。明石尼君の幸いはこの世ならぬ宿世によるものとして意味づけられ、彼女の宿世はおのれの血統による者たちの子々孫々の栄達にあるのだった。

『枕草子』で、貴子の〈御宿世〉こそがたいそうすばらしいのだと述べていることは、定子・原子とその一族の運命の要がこの貴子の宿世にあったということである。母の貴子とは定子率いる〈女社会〉のその奥に鎮座する〈はじまり＝始源〉の存在であったように思う。

二百六十段は、前述のとおり積善寺供養という中関白家にとってはその権勢を誇る最大のイベントの折の記事である。供養参列のために定子とその一族が二条宮の邸宅に集った。先に述べたように道隆がやってきて女房たちを大いに笑わせ、定子の妹たちも「いみじう化粧したまひて」華やかな衣装に身を包んでその場にいるが、貴子に関しては次の記事のみである。

上も渡りたまへり。御几帳引き寄せて、あたらしうまゐりたる人々には見えたまはねば、いぶせき心ちす。

——貴子様もこちらへお渡りになった。几帳を傍に引き寄せて新参の女房たちにはお姿をお見せにならないので、思うように拝見したいのにそれがならず、気がかりな思いがする。

この引用文の「いぶせき心ちす」というのは、「思い通りにならないので不愉快だ」とか「気が晴れない」として解釈できるものだが、清少納言はただ貴子をまじかに見たかったのに、それが思い通りにならずにじりじりした、と言いたかったのであろうか。ここには貴子に対する悪感情は見られないように思う。深読みをすれば、貴子は几帳の傍らに隠されていたと解釈できる。それでこそ〈始源の女〉の神秘性が感じられるではないか、と考えたくなるのだが、貴子という〈母〉に対して父の道隆や兄弟の男たちがきわめて魅力的に生き生きと描写されているのと比べると、無関心のために描かなかったのではないかという解釈もできる。しかし、定子の男系の身内たちがいくら魅力的に描かれているとしても、それは前述のように〈人間〉として、であった。清少納言は、定子の母たるものを〈女神の母〉なのであるからその人間性は描かなかったのだという解釈も成り立つ。というのも古来、日本においては〈聖なるもの〉は具体的にその容姿は描写しないという伝統があったのである。

今、私の手元に『明治英名百詠撰』という明治十二年刊行の木版刷り和綴じの本があるのだが、明治期の代表的著名人百人による〈百人一首〉の類の本で、それぞれの肖像画と和歌が掲載されている。その巻頭第一首は明治天皇の御製、「あら玉の年もかへりぬ今日よりは民の心もいとどひらけむ」である。一方、肖像画の方はその姿は御簾の奥に隠されていて、つまり描かれていない。二首目は皇后宮の御歌である。皇后の肖像画は十二単姿の貴人の姿で描かれているのだが、後ろ向きに描かれているので顔は見えない。

それに対して、皇族では有栖川熾仁《たるひと》親王や皇女和宮も載っているのだが、肖像画の顔はきちんと描かれている。高貴な人物でも顔を隠していないことを考えると、隠されるのは、高貴な方というよりは「畏れ多い存在」「畏怖すべき聖なる存在」と言うべきだろうか。天皇・皇后がここではそれに相当するのである。

もう一冊手元にある『近世報国百人一首』（刊行年不明）では、巻頭第一首の孝明天皇の姿や顔も御簾によって隠されている。二首目以下の貴族や武人たちの顔が露わに描かれているのと比べると、高貴な方の顔を隠すという意図は明らかである。つまりは畏れ多いものは隠されるのである。

貴子の姿が御几帳に隠されているというのもそれと同じと言うべきで、その存在が〈畏れ多いもの〉として捉えられるからではなかろうか。

貴子の出自である高階氏は中流貴族の家柄であり、身分・階級・家柄だけを捉えれば貴子は高貴な存在ではないように考えられそうなのだが、そのような身分・階級を超越したものが天皇・中宮・皇后の生母にはあったのではないか。それはやはり聖なるもの、つまり女神になずらえるべき中宮を生んだ〈母なるもの〉の威力ではなかったかと思われる。

父の道隆や兄弟の伊周・隆家たちが目に見えるように生き生きと描写されたのは、彼らはあくまで〈人間〉であったからであり、そして皇統から見れば〈臣下〉であったからであろうか。それに対して、定子も、定子を生んだ貴子も〈生む〉力によって皇統に加わっていくことができるのである。女系・母系における血統意識は男系社会の根底に根強く流れていたのではないかと想像される。

定子と原子の〈お食事〉――御膳《おもの》の場面

先に〈女神のお食事〉において、一族の女主人が食事をする際の「神饌《しんせん》」に則った形の儀礼について述べたが、九十九段の定子と原子対面の場にもその食事の描写がある。その場面はやはり〈女神のお食事〉として把握できるものである。

定子のいる登花殿に原子（淑景舎）が「夜半ばかりに」訪れる。そして、「暁に」道隆と貴子が一つの車に同車してやってきた。やがて、「御膳のをりになりて」とあるように食事の時間となり、定子の前に御膳が供えられ、また「あなたにも御膳まゐる」とあるように原子にも御膳が供えられた。それに対して道隆が次のように猿楽《さるごう》言《ごと》（冗談）を言う。

「うらやましう。方々の、みなまゐりぬめり。疾《と》くきこしめして、翁・媼《おうな》に御おろしをだに賜へ」
――食事が出たのはうらやましい。定子様にも原子様にもお食事が出たようだ。はやくお召し上がりになって、そのお下がりをこの翁と媼に下さりませ。

この場面では、中宮である定子と東宮妃である原子に正式の御膳が宮廷儀礼に則って出されたものの、道隆夫妻や周囲の身内たちにはそのような御膳はないのであろう。ここは一家団欒の食事風景ではないことは明らかで、この空間の聖なる女たちに対して出された神饌のごとき食事と捉えられる。問題は道隆が「翁と媼にお下がりをください」と言っていることで、つまりは二人の親である自分たちの事を冗談めかして言っているのだが、道隆が我が娘たちを〈神〉になぞらえる形ではしゃいでいることが分かる。

この場面での食事は神饌のごとき体裁を整えた儀礼的な〈女神の食事〉として捉えられる。神饌とは、神に捧げたその後に共同体メンバーがそのお下がりを食べるというもので、そこに共食の観念があるのだが、この道隆の冗談はそれに基づくものと考えられる。

「女神のお食事」の章でも取り上げた例だが、『源氏物語』の玉鬘巻でも姫君玉蔓のために乳母一族が儀礼に則った食事を捧げる場面がある。そこでは玉鬘の食事のお下がりを下女の三条が食べている。主人の食事のお下がりをその配下の者が、それも下賤の者が食べるという形が神饌に則ったものとして行われていたものらしい。

道隆は、自分の栄耀栄華の栄達を娘たちを女神になずらえ、また自分をお下がりを頂戴する〈翁〉に卑下することによって表しているのである。

ところで、定子の御膳のお下がりを頂戴する〈翁〉が、『枕草子』第六段にも登場する。それは、御所で飼っていた犬の翁丸である。その犬は、大切な御猫にはからずも襲いかかってしまったがために天皇の命で追放されるという憂き目にあったのだが、その翁丸が追放された後、女房たちは次のように言って翁丸をしのぶ。

「御膳のをりは、かならず向かひさぶらふに、寂々《さうざう》しうこそあれ」

——定子様のお食事のときは、お下がりがもらえるか期待して必ずこちらを向いて控えておりましたのに、いなくなりますと寂しいことですね。

この言葉によれば、翁丸と言う犬は、定子の〈女神のお食事〉のお下がりを常々いただいていたらしく思えるのだが、つまりは神との共食という形で犬は定子の世界の一員であったと言えようか。定子の世界の末端に居て、定子のお下がりを食べる存在として〈翁〉なるものがいたことになるのだが、〈翁〉を擁するとは、つまりは定子の世界が女神の世界であることを表わしているように思われる。〈翁〉とはいったい如何なるものであったのかは別稿で考えたい。

道隆の言動に話を戻すと、娘の栄耀・栄華に関して、自分を翁になずらえる形で祝福したのだと言える。翁には祝福の役割があったのであろうと推察できるのだが、ここで、この道隆と比較する形で『紫式部日記』に描かれた道長の言動を取り上げたい。道隆と、その弟道長の言動の差異が明らかに見られるところである。

道長の娘、彰子中宮が皇子敦良《あつなが》親王を出産した際の祝賀の席でのこと、道長は次のように（かなり酔っぱらって）言う。

「宮のててにてまろわるからず。まろがむすめにて宮わろくおはしまさず。母も幸ありと思ひて笑ひたまふめり。よい男はもたりかしと思ひたんめり」

――私は彰子中宮、つまり宮の父親であって悪くはない、たいしたもんだ。私の娘だから宮も大したもの。母の倫子も〈幸あり〉と思って笑っているようだ。いい男を持ったもんだと思っているだろうよ。

酔っぱらった上での言動であるから彼の本音が表れていると思われるのだが、これは道長の大いなる自讃である。中宮であり皇子を生んだわが娘を崇拝するという形ではなく娘や妻が幸を得たのは父であり夫である自分が偉いからだという理屈、つまりは〈父・夫〉優位思想が表れているところである。この道長の騒ぎぶりに、妻の倫子が「殿の上、聞きにくしとおぼすにや、渡らせたまひぬるけしきなれば」（殿の上が、聞いていられない、とお思いになったのか、ご自分の部屋へお移りになるご様子なので）というように退出してしまったのは、理由は様々考えられて明らかではないが、あるいは倫子のプライドによるものであろうか。道長のあまりのはしゃぎぶりを見るに堪えなくて退出したのかもしれないが、倫子にすれば道長は我が〈婿〉に過ぎないとも言えるので、道長への抵抗としての退出であったかもしれない。

ここでは『枕草子』の道隆とは異なって、娘や妻という女系の力を神格化はしない道長の意識が露わになっているのである。政治権力を握った自分が偉いのだという本音である。しかし、現実は道長の本音のこの「たはぶれ」が真実なのであった。

倫子の幸いも娘彰子が将来国母になるかもしれないという栄華も、男たちの政治権力によって生み出され、そして左右され、翻弄されるものでしかなかった、というのが現実であった。〈女社会〉の威力は男系による摂関体制のもと、そして強化してゆく家父長意識によって失われゆくものであった。その現実をリアリスト紫式部は冷静に描いている。

道隆の言動に戻れば、彼は娘を女神になぞらえて祝福しているとはいえ、それは彼の〈をこ〉を演じる猿楽言の中でのことであった。彼が〈をこ〉つまり「愚か者」を演じることで笑いが起こる。笑いとは価値が逆転したからこそ起こるもので、本来は〈上〉にあるものがあえて〈下〉にあるかのように演じたから起こったものであって、本質的には道隆も道長も家父長的発想においては違いはないように思える。

さらに道隆が娘定子を女神のごとく神格化しているのは、たとえ猿楽事としてであろうと、それは事実なのだが、その母親の貴子を同様には扱っていないことを次に注目したい。先に引用したように道隆は、娘たちの御膳のお下がりを「翁・媼に御おろしをだに賜へ」と言っている。母である貴子をも自分と同列の〈卑しいもの〉にしてしまっているのである。そこには聖なる母の威力に対するまなざしは見られない。

また二百六十段の積善寺供養の記事の中に次のような例がある。

供養の儀式の晴れがましい場面でのこと、人々がそれぞれ桟敷《さじき》に着いたところに道隆が中宮一行の桟敷へとやってきた。その桟敷には、前述のとおり定子とその母の貴子や叔母たち姉妹たちという母系女系血縁が居並んでいた。この女の集団の中心は誰なのか、ということがここでは問題となったのである。

　入らせたまひて、見たてまつられたまふに、みな、御裳《も》・御唐衣《からぎぬ》、御匣殿《みくしげどの》までに、着たまへり。殿の上は、裳の上に小袿《こうちぎ》をぞ着たまへる。

「絵に描いたるやうなる御さまどもかな。いま一前《ひとまへ》は今日は人々しかめるは」

と申したまふ。

「三位の君、宮の御裳脱がせたまへ。このなかの主君《すくん》には、わが君こそおはしませ。御桟敷の前に陣屋据ゑさせたまへる、おぼろけのことかは」
とてうち泣かせたまふ。

――殿（道隆）がこちらに（桟敷に）お入りになって皆さんを拝見なさると、皆さん、御裳・唐衣を、これを御匣殿までもが着ていらっしゃる。貴子様は、唐衣は着ないで、裳の上に小袿を着ておられる。それを御覧になった道隆は
「絵に描いたように華やかで美しいご様子どもですね、ただお一人だけ普通の人のようですが」
と申し上げなさる。
「三位の君（貴子）よ、定子の裳をお脱がせなさいませ。この場での主君は、わが君の定子でいらっしゃる。この桟敷の前に近衛の陣屋が据えられているのは、格別のことなのですから。」

この場面では、母の貴子が集団の主としてもっとも軽い衣装を着ていた。それに対して、定子とその姉妹たちは唐衣・裳着用という正装だったのを道隆が咎めたのである。

主君とその配下の者たちという集団においては、配下の者たちはいわば仕える立場であるから勤務中は〈公の装束〉として裳と唐衣という正装を身にまとうことになる。それに対して主君は正装をする必要はないので、普段着というのが言い過ぎならばおしゃれ着を身に着けるということになる。おそらくは現代でも、御所においては女官の方々は勤務であるからスーツなどのきちんとした服装をされているのだと思うが、皇族の方は自宅であるから普段着ということになるのだろう。いわば正装とは公の改まった立場にいる人間が身に着けるもので、中枢の主人たるものはその必要がないということである。

ところで、この積善寺の桟敷においては、母の貴子がそのリラックスした装束を着ていた。このことは、母

の貴子がこの女集団の中枢として位置していたと解釈すべきところなのだが、それを道隆が咎めて、貴子に定子の裳を脱がせるように言ったのである。この場の中枢は貴子ではなく定子であることを明らかにしたと読めるところである。

現代の視点からすれば、道隆の言葉はまことに理が通っているように思える。定子は娘とは言え中宮なのである。身分・階級から言えば定子を主君にすべきというのは当然のように思えるのだが、では、貴子は自明とも思えるこの理屈になぜ従っていなかったのかという点が逆に注目されるのである。

ここは、母の貴子は母系意識に基づく〈女社会〉の論理を生きていたと考えるべきだろう。この母系の一集団の要は〈母〉にあるという論理があったのではあるまいか。しかし、その論理は、父道隆の宮廷身分秩序に基づく論理とは食い違っていた。母の貴子はいささか時代遅れになりつつあったかもしれない古代的な〈女社会〉の中心として生きていたのかもしれない。

貴子という人は、かつては女官として円融《えんゆう》天皇に仕えていた人物であるから宮廷マナーにも精通していたであろうし、また教養も学識もある才女である。そのような人が正式な場における装束に関して無知であったとは考えられない。貴子の生きる女社会の論理においては、母たる自分が一族の中枢であったし、また中枢であらねばならなかったということではないかと思える。

それに対峙する形で、夫道隆の宮廷秩序優先の論理があったということだろうか。その宮廷秩序とは、男性貴族官僚たちによる男系に基づくものであったろうし、その論理が母の世界である〈女社会〉の論理を押しのけていったと解釈できるのである。この点において道隆も弟の道長と本質的には同じと言うべきで、〈夫・父〉系の男社会の論理つまりは家父長意識が強まっていたことが窺われるのである。

しかし、『枕草子』はその道隆がみずから〈をこ〉を演じることで、娘である定子を女神のごとく崇めるさまを描いた。男たちの政治論理が『枕草子』のテーマなのではない。女神のごとく生きようとした定子その人に、さらに定子とその集団が織りなしていった〈女神のお仕事〉と言うべき文化規範の立ち上げにスポットライトを当てているのである。

定子はその自分の立場を生きる以上は女神を演じることになる。中宮という至高の女となった定子は、女神であるかのように宮廷のハレの世界を率いていかなければならない。いわばその記録が、清少納言によってなされたのである。

定子――女神を生きる

清少納言は定子とその兄弟たちにそもそもの始めから一目置かれて特別待遇を受けているように思われるのだが、清少納言はその学識・才気の優れた人物として特別に要請されて定子の側近になったのであろうと推測されるところである。いわば家庭教師格と言うべきだろうか。中宮として宮廷の中枢を生きる定子のサポーター役であったのかもしれない。

それにしても清少納言の定子讃美には徹底したものがあって、なるほど定子は優れた人物であったのだろうが、清少納言が出仕した時点では定子はたかだか数え年の十七歳なのである。とは言え、幼年の頃から未来の后たるべき環境の中にあったのだから普通の十七歳とは比較のしようもないのだが、まだあどけない少女の年頃とは言えないか。定子の稟質《ひんしつ》を疑うのではないが、学識などでもいくら定子が優れているとは言え、当時二十七・八歳かと推測される清少納言が定子より劣ったとは考えられない。最高レベルの文化を誇ったであろう宮廷の、しかも至高の女主人たる中宮の率いる世界へと特別に要請されて迎えられたのが清少納言であるとすると、その清少納言も当時最高レベルの文化人であったことが想像される。学識・知性・教養において清少納言が定子に劣ることはありえない。しかし、清少納言は定子を至高の女性として褒め称える。そこに身分高き皇妃に対する媚びへつらいではないものがあるとすれば、そこに『枕草子』の本質を見ることが出来そうに思えるのである。

定子は幼いころから未来の后として育てられたであろうことが想像される。そのように育てられた子供は優秀であればあるほど、自分の役割を宿命として受け止めるものではないか。定子の場合も、至高の中宮として大勢の女たちを率いてハレの世界を統べてゆくという役割が幼いころから用意されていただろうし、それをひしひしと受け止めながら生育したのではないかと思われる。彼女は生まれながらの皇族ではない。皇族を神々の末裔たる聖なる皇統の人々とすれば、臣下から入内した定子はその聖なる神々のいわば〈もどき〉と言えまいか。定子は女神のもどきとして女神を演じなければならない。それが彼女に与えられた仕事であった。演じるというよりは女神そのものを体現しなければならない立場にある。問題は、定子がいかにして女神のごとくあろうとしたか、である。

演じるということに関しては、能の観世銕之丞《てつのじょう》（八世）が〈神を演じる〉というテーマで次のように述べておられる。この考えが定子の場合にもあてはまるかもしれない。

能役者は子どもの時、稽古するのに、だいたい神さまの能から始めるのです。神の偉大さということを体現していないと、どうしても演技に膨らみが出てこないのです。別の言い方をすると、神というのは、生命力の発露みたいなもので、エネルギーが非常に強く大きく宇宙的な広がりを持っています。……この世ならぬ世界を体で表現する力が出てくるのです。……。（『ようこそ、能の世界へ　観世銕之亟能がたり』

二〇〇八年　暮しの手帖社）

定子がこの能役者の子どものように神を演じる訓練をしたと解釈をすることは決して定子を冒瀆《ぼうとく》することではあるまいと思う。定子は女神であらねばならないという生育環境にあったのである。そのように育てられた女神の意識によって、観世銕之丞の言う「生命力の発露」「エネルギーが非常に強く」という存在の威力が定子のものとなるのである。定子はこの存在の威力をまざまざと放っていたのではあるまいか。初出仕の際、初めて目にした定子の姿・様子を見て「かかる人こそは世におはしましけれ」（百七十六段）と感嘆するのは、定子は実際優れた容姿であったのだろうが、外見上の容姿だけではなく存在の威力をすでに放っていたからに他ならない。このことは定子の優れた資質、能力と意識の高さを表しているように思う。清少納言はこの若き主君の意識の高さに――これはすぐれたトップであろうとする定子の理想と捉えていいと思うのだが、この理想に正面から応じたのだと思う。この定子を受け止め、支える存在として清少納言が求められ、また清少納言もそれに答えたのだと解釈できる。

女神を演じる女主宰者の例

鎌倉時代初期、健御前《けんごぜん》（藤原俊成《としなり》の娘、定家《さだいえ》の同母姉）によって執筆された女房日記『たまきはる』には、平安末期院政期における建春門院《けんしゅんもんいん》とその配下の女房集団の様子が詳細に記録されている。時代的には『枕草子』の時代からは百数十年後の〈女社会〉ではあるものの建春門院の女主宰者ぶりは定子を理解するうえでの大きな参考例になるように思う。

建春門院こと平滋子《しげこ》は、始めは上西門院に小弁局《こべんのつぼね》という名で仕えていた女房にすぎなかった。その女房が上西門院の弟にあたる後白河院の寵愛を受けて、応保元年（一一六一年）憲仁《のりひと》親王（後の高倉天皇）を生んだ。憲仁親王が即位するに応じて、皇太后となり、翌年院号宣下を受けて〈建春門院〉となった人物である。臣下の立場から至高の高貴な身分へと上り詰めた、女性としては最高の出世をした人物と言っていい。『たまきはる』では、その建春門院が「朝夕の御言種《ことぐさ》」に次のように女房たちに語っていたと記す。

女はただ心からともかくもなるべき物なり。親の思ひ掟《おき》て、人のもてなすにもよらじ。我心をつつしみて、身を思ひくたさねば、おのづから身に過ぐる幸ひもあるぞ

——女というものは、ただ心がけ次第でどうにかなるものです。親の心配りや周りの扱いでどうにかなるのでもないでしょう。過ちがないようにして、わが身を卑下することなどないようにすれば、自然と身に余る幸せもあるというものです。

建春門院が重要視するのは、心であった。心とは、志とも心がけとも解釈できるだろうが、ではどのような〈心〉でいることが大事なのか。『たまきはる』のなかで建春門院の女主宰者ぶりは、と言えば、彼女はことさら特別なことは〈何もしない〉のであった。女院の日常は、「貝覆い、石な取り、乱碁《らんご》などやうの遊び事をもつれづれならずもてなさせ給ふ」（貝覆い、石な取り、乱碁などの遊戯を退屈することがないようになさいます）というもので、集団の先頭に立ってさまざまの事を采配するというものではなかった。ただ、執筆者健御前は、建春門院のちょっとした日常の仕草やすべてにおいて、彼女がいかに神々しくも美しかったか、を記す。

健御前が女院のもとへ初出仕したのは十二歳の時のことだが、その折初めて女院を見たときの感激を、「あなうつくし。世にはさは、かかる人のをはしましけるか」と感じたと記すのだが、このような表現は『枕草子』

などにも見られる、あるいは常套的表現かと思えるものだが、建春門院もあるいはその〈こころ〉によって威容を体現していたのだと捉えることも出来る。

現実的なことは〈何もしない〉、そして、ただ美しく神々しく存在する、というところに主宰者の存在意義があるということだろうか。それを維持する高い精神性が問われたのだと思う。

しかし、執筆者健御前は、執筆時の、時代も移り変わった鎌倉時代に入った承久元年（一二一九年）の時点から見て、建春門院の〈何もしない〉かのように見えることに関してある解釈を下している。それは女院が政治性においても優れた賢明さを持っていたとする解釈である。


大方の世の政事を始め、はかなき程の事まで、御心にまかせぬことなしと、人も思ひ言ひめりき。まことに、をはしまさでのちの世中を思ひ合はするにも、かしこかりける御心ひとつになべての世も静かなりけるを、ただ明け暮れは、遊びたはぶれよりほかの事なく、しばしのほど見まゐらせ聞くほども、思ふことなく、うち笑まるるやうにのみもてなして、明かし暮らさせ給ひし御心のほども、のちに思へば、人に異なりけり。


——世の中の政治の事やちょっとしたことまで、女院の心に叶わぬことはないと世の人も思っているようでした。本当に女院が亡くなった後、世の中がどのようになったかを現在の時点から考えると、聡明であった女院の御心ひとつで世の中は安定していたのでした。

それなのに、ただ毎日の暮らしは、ゆっくりと遊んでいることの外はなくて、しばらくそのお姿を見たり声を聞いたりするだけで、こちらの物思いも消えてにこにことしてしまうような、そんな素晴らしいご様子で暮らしていらした女院の御心は、後になって考えると、まことに人とは違っていたのでした。

建春門院の華やかなりしころは平家全盛の時期であった。女院の異母姉の時子は平清盛の妻である。そして、女院は、後白河院の寵愛を一身に受けている、という状況の中、女院は、清盛と後白河院という二人の政治的傑物者の間に立って、いわば要の役割をなしていた。その女院の死はその要の喪失に外ならず、その為に女院の死後、世の乱れを起こした、と執筆者は解釈するのである。女院にもその政治的立場の難しさや惑いや憂慮もあったはずであろうが、それを表に出すことはなく、ただ明け暮れは「遊びたはぶれよりほかの事なく」という様子であったのはまことに立派で、それも女院を見れば見る人も思わず微笑まれてしまうような様子だったと記す。無邪気で大らかな、天女のような美しさが思われる。

現実の人間世界や政治や権力の世界には様々に湧き起こる人間的感情——悲しみや怒りや不安や憂いなどがあるものだが、そういうものから超越したところに女院は存在したのである。まさに〈女神〉であるかのように、であった。建春門院こと平滋子は、高貴な、そして複雑な政治性の絡んだ立場に立つとはいかなることか、どのように身を処すればいいか、人の上に立つ女主宰者はいかにあるべきか、よく理解していたと言えよう。まさに理性と知性の力で、また天性の美貌であったろうと思われるので、その美しさをも最大に生かして女神を生きたのであろうと思われる。生まれながらの皇女ならばともかく、臣下から〈女神〉に成り上るにはそのような高い精神力がいるのであろうと思われるのである。

このことは定子の問題としても同様であったに違いない。『枕草子』において描かれているのは定子その人の精神力、そしてその精神の美であった。トップを生きる若き女主宰者はいかにあるべきかが描かれている。また定子にはその気負いのようなものもあったように思う。その事例として、同じく二百六十段「積善寺供養」の折のエピソードを取り上げたい。

一行が積善寺にようやく到着した時、清少納言も貴公子たちに介助されて牛車から降りて、定子のもとへとやってきた。定子は清少納言がやってきたので、「御几帳のこなたに出でさせたまへり」というように清少納言の前に姿を現した。その姿はまことに美しく立派なものであったと清少納言は記す。定子は裳・唐衣をつけたままであったという。というのは第一礼装の姿であった。先に家族とともにいるときには、父の指図で裳を取り外したのだが、ここでは同じく供養に参列している一条天皇の母后東三条院に敬意を表しての正装と考えられる。

大勢の参列者のいる晴れの儀式の場に中宮として姿を見せなければならない。定子はその姿を清少納言に見せに来たのである。

「われをばいかが見る」と定子は問いかける。――わたしをどのように見るか、あるいは、私はどのように見えるか、ちゃんとしているか、華やかに堂々としているか、と問いかけたのである。

清少納言は、「いみじうなむさぶらひつる」――それはもちろん素晴らしうございますよ、と答えるが、この場面に、中宮として堂々としていなければならないという定子の気負いと、それを支える清少納言との掛け合いが見られるように思える。定子は才気煥発の明るい性格のように枕草子の記述からはうかがわれるのだが、人とは異なる特別の地位にある人間として如何にあるべきか、私はそう成り得ているかという葛藤はたえずあったのではあるまいか。「あなたは素晴らしいのだから、大丈夫！」と支えるのが清少納言であったろうか。清少納言はこの若き主君の覇気のようなものに、その健気な精神の力に真っ向から答えようとしている。

先に述べたGemeinschaft＝共同社会においては、社会を統べる軸となるものは人と人との心の結びつきであった。血縁家族共同体に見られるような人格による結びつきが、あるいは人情などの感情による結びつきが重要であった。いささか次元を下げて解釈すれば、かつてのやくざ世界においても〈親分〉の人格・心意気があればこそ〈子分〉はついてゆけるのではないか。やくざの世界ではそれが任侠とされているが、人の〈思い〉が重視されていることに変りはない。

あなたを思う、あるいはあなたに思われる、というのは、『枕草子』における人間関係の基本である。〈思ふ〉と〈思はる〉とは、これは〈女社会〉を支える論理であったように思われるし、また〈男社会〉においてもそれは同じであったろう。天皇を中枢に据えた男性貴族たちの世界もまた〈思ふ〉か〈思はる〉の論理によって成り立っていたと思うのである。

〈思ふ〉〈思はる〉の主従関係

『枕草子』の記事によれば、定子は「私を思うか」と清少納言に問いかけてくる主君である。〈思ふ〉とは相手を心に大切に思う、あるいは慕う、あるいは信頼し、評価するということであろうか。

定子の立場とすれば、配下の者への「私を思うか」の問いかけは、「私を主君として認めるか」ということになるだろうか。言葉を変えていえば「私を親分と認めて私についてきてくれるか」という問いに他ならない。

清少納言の初出仕の記事（百七十六段）は大変詳細にして長文のものだが、それだけ初出仕という出来事が重大な意味を持つものであったことが想像される。これは一つの事件であり、また清少納言にとっては定子の〈子分〉として生きていくためのくぐらねばならない通過儀礼であった。

これは定子と清少納言がお互いを確認しあう初見参の場であった。いろいろの出来事が記された後、定子が清少納言に次のように問いかける。

ものなど仰せられて、
「われをば思ふや」
と、問はせたまふ御いらへに
「いかかば」
と啓するに合はせて、台盤所《だいばんどころ》の方に、鼻をいとたかう嚔《ひ》たれば
「あな心憂。虚言《そらごと》をいふなりけり。よし、よし」
とて奥へ入らせたまひぬ。
——あれこれとおっしゃるうちに
「私を思うか」
とお尋ねになるそのお答えに
「どうして、思わぬことがありましょう」
と申し上げるのに、まるで合わせたように台盤所の方で誰かが盛大にくしゃみをしたので、
「あら、いやだ。お前は嘘を言ってるのね。もう、いいわ」
と言って奥へとお入りになってしまった。

初見参のその総括としてだろうか、お前は私を主君として思ってくれるか、という問いかけが定子によってなされたのだった。これは、「お前は私を主君として認めるか」の問いとして捉えられる。このように定子の世界への参加は主宰者定子と配下を生きる清少納言との人格の出会いなのだった。定子という人間の人格、存在を評価するかどうかの問題だったように思える。

もっとも、清少納言がせっかく「いかがは」とその思いを述べたものの、誰かが「くしゃみ」をしたのでせっかくの表明が台無しになったという。嘘をつくと誰かがくしゃみをするという俗信があったものらしい。その後の定子の態度は本気と言うものではなくいささかお茶目な、あるいは照れ隠しであったろうか。ともかくも、相互の〈心〉の確認、それが初出仕という儀礼であった。下世話に言えば定子は「私について来るか」「私のために生きられるか」と問いかけてくる〈親分〉のようなもので、清少納言は〈親分〉の心意気に応じる配下の者として、つまりは〈子分〉として生きることを表明したと言えようか。

定子の世界に入るというこの儀式は、たとえば〈秘密結社〉入会の initiation に通じるものがあるように思う。定子の世界は別に〈秘密〉ではないのだろうが、結社と同じようなシステムがこの定子を中心とした〈女社会〉に見られるのである。結社とは、地縁・血縁・地域共同体とは無縁に、あるいはそれらとは交錯しながら、より広い領域にわたって人々が結合する集団として定義できる。そして、結社の目的に合致したもの、入会儀礼を通過したものがメンバーになるというシステムである。定子という女主宰者のもと、宮廷文化の規範を担い、かつ活性化してゆくのだという〈結社〉の目的のもと女たちが結集する世界だったと言えるのではないか。現代で言えば茶道や華道などの世界もこのような〈結社〉のごときものと言えるだろうか。

「家元」というどこかカリスマ的な要素が見られる主宰者を中心にして（主に）女たちが集まり、そして茶道という文化を担い、活性化し、盛り上げて、要するに文化活動をしている。この女たちの世界はどこか女房社会と似ているのである。

あるいは宮廷社会そのものがこの結社のようなものと言えるかもしれない。たとえば宮廷の公の世界では、本来の名前を切り捨てて新たな名を得てこの世界に入るという規定がある。俗世界から宮廷という超越した世界に入ることは新たなる生まれ変わりと言えよう。清少納言も〈清原の某〉という俗名ではなく定子に「少納言よ」と呼ばれるメンバーになったのである。ある世界に入るときにその世界特有の名づけがなされるというのは先の茶道の世界でも、また音曲や舞踊などの芸事の世界にも見られることで、それが〈名取になる〉ということなのだが、それは新たな名を得てその世界の成員として生きるということを意味しているのであろう。〈名取になる〉ということも含めて、新たな名を得るということは、その世界のメンバーとしての資格を得た、メンバーとして認知されたということに他ならない。

このように通過儀礼を経て、清少納言は定子との人格による関係を結んだものと思う。それは後世の儒教倫理による主従関係ではなく、また損得の利益による結びつきでもなく、宮廷の女たちによる〈みやびなるもの〉を共に担うという共生感覚であった。その関係の基盤になるものが〈思ふ〉〈思はる〉というものであった。もっとも〈思ふ〉〈思はる〉は主従関係ではなくとも人間同士の基本概念である。その基本のところによって成り立っていたのだと言えよう。二百四十九段に清少納言が述べるように「親にも、君にも、すべてうち語らふ人にも、人に思はれむばかり、めでたきことはあらじ」（親にも主君にも、またお付き合いするすべての人に愛されることほど素晴らしいことはあるまい）なのである。この基本概念を生きる限り、清少納言にとっては人としての〈情〉のようなものが重要だったと考えられるのである。

定子にとって〈思ふ〉という概念は自分の主宰する〈女社会〉を統べる重要テーマだったに違いない。と思うのも、定子はこの概念を時には大勢の人々の前でアピールしているようなところがあるのである。次の九十六段は、定子の気概を表した場面として有名なものだが、定子にとって〈思ふ〉とは何であったかが窺われる場面である。

御方々・君達《きんだち》・殿上人《てんじょうびと》など、御前に人のいと多くさぶらへば、庇《ひさし》の柱によりかかりて、女房と物語などしてゐたるに、ものを投げ賜はせたる、開けて見たれば、「思ふべしや、いなや。『人、第一ならず』はいかに」と書かせたまへり。

――定子の身内の方がたや殿上人たちが大勢、定子様の御前にいらっしゃるので、私は少し離れて、庇の間の柱に寄りかかって、他の女房たちとあれこれ話をしています時に、定子様が私に何か投げてよこされました。その文を開けて見ますと、「あなたのことを思うべきだろうか、それとも思うべきでないか。『一番に思うのでない』とすれば、どうか」とお書きでいらっしゃいました。

この定子の問いかけは、普通にとれば「お前を可愛がろうか可愛がるまいか」（新潮古典集成の解釈による）のようになるのだが、上位の主君が下位の家来にもしもこのように問いかけたとすれば、定子という人はなんと嫌味な主君か、ということにならないだろうか。「お前を可愛がってやろうか、どうか」と問いかけてくるような感性は、普通は驕り高ぶった態度と受け取れかねない。このような態度が高貴性そのものと解釈することもできるのだが、清少納言の心を試すようなものではないか。

ただ、この定子の問いかけには〈前提〉となる清少納言自身の言葉があった。彼女は日ごろから定子の御前で次のように語っていた、とある。

「すべて、人に、一に思はれずば何にかはせむ。ただいみじう、なかなか憎まれ、悪しうせられてあらむ。二、三にては、死ぬともあらじ。一にてをあらむ」

——だいたい、人に一番に思われなければ何になるでしょう。一番でなければかえって嫌われて憎まれた方がいいわ。二番手、三番手なんて死んでもならないわ。一番でありたいわ。

このような〈一番でなければ、いや！〉というような清少納言の態度もなんと意気揚々たるものかと思わずにはいられないが、このような気概と積極性が定子の気概と響きあったのだろうか。また、「人に愛されるのなら一番でなければ」というのは誰しもが心に思う本音なのだ。清少納言は屈託もなくその本音を披歴していたのであろう。逆に言えば、人に愛されるのに二番でも三番でもいいというのはなんと覇気のない情けない思いであろうか。

この場面では清少納言に対して筆・紙が用意された。ということは、何か典拠に則ったようなこと、例えば和歌や漢詩などに基づく答えが要求されたということになるように思える。いわば〈正統な〉な問答が要請されたということであろう。清少納言の答えは、周知のように「九品蓮台《くほんれんだい》のあひだには、下品《げほん》といふとも」という経典、あるいはそれを引用した『和漢朗詠集』に基づいたものであった。

これは、大勢の貴顕の人々が観客として居並んでいる中で行われた、パフォーマンスのごときものであったと捉えられる。周囲の人々に自分たちの主従関係の理想を誇示するひとつのショウであったかもしれない。主人とその子分との間の連帯の強さをこのような形で、いささかたわむれの遊戯性の中で誇示したのであろうか。

定子はここで自分の背負うべき〈思ふ〉〈思はる〉を衆目の中、議題としたのである。それが定子の世界の大きなテーマであったのだと思える。そのテーマを共に担う配下の者がすなわち清少納言だった。自分たちの関係が〈思ふか思はる〉であること、これが定子の理想とする〈私たちの世界〉の理念であることを一種のパフォーマンスの中で示したのだった。

ここから皆の前で定子が堂々と表明する言葉が有名な次の言葉であった。

第一の人に、また一に思はれむ、とこそ思はめ。

定子は別に自分が一番であるとは言ってはいない。しかし、一番に思われるとしたら、つまらない人物に一番に思われたとしても何の意味があろうか。一番と自分が評価する人にこそ一番と思われなければ意味がない。これは〈思ふ〉側も〈思はれる〉側も同じような気概が必要な問題であった。定子と清少納言の、覇気と気概を共にする者同士にのみ可能な、いわば共犯関係に基づく掛け合いであった。

ところで「お前は私を思っているか」という定子の問いかけは、問われた側からすれば「では、あなたは私を思ってくれるのか」という逆の問いかけを生むことにはならないか。「思ふ」からには「思ってほしい」と思うのが当然だろう。〈思ふ〉というものは相互のものでなければ人間関係の信頼は成り立たない。定子からの〈思ふ〉がなければ信頼はあり得ない。では、どのようにして定子からの〈思ふ〉が清少納言に示されたか、これは数々の例があるのだが、たとえば百三十六段の次のエピソードがあげられる。

百三十六段は、前述のように、清少納言が長らく里居をした折のエピソードを記した段である。父の道隆の死後、定子は不遇の境遇にあった。その時期に清少納言が定子の側を離れていたのは、彼女がいささか〈道長側の人間〉と見なされていたという事情が絡んでいたものらしい。定子側近の女房集団の中で、政治的敵対者と見なされて嫌な思いをすることが度々あったという。その為に定子の「まゐれ」という仰せがあっても里居が続いていた。

そんな折、定子から手紙が届けられた。

（お手紙を）胸つぶれて、とく開けたれば、紙にはものも書かせたまはず。山吹の花びら、ただ一重を包ませたまへり。それに、

いはで思ふぞ

と、書かせたまへる。

定子の、早く私の所へ参上せよ、の催促が「いはで思ふ」という「思ふ」の言葉に託されたのだった。清少納言がはたして政治的敵対者なのかどうか、そのような疑念は一切示すことなく、お前のことを思っているのだから早く戻ってきてくれ、という全面的信頼の言葉が「いはで思ふぞ」であったことになる。

この「いはでおもふ」は「古今六帖」巻五の「心には下行く水のわきかへり言はで思ふぞ言ふにまされる」の第四句を引用したもので、「口には出さないが心のなかではお前のことが恋しい、思っているのだから」という思いを表わしたものである。

はたして清少納言は、この手紙の後、「すこしほど経てまゐりたる」というように、定子のもとへ戻ることになる。

「いかが」

と例よりはつつましくて、御几帳にはた隠れてさぶらふを、

「あれは新参《いままゐり》か」

など笑はせたまひて、

「憎き歌なれど、このをりはいひつべかりけり、となむ思ふを。おほかた見つけではしばしも得こそ慰むまじけれ」

などのたまはせて、変わりたる御気色もなし。

――定子様のご様子はどうかしらといつもよりは遠慮もあって、御几帳の蔭に隠れるようにして控えていると、「あの者は新参か」とお笑いになって、「あの歌は嫌いな歌なのだけれども、この場合はあまりにピッタリだ、と思ったのでね、使ったのよ　お前の顔を見ないでいるとちょっとの間も心が慰まなくてね」と仰って、以前と変わったご様子もなかった。

定子の態度はまことに堂々としている。自分が不遇だから清少納言が自分を見捨てたのではないか、などという卑屈さも疑念も不安感もなく、また清少納言が戻ってきて嬉しい、という思いも〈笑い〉のなかで表している。また、「いはでおもふ」の引用についても「あれはなかなか上手かったでしょう?」と清少納言に自慢しているかのようだ。〈思ふ〉〈思はる〉の信頼関係が二人の間にあること、そして人間の卑屈な感情などを超越したところで、定子の覇気が、いい意味での気位の高さが示されているように思う。

定子の寵愛

「士は己を知るもののために死ぬ」(『史記』刺客列伝)という言葉がある。自分を正当に高く評価し、理解してくれる者のためにこそ命を懸ける、それが士たるもの〈立派な人間〉の心意気だ、と解釈できるだろうか。

清少納言の心も同様に、主君が自分を評価し、あるいは人とは異なるほどの寵愛、つまり贔屓をしてくれたがために主君の心に応じるのだという心意気が感じ取れるのである。そこに清少納言の、若き主君に対するパッションのごときものがあったとすれば、定子の世界を『枕草子』の中に生き生きと再現することは自分の使命として感じられただろうか。

現実問題として、定子が清少納言だけを贔屓したかどうか、ここでは問題ではないように思う。清少納言が「私は特別に評価された。主君と私の間には響きあう心があったのだ」と思ったことが重要なのである。従って、清少納言は「自分が特別に贔屓された」出来事を数々書き記すのである。

積善寺供養を記した二百六十段の長い記事の中で、晴れがましくも〈私がいかに贔屓をされたか〉を記しているのだが、その記事の終りに清少納言は次のように述べる。それは、〈私は定子に寵愛された、こんなにも！〉、という思いが表れたもので、清少納言がなぜ定子を哀悼するのか、というパッションの源となったものであろうと思う。

かかることなどぞ、みづから言ふは、吹き語りなどにもあり、また、君の御為にも軽々しう、「かばかりの人をさ思しけむ」など、おのづからも物知り、世の中もどきなどする人は、あいなうぞ畏き御事にかかりて、かたじけなけれど、あることはまた、いかがは。まことに身の程に過ぎたることどもありぬべし。

――このような、自分が寵愛された事柄を自分でぬけぬけと述べるのは、吹聴するようであり、このことは定子様にとって軽々しいことで「あの程度の人物をそんなにも評価したのか」と、世の中の見識者や批判などする人は、定子様を見当はずれのように思うであろうことが恐縮で、もったいないことなのだが、ご贔屓は事実だったのだから書かないわけにはいかない。本当に、わが身の程に過ぎるご贔屓があったように思うのです。

清少納言がこの段において書いたエピソードは、その「身の程に過ぎたること」の例であった。

積善寺供養の場においては女房たちは序列に従ってその席に居並んだものらしい。定子のすぐ側の上席には中納言の君、宰相の君の二人が坐っている。この二人は所謂上臈《じょうろう》というべき身分高き出自の女房であった。「中納言の君といふは、殿の御叔父の右兵衛督忠君ときこえけるが御女」というのであるから、定子からすれば中納言の君は父方の従姉ということになり血縁者である。「宰相の君は、富小路の右大臣の御孫」という出自だが、これは右大臣藤原顕忠《あきただ》（時平《ときひら》の子）の孫にあたり、相当の身分の出自になる。この高位の女房がいわば側近としてすぐ傍らに控えているのを定子が御覧になって次のように言ったのである。


「宰相はあなたにいきて、人どものゐたるところにて見よ」

と、仰せらるるに、心得て
「ここにて、三人はいとよく見侍りぬべし」

と申したまへば、

「さば、入れ」

とて、召し上ぐるを、下にゐたる人々は、

「殿上ゆるさるる内舎人《うどねり》なめり」

と笑へど……中略……

そこに上りゐて見るはいと面立たし。

――「宰相はあちらに行って他の女房たちのところで見よ」と定子様が仰るのに、宰相は（定子は傍に清少納言を置きたいのだな）と心得て、

「ここで、三人でも坐れて、よく見ることが出来ますよ」
と定子に申しあげたので、
「では、ここへ入れ」
というわけで、私をお召しあげになるのを、下位の席に座っていた女房たちは
「昇殿を許された内舎人といったところですね」
笑ったけれど、……中略……その上席に座って供養を見るのは大変晴れがましいことでした。

この場面から推察すれば、定子は我儘である。まさに聞き分けのない子供のような我儘を言っている。宰相の君に「お前は向うに行け」などと言うのは、思いやりがないではないかということになるのだが、定子はそこまで清少納言に惹かれていたということになる。また、宰相の君は当時二十代後半のいわば〈大人の心得のある人物〉であったものらしく、定子の清少納言に惹かれる心を察して、落ち着いた態度で応じている。これは年若き少女のわがままを大らかに受け入れているように取れる場面である。

「私はあの者が好きなのだからそばに居たい」という定子の我儘は、女房の序列という秩序を無視してまで優先されたのだった。清少納言にとっては、まことに晴れがましいことであったに違いない。清少納言は明らかに贔屓されたのである。

積善寺供養は、正暦五年（九九四年）二月のこと、清少納言はまだ出仕以来一年も経っていない新参者であった。それがすでに定子のお気に入りとして周囲の承知のこととなっていたものらしい。定子はこの時数え年十八歳である。

それにしても、定子は何故これほどまでに清少納言に惹きつけられたのであろうか。その理由については清

少納言は何も語らないのであくまで想像に過ぎないのだが、まだ年若き少女と言ってもいいような定子を惹きつけるに足る魅力が清少納言にあったということであろう。要するに定子が「私のそばに居て！」と言いたくなるような人物であったことは確かなのである。

清少納言の実像（？）を第三者の目から記したものとしては、『紫式部日記』の「清少納言こそ、したり顔にいみじう侍りける人」という辛辣な批評が有名だが、紫式部は実際に何らかの場で清少納言と同席する機会があったものらしい。「したり顔で、それはもう大変な人でした」という批判は、別の角度から見れば、清少納言がその場の中心となってリーダーシップを発揮するようなタイプの人間だったことを表わしているように思える。

紫式部がこのような批判的言説を吐くにはそれなりの背景があったのであろうが、それはまた別の論において取り上げたいテーマである。

清少納言はともかくも定子に一目置かれて、そして格別に寵愛された。それが清少納言が定子の世界を網羅的に描く原動力になったのであろうと思う。そして、定子がいかに優れた至高の中宮であり、文化の規範を躍動的に作り上げていこうとする源であったかが描かれた。

ただし、それを清少納言は側近の立場から客観的に描いたのではなく、主君定子と心が響きあった〈私〉との共鳴する世界として描いた。〈私〉というものが定子の世界に住む〈配下の者たち〉の中から特別に〈選ばれた私〉であったからこそ、それを清少納言が自分の使命として受け止めたからこその営みであったろうか。また、天皇を中心とする男性たちの〈公〉の世界ではなく、女の社会はあくまで〈私的な世界〉、つまりは非正統なる裏社会であったからこそ女房の私的な記録があり得たのではないかと思えるのである。

鎌倉時代に入ると、このような私性があらわな女房日記は、『とはずがたり』を除いては存在しない。鎌倉時代の女房日記の執筆者たちの主君は、天皇や院などすべて男性であった。女主宰者を中枢とする女社会というものが宮廷からはすでに消えていたのではないか。中宮や妃相当の女主人は数々存在するのだが、その女房たちの世界は古来の女社会としての威力を放たなくなったのではないか、と思われる（鎌倉時代初頭成立の『無名草子』ではその失われた女社会のすばらしさを愛惜を込めて論じている）。

鎌倉時代に入ると女房たちは天皇直属となり、男の組織に組み込まれた結果、彼女たちが記す記録は公的なものとなった。しかし『とはずがたり』はその宮廷から排除されてさすらいの旅に出るという、きわめて非正統なる〈裏〉の世界を生きた女の手記である。『とはずがたり』の赤裸々な世界は〈裏〉であるからこそであったろうか。従って〈わたし〉というものがそこでは生き生きと躍動している。〈わたし〉というもののまなざしと感覚を通して描かれている『枕草子』も同様に考えられそうに思うのである。

定子の世界で起こる現象・出来事を書き記す役割は、清少納言が担うものであり、そのことを周囲も期待していたことは、第九十六段の記事からも知れる。

ある時、「中納言まゐりたまひて」（弟の隆家が定子のもとへ参上なさって）、扇を大いに自慢したことがあった。「いまだかって見たこともないような素晴らしい扇の骨です」と隆家が言ったのに対して、清少納言が「では、海月《くらげ》の骨ですね」と洒落を言って笑いを起こした。そのエピソードを書くことに対して、次のように弁明している。

かやうの事こそ、かたはらいたき事のうちに入れつべけれど、「一つな落しそ」といへば、いかがはせむ。

——このような事こそ、きまりの悪いような笑止な出来事の話に入れるべきなのだけれど、皆が「一つとして書き落とすな」と言うので、仕方がありません。

定子の世界で、あるいは〈私たちの世界〉で起こったさまざまな出来事、事柄、エピソードは、皆が、ということは定子配下の女房たちであろうと思うが、「これを書け」「あれも書け」と言うような皆の意向も加わって書き記されていった一面もあるようである。清少納言の、いささか自慢話も含めてだが、それは清少納言の視点と行動を中心にして捉えた〈定子の世界〉であり、定子を〈親分〉と仰ぐ女社会の、そして女文化の発現の記録であったかと思える。

女社会の逸脱と躍動

女房たちの逸脱と躍動

定子配下の女房たちの言動・行動には、秩序を逸脱するかのようなお転婆ともいたずらとも言える自由奔放なものがいたるところに見られるのだが、一言で言えば〈過剰なるもの〉が躍動しているのである。この過剰性をいかに捉えるべきか。単なるお転婆と捉えるわけにはいかないものがそこにはあったように思われる。

女房たちが御殿内部でおとなしくしているのではなく、積極的に外へ出て行こうとするエピソードがいくつかある。しかも定子が不遇に追い詰められているような言わば悲劇的な時期にことさらそのような行動が多い。親分格の定子が排撃されているときにこそ子分たちは大暴れする、というように捉えてみたいものがそこにはある。

女房たちのそのお転婆ぶりが描かれた百五十四段の記事を次に取り上げる。

故殿の御服《おんぷく》の頃、六月の晦《つごもり》の日、大祓《おほはらへ》といふことにて、宮の出でさせたまふべきを、職《しき》の御曹司《みざうし》を「方《かた》悪し」とて、官のつかさの朝所《あいたどころ》に渡らせたまへり。

――父の道隆殿がお亡くなりになった服喪の頃、六月の三十日の日、大祓の神事があるので、定子様は服喪の穢れのために登花殿から退出なさるのだが、いつもの職の御曹司が方角が悪いということで、太政官庁の朝所にお移りになった。

道隆の服喪の頃というのであるから長徳元年（九九五年）の六月ごろのエピソードである（道隆の死去はこの年の四月十日）。服喪の穢れを帯びているために定子はつねの御所である登花殿を退出。定子とその配下の女房たちは、太政官朝所という場に移転した。その場においてのエピソードがここで綴られる。この朝所で、若い女房たちがあちらこちらと自由に遊び歩く。それどころではなく、暴れるのである。

時づかさなどはただかたはらにて、鼓の音も例のには似ずぞ聞こゆるをゆかしがりて、若き人々二十人ばかりそなたに行きて、階《はし》より高き屋に登りたるを、これより見上ぐれば、あるかぎり淡鈍《うすにび》の裳、唐衣、同じ色の単襲《ひとへがさね》、紅の袴どもを着てのぼりたるは、いと「天人」などこそ得言ふまじけれど、「空より降りにたるにや」とぞ見ゆる。同じ若きなれど、押し上げたる人は、得まじらで、羨ましげに見上げたるも、いとをかし。

女房たちは、朝所のすぐ近くの陰陽寮の鐘楼に登ったらしい。若き人々とあるので、まだ十代の、ようやく童女の域を脱した女性たちであろう。清少納言はその様を下から見上げて、「天人」とまでは言えないけれど、とからかうような調子で「でも、空から降ってきたように見えるわ」と面白がっている。鐘楼の上には一人で登れないらしく、下から押し上げる役割の女房もいるが、一人残された彼女は上に登れないでいる、という様子も微笑ましく描かれている。女房たちのやんちゃなお転婆ぶりが生き生きと描かれている場面なのだが、これでは現代のやんちゃな女子高校生たちと変わらない。この〈事件〉は当然役人たちによって小言を言われてしかるべきなのだが。注釈によれば、「勘物《かんもつ》」に次のような記事がある。

小野右府記七月五日、中宮女房昨日登陰陽寮楼、……左衛門陣官見之奇之

女房たちの行動は、宮廷の中で決して〈当然の事〉とは見なされていないらしく、左衛門の陣の役人たちはこのことを「これを見て奇とす」と記すように、秩序を逸脱するものであったことは確かである。しかし、このことを誰も咎めた形跡がない。むろんこのエピソードを記した清少納言も彼女たちを咎めるどころか「いとをかし」という美意識の範疇に摂りこんでしまうのである。

女房たちは、鐘楼に登るだけではなく、次には左衛門の陣まで出かける。

左衛門の陣までいきて、たふれ騒ぎたるもあめりしを、
「かくはせぬことなり」
「上達部《かんだちめ》の着きたまふ倚子などに、女房どものぼり、上官などゐる床子どもを、皆うち倒し損なひたり」
など、奇しがる者どもあれど、ききも入れず。

——左衛門の陣まで行って大騒ぎをした女房たちもあったようなのだが、役人たちが「そんなことはしてはいけないことです」「上達部の着席なさる椅子に、女房たちが登ったり、上官などが坐る床子などを彼女たちが皆、倒して壊してしまった」などと「怪しからぬこと」と文句を言うのだが、女房たちは誰も聞きいれない。

若き女房たちは楽しく徘徊するどころか破壊行為に及んでいるのだが、この女房たちの大騒ぎぶりはいったい何なのだろうか、と思わずにはいられない。ただ若者たちの「若さゆえの暴発」として捉えられるものなのだろうか。役人たちは当然この暴動を阻止しようとするが、彼女たちはそれを無視して騒いだという。

この〈事件〉は鐘楼に登った事件と同じく咎められなかったようである。若者の稚気《ちき》あるいたずらとして、周囲の人々に大目に見られるものであったか、あるいは女房とは言え名門のお嬢様たちのすることであるから咎められるものではなかったのか、などと考えられるが、あるいは、女房たちのこの行為も〈かくあるべき〉という必然性があるのではないか、という見方も同時に出来るかもしれない。つまりは、そこに〈女社会〉の論理があるのだという可能性を考えてみたい。

若者たちは秩序破壊をして騒ぐ。しかし、それは現代社会においては反社会的行為として取り締まりの対象になるし、度を過ぎた行為は警察が関わることもある。公的な祭典における若者の暴力行為や、土俗的な祭りにおいても度の過ぎた逸脱はいまや管理すべきものとなっているのが現代と言えるのだが、ただこういう場合の騒ぐ〈若者〉とはおおよそは男であろうと思う。女の子が騒いで秩序破壊するというのは、もちろん有るのだろうが珍しい気はする。

かつて土俗的な慣習の残っていた村社会での若者（男）たちの逸脱は、村社会のなかでは許容されていた面がある。逸脱とは言ってもそれは社会を逆に活性化するような要素であったろうし、そもそも土俗の社会とは逸脱と暴力とを抱え込んで成り立つものであった。神話学的に言えば、大暴れとは〈荒れる神〉の顕現であったろう。それは社会の中の若者が担うべきものであった。

『枕草子』における若き女房たちのこの行為も同じものとして考えられないだろうか。村の若者たちは村社会のメンバーとして暴れる。むしろ村社会を背負っているからこそ暴れる。同じように女房たちは定子の率いる社会のメンバーとして暴れるのだ、と言える。彼女たちの大暴れこそ、この時代にまだ〈女社会〉がいきいきと躍動していたことを表わしているように思える。女の子とは、本来は暴れるものであった。

さらに、彼女たちの行為は単なるお転婆として捉えるものではなく、一種の示威行動であったようにも思える。いわばデモンストレーションである。では〈デモ〉によって訴えるものは何であったか。

この〈事件〉は記録によれば七月の上旬の事らしい。そもそもは六月三十日の宮中において為される大祓いの神事のために定子一行は宮中からここ太政官庁の朝所へと一時的ではあるが移ってきたのである。この事件はその直後の出来事である。この時、定子は父道隆の死による服喪期間であった。従って彼女たちは大事な神事に対するケガレと見なされて宮中から追い払われたのだと解釈できる。そもそも「大祓い（または大祓え）」とは六月と十二月の三十日の日にこの世のすべての罪と穢れを祓って清めるための行事である。では、ここで宮中から移転してきた定子たちは、その罪と穢れを負って〈祓われた〉者たちであり、またその穢れのゆえに〈流された〉者たちだと言えようか。宮中というこの世の聖域の中枢から周縁へと追いやられた定子一行は、比喩的に言えば〈流された女神たち〉であり、それゆえに荒れる神々であった。

しかし、そもそも聖なる女神たる定子がケガレと見なされること自体女たちからすればあってはならないことではないか。「私たちを祓う、つまりは追い払うとは何事か」というデモンストレーションであったかもしれない。さらに、定子たちが〈流された〉官庁の朝所は、シナ風の古い建築物であったらしく、枕草子では「古きところなれば蜈蚣《むかで》といふもの、日一日落ちかかり、蜂の巣の大きにて、蝟き集まりたるなるぞいと恐ろしき」と記されている。定子中宮とその配下の女たちにとってはけっして快適とは言えない移転先であったはずである。

若き女房たちは、荒れる女神（！）としての本領を発揮したと言えるだろうか。穢れを帯びて周縁へと流された彼女たちの逸脱と暴力は、大祓いの神事に対応する浄化作用だったと解釈できるかもしれない。その概念を自分たちの大暴れとして、あくまで比喩的に実力行使したのは、若き女房たちの稚気としゃれっ気であったろうか。言わば、これもひとつの〈文化活動〉である。だからこそ清少納言もそれを〈をかし〉として評価したものかと思われる。そうでなければ、このエピソードは単なる〈躾の悪い若者集団〉の恥ずべき行為に過ぎない。

定子とは女たちの集団の象徴的リーダーであるから具体的に動くことはない。しかし配下のものたちは具体的に動き、活動して、〈われらが集団〉の存在意義を展開してゆくのである。流された女神としてここは大いに暴れるのだ、という心意気がこの行儀の悪い少女たちを駆り立てたのではないか。

しかし、その行為は朝廷の秩序社会の中では「奇」と見なされたのも事実であった。〈男社会〉の若者たちの逸脱と暴力は、民俗の中では習俗としてありえたのであろうが、〈女社会〉のお嬢様たちのその行為はやはり珍奇であったのかもしれない。しかし、彼女たちが咎められないのは、彼女たちの存在が朝廷秩序の中ではしょせんは制度外であったからとも言えるのであって、そもそも定子の率いる〈女社会〉そのものが朝廷秩序の〈男社会〉と相対峙するものとしてすでに制度外であった。後宮とは〈表〉の男性の世界から見れば〈後ろにある裏の世界〉であった。しかし、逆に言えば〈裏〉であるからこそそこにアジール性もあらわれてくるのであって、秩序や制度を超越するものが威力となって女の社会から放たれていたように思われる。逸脱と混沌、そして躍動するものがそこにあった。秩序外、制度外であるからこその威力もまた〈女社会〉は発揮していたように思うのである。

『枕草子』二百九十四段に描かれた「下男が窮状を訴える」事件もそのようなアジール性を背景にして考えるべきものなのだろうと思われる。

下男の訴え

ある日の事、一人の下男が清少納言たちのいるところへやってきて窮状を訴えるという出来事があった。

その男は縁側の側に寄ってきて、泣きそうな気配で「からい目を見さぶらひて、誰にかは憂へ申しはべらむ」（大変な目にあいまして、いったいどなたにこの窮状を訴え申せばよろしいのか）、と言ってきた。その訴えを聞いたのは、定子の妹の御匣殿《みくしげどの》（道隆四女）と定子の弟である隆円《りゅうえん》の乳母、そして清少納言であった。

その下男の訴えとは、馬寮《めりょう》の秣《まぐさ》小屋からの出火によって自分の住まいが類焼したこと、何も持ち出せず、また住むところもなく困っていること、だから何とかお助けいただきたい、というものであった。

その後、この男が、清少納言を始め定子配下の女たちにいかに笑いものになったか、それは当時の貴賤意識・階級意識の表れとも解釈されるし、また非ヒューマニズムの例として取り上げられることの多いエピソードである。

この〈笑い〉については後述したいと思うが、ここで先に考えたいことは、そもそもこの男はなぜ女たちのもとへ訴えに来たのかという点である。彼が来たのはたまたま御匣殿の御局の側の縁側であったが、一応は定子の世界を目指してやってきたのではあるまいか。ここに来ればあるいは何とかなるのではないか、あるいは何らかの救助が期待できるのでは、という思惑があったから来たのではないかと思えるのである。あるいはそのような情報が下男のいる下々の世界では知れていたのかもしれない。

馬寮からの出火による火事ならば公の事件であろう。それによって家が焼けたのならば本来彼の生活を保障するのはお役所の仕事ではないかと思えるのだが、当時のお役所はそのような保証制度は端《はな》からなかったに違いない。公的機関による正当な秩序や制度によって保障されないならばどこに救いを求めるか、ということが当然考えられる。そこで浮かび上がるのが、いわば駆け込み寺のような場所ということになる。正統の世界ではなしえないものが非正統の世界ならば可能になることはある。つまりは裏社会の威力と言えようか。そのようなアジールとしての機能が〈女社会〉にあったのではないか。だからこそこの下男は、あるいは、と期待して窮状を訴えに来たのではないかと思える。

しかし、彼は勘違いをしていたに違いない。その勘違いのために、彼は女たちに盛大に笑われることになった。『枕草子』には、定子の世界を訪れる様々の人物が描かれている。華やかな殿上人もいれば、華やかならざるものも訪れる。清少納言たちに賞讃される者もいれば、批判されたり、笑われたりする者もいる。この下男はその〈笑いもの〉になる人物の一例であった。では、笑いとは何によって起こるのかが問題なのである。なぜ彼は笑われたのか。

女社会に関わってゆくには何らかの資格が必要であったに違いない。その資格とは身分階級に関わるものではなかったことは、後述するところであるが、乞食の尼法師が宮廷の女たちと交流しているところからもうかがわれる。

彼が笑われ者に成るプロセスをたどってゆくと、まず彼は自分がいかなる窮状にあるかを述べた、その時点で「御匣殿もききたまひて、いみじう笑ひたまふ」とすでに笑われている。彼が訴えに来たということそのものがすでに笑いを起こすものであったに違いない。これは「お門違い、なにか勘違いをしている男に対する笑い」であったろうか。次に清少納言は和歌を書き記した紙を男に投げやる。それだけで女房たちは「笑ひののしる」。男は和歌が理解できるどころか文字が読めない、そのことで女房たちはまた「みな笑ひまどひ」という有様である。

その後、定子のもとへ参上した隆円の乳母や清少納言がこの下男の話をすると、それを聞いた他の女房たちもまたそこで「笑ひ騒ぐ」という有様だった。最後にこの笑い騒ぐ女房たちに対する評定が定子によってなされた。「など、かくもの狂ほしからむ」（どうしてお前たちはそんなにもばかばかしいほど笑い騒ぐのでしょう）と言ってお笑いになったという。定子も笑ったのだがそれは下男に対する笑いではなく〈笑う女房達〉に対する笑いであった。

この下男が女たちから何かを戴けるためには（たとえば白絹のようなもの）、そこに芸がなければいけなかったのではないか。芸とは学問・諸芸だけではなく機知や工夫も含めての〈みやびなるもの〉である。清少納言は和歌を書いた紙を男に投げ与えるが、芸の一つでもある和歌をこの下男は享受することが出来なかった。つまりこの男とは〈みやびなるもの〉を介してのコミュニケーションは成り立たなかったのである。

芸とははれやかな遊びの世界を作り上げるものであったろうが、この下男にはその芸がなかった。ということは、男ははれやかならざるものとみなされたことになろう、つまりはケガレである。そしてそれゆえに排除された。定子たち後宮の女の世界とは、ケガレを排除し続けることで成り立つハレなる世界ではなかったかと思うのである。火事に見舞われ行き場もなく困窮している男には芸によるあそびの感覚もなく余裕もない。後宮の女社会とは何であるのかがまったく分かっていない男であったのだと思う。この下男はケガレのごときものでしかなかったがゆえに、ハレの世界を担う女たちはこの男を思いっきり笑うことによってハレなる聖性を発揚しようとしたのである。

この男に対する女房たちの笑いは過剰だ。笑う、とは邪悪のもの穢れたものを追い払う呪的な力を持つものと考えれば、この男こそ笑いものにしなければならないものであった。笑いが激しければ激しいほど、定子の世界のはれやかさが守られるのだ。

当時の定子の世界は、政治権力の圧迫のもとそのはれやかさがともすれば失われようとする危機的状況にあった。女神は衰弱しようとしている。后であって后ではないような、後宮にもいられないようなそんな屈辱的な状況であるがゆえに、つねに過剰なる笑いを起こし続けることになる。アマテラスの神が天岩戸《あまのいわと》に隠れてしまった時、神々が大いに笑ってアマテラスを蘇らせたように、女房たちは大いに笑わねばならなかったのだ。

定子の言う「もの狂ほし」という評定は、女房たちの笑いがそれほどまでに過剰であったことを表わしている。定子には女房たちのこの過剰さが自らの不遇によるものだと分かっていたに違いない。「お前たちはやりすぎではないか」という批判を込めた笑いであったろうか。中枢たる定子をめぐる配下のものたちの暴動をそのような形で受け入れていたように思えるのである。

この二百九十四段のエピソードは現代の視点から見ればなんとも酷い話である。宮廷の女たちは、人を人とも思っていない、当然この下男ごときは人とも思っていない。当時の貴族社会は近代以降の人間中心主義などとは無縁であったと考えざるを得ない。人間中心主義とは人道主義とも繋がってゆくもので、貴族も庶民も賤民も人間として対等で存在価値があるとするものである。したがって近代以降の文学は、人間とは何か、この私とは何か、いかに生きるべきか、などなどがテーマとなって人間を追求するところに〈文学〉の意味を見出してきたと思われるのだが、『枕草子』の世界はそのような〈人間〉を描く世界ではなかったと言える。そこにあるのは社会の法則と制度の問題だと思う。従って、差別社会の論理がそのまま表れている。ここでは定子をめぐる社会の法則と論理が露わであり、その論理を貫きとおした結果がこの下男の気の毒極まりない話ということになるのだが、人間的なヒューマニズムを超越した世界がここにあったとも言えるのである。善も悪も超越した世界として捉えるべきものである。

ほととぎすを聞きに行く話

「五月の御精進《みさうじ》のほど、職《しき》におはしますころ」で始まる第九十四段のエピソードは、長徳四年（九九八年）五月の出来事である。定子のこの時期の居場所は「職」（職《しき》の御曹司《みざうし》）であったから、〈後宮にいられなかった頃〉と解釈できるもので、定子が、前述のように后であって后でないような排除されているかのような時期として捉えられるものである。この九十四段に見られる清少納言と女房たちの行動もまた、過剰にして躍動するものであった。

清少納言の「つれづれなるを。郭公《ほととぎす》の声、たづねにいかばや」の一声に女房たちは「われもわれも」と声を上げて出立することになる。人数は「四人ばかり」で一つの車に同乗して行くことになった。他の女房たちも行きたがるのを中宮が「まな（だめよ）」と仰って止めてしまう。わさわさと跳ね上がる女房たちの勢いを定子はいささか抑制しようとしているように思える。

清少納言一行の「ほととぎすの声、たづねにいかばや」の行動は、文化活動の一つとでも言えようか。「ほととぎす」という夏を代表する和歌的素材を探索に出かけて和歌を詠むというのも彼女たちの任務と言うべきものであった。だからこそ、戻ってきた女房たちに「歌は詠んだのか」と定子はしつこい程に拘るのである。和歌を詠むというみやびなるものを自分たちの世界の理念とする定子の理想がそこにあった。しかし、定子の理想から逸脱してしまうのが女房達で、和歌などは放ってしまうことになる。女房たちの意識は別のところにあったように思う。

和歌を詠むのが目的であるならば、後で和歌を披歴すればいいのだから自分たちだけでひっそりと行けばよい。しかし、彼女たちは、出かけてゆく、という行為そのものを世間の人々に見せなければならなかったのだ。それも大いに目立たなければならなかった。

では、誰に見せるべきか。始めに馬場を通り過ぎるがこれという風流人もいないというわけで通り過ぎる。馬場は一条大路の外側にあったというので、清少納言一行はどんどん北上して行ったらしい。そして着いたのが定子の母方の叔父にあたる高階明順《たかしなあきのぶ》の屋敷であった。その屋敷は京都北郊の山里あたりだろうか、わざと田舎の家らしくしたしつらいは郊外のリゾートハウスと言った趣である。

主の高階明順は風流な文化人であったらしく趣味的な暮らしを送っていたのだろうか。山菜料理のもてなしがあったり、土地の若い女たちによる農作業の有様が一種の芸能として清少納言たちに披瀝される。女たちが稲を挽いたり歌を歌ったりするありさまは、新たなるみやびというべき鄙《ひな》びの面白さであったろうか。みやびなる文化規範の拡大化がそこにあるように思える。本来ならば〈鄙び〉として排除されなければいけないものが、新たなる美の規範として取りこまれてゆく有様がここからはうかがわれるのである。

高階邸を辞した後の清少納言たち一行の有様は、まことに祝祭的なお祭り騒ぎと言わなければならない。

清少納言一行の乗る牛車が卯の花で飾り立てられた。

卯の花のいみじう咲きたるを折りて、車の簾・側《かたはら》などに挿しあまりて、襲《おそ》ひ・棟《むね》などに長き枝を葺きたるやうに挿したれば、ただ「卯の花の垣根を牛にかけたる」とぞ見ゆる。

清少納言たちは自分たちの乗っている牛車のいたるところに卯の花の枝を挿して、あたかも「卯の花の垣根」であるかのように飾り立てたのである。供の郎党たちも面白がって、ここも、あそこも、と皆でどんどん花を挿していったという。牛車はいわば祭日の花車のような有様であったろう。

その車で山里から都へとはなばなしく戻ってゆくのだが、これは単なる風流ではなく、人に見せるべきものであった。人に見せて話題にならなければいけない。

「いとかくてやまむは、この車の有様ぞ。人に語らせてこそやまめ」(このままで終わらせるべき車の有様ではない。誰かに見せて噂にさせずにはおられぬ)というのが清少納言の意気込みであった。そこでさしあたって一番近くに位置していたものだろうか、一条殿(故一条太政大臣藤原為光《ためみつ》の邸宅)に車を止めて、在宅の藤原公信《きんのぶ》(為光の六男)呼び出すことになる。この藤原公信はこの風流の証言者として選ばれた者であった。このばかばかしいような、物狂おしいような牛車の飾り立てを理解し面白がり、話題として貴族社会に広めてくれる人物でなければならない。

みやび文化に生きる女社会の真価を世の中に知らしめるためには、本来の形は、女の社会にみやびを理解する人物(男性)が訪問するという異界訪問譚になっていなければならないのだが、ここでは女たちがみずから外部へと乗り出していったのである。物狂おしいまでの逸脱と躍動がそこに見られるように思う。

この九十四段のエピソードは、〈ほととぎすの声を聞きに行く〉という既成の文化に則った形での文化活動であったはずなのだが、彼女たちはついにはほととぎすの和歌は詠まなかった。戻った彼女たちに定子は繰り返し「ほととぎすの歌はどうなったのか」と聞くのだが、ついには詠まぬままに終わっている。あたかもこの段のテーマが「ほととぎすの和歌は詠まない」に絞られているかのように感じられるのだが、〈ほととぎす〉

にまつわりつく既成の文化を乗り越えるものを清少納言は提示したかったのではないかと思えるのである。既成の美意識を乗り越えるような、あるいは打ち壊すような革新的な美、後世の婆娑羅《ばさら》に近いような躍動的なものを立ち上げているのではないか。

定子自身はこの「和歌は詠まない」のなりゆきにいささか不満げであるようなのだが、定子集団の活性化として配下の女房たちの遊びは意味を持っていたように思う。定子が苦境に陥れば陥るほど、女房たちは物狂おしきまでのエネルギーを放ち続けるのである。

雪山をめぐるエピソード――八十二段

長徳四年（九九八年）の年末から長保元年（九九九年）年明けにかけての頃、定子がまた職の御曹司におられた時期のエピソードである。前述の九十四段「ほととぎすを聞きにゆく」話が五月の頃、これは同じ年の年末の話である。このエピソードに関しても清少納言の物狂おしきまでの情熱が現れている。

定子のおられる職に、ひとりの女法師が現れる。不断の御読経が西の庇《ひさし》において行われていたその頃、「なま老いたる女法師」が現れて、「なほ、かの御仏供《おんぶく》おろしはべりなむ」（ぜひ、仏前のお供えをお下げわたしください）と僧に訴えた。その声は「あやしきものの声」であったというが、その声を聞いて清少納言はいったい何か、と思ったのだろうか、縁側に出て行ってみたらしい。

この女法師はここで仏事が行なわれていることをどこかで知って、ではお供えのお下がりがいただけるかと期待してやってきたと解釈できるところなのだが、不思議でならないのは、中宮のおられるような場所になぜこのような下賤のものが悠々と入って来られるのか、である。警備のものはいなかったのか、いたとしてもその関門を潜り抜けてなぜここまで入ってこられるのか。

想像ではあるが、〈このようなもの〉であるからこそかえって自由に入ってくることが可能だったのかもしれない。この女法師は、乞食のようでもあり、歌を歌ったりするなどの芸も披露しているので芸能者でもあったようなので、芸能者の推参が想像されるところである。推参とは、呼ばれもしないのに自ら押しかけてゆくことだが、芸能者にはそのような推参が当時はある程度許容されていたようである。後世の門付《かどづ》け芸能者のようなものの類だったろうか。昭和三十年代までかろうじてその姿が見られた門付け芸能者も呼ばれもしないのに家々の門をまわって芸を披露し、そして僅かな金銭や食物を乞う、という人々であったが、いわば乞食に近いような下級の芸能者であった。そういう人々の淵源がこの女法師であったろうか。また前述のように翁というものもそのような下級の宗教的芸能者であったと見なすことも出来るので、この女法師は翁に対応する媼として人々を奉祝する役割を担っていたかもしれない。この女法師がなぜ『枕草子』に取り上げられ描かれたかを推測すれば、そこに翁に代わるものとして定子中宮の聖なる威力を奮い起こすのだという清少納言の思いが込められているように思える。

このように考えれば、かの下男が笑いものにされて追い払われたのに対してこの女法師がからかわれつつも受け入れられ、さらにはいささかの物を賜っていることが納得できるのである。この女法師はいささか年老いた下賤のものには違いないが定子の聖性を寿ぎ祝福する役割を担っていたからではないかと思われる。さらにこの段に描かれる「雪山」に関して言えば、ここは翁ではなく媼という女でなければならなかった。雪山とは、女神に関わるものであったと推測されるのである。

師走の十余日のころ、たいそう雪が降った。そこで清少納言の発案で積もった雪を掻き集めて「庭にまことの山をつくらせはべらむ」ということになり、定子の命令ということにして人々を集めた。侍や宮司の人々、さらには主殿寮《とのもづかさ》のものなど総勢二十人ぐらいがやってきて、楽しげに大騒ぎして（ご褒美が出るというので大いに励んだらしい)、雪山づくりが行われた。出来上がった雪山の大きさは具体的には記されてはいないが、〈山〉なのであるから相当の大きさではあったのだろう。

定子が「これ、いつまでありなむ」(この雪の山はいつまで消えずに残っているだろうか)と仰ったのがきっかけとなって女房たちの間で「十日ぐらいか」、「いや、もっとか」という具合に雪山がいつまで消えずにあるかがテーマとして立ち上がったのである。清少納言は「睦月の十余日まで」とひと月先の月日を申し上げた。はたして結果はどうか〈大いなるテーマ〉として人々の関心事となってしまった。この雪の山が本当にひと月間も消えずに残っているものかどうか、清少納言のいわば物狂おしいような祈りともいうような賭けとも言えるような時間がその時から始まったのだった。

雪山のその後の経過を記すと次のようになる。

二十日の頃には「雨降れど消ゆべきやうもなし」という状態で、雪山は健在だった。大晦日の頃には「すこし小さくなるやうなれど、なほいと高くてある」という状態。その頃、かの女法師(常陸の介というあだ名がついている)が現れてこの雪山に登っている。年が明けて、正月の一日また雪が降る。どうなるかと一同が雪山を凝視するような日日が続くうちに、三日の日に定子が入内することが決まった。清少納言も付き添って内裏に入るのでこの雪山のその後が見られなくなった、というわけで庭番の女を呼んで雪山を見張るようにと指示をする。清少納言は七日の日に内裏から宿下がりして里にいたらしいのだが、里にいる間も日々人を遣わして雪山のその後を経過観察させるという念の入りようであった。

賭けの勝負の日は十五日であった。しかし、この雪山は何ものかの命令によって前日の十四日の日にきれいに取り除かれてしまった、というのが結末であった。では、だれが雪山を取り除かせた犯人なのか、と言えば、犯人は定子その人だったことが判明する。

二十日の日、内裏にいる定子のもとに清少納言が参上すると、そこには一条天皇とともに和やかな時間を過ごす定子がいた。そのめぐりには大勢の女房たちもいる。話題は雪山の一件で大いに盛り上がっているようであった。清少納言があれこれと愚痴るように経過を話すと定子は「いみじく笑はせたまふ」という有様、女房たちもまた大いに笑い、最後には天皇も「わらはせたまふ」というように、この一件は笑いによって活性化するような状態で結末を迎えたのだった。

清少納言は「十五日まで雪が残っていますように」という願いがかなえられずに大層残念がっているが、彼女のその悔しがる様子も一同の笑いの種となっている。

このエピソードは定子と清少納言の駆け引きがいささか愉快な、はれやかなエピソードとして捉えられるのだが、この話には〈分からないこと〉がいくつかある。枕草子では経過だけがドキュメントのように記されているだけなので、なぜこのような結果になったかその理由が判然としない。

まず、定子はいったい何のために清少納言のせっかくの願いを無視するようにして雪山を除去させたのかが分からない。それも期日の十五日の前日に、である。清少納言を裏切るような行為ではないかと思えるのだが。この件に関して天皇が次のように理由を推測しているが、これはあくまで冗談としてであろう。

「『勝たせじ』と思しけるななり」
（清少納言に賭けに勝たせたくない、とお思いになったのだろう）
「まこと。年頃は『おぼす人なめり』と見しを、これにぞ『あやし』と見し」
（本当に。いつもは『清少納言は定子の御寵愛の人』と思っていたのだが、定子のこの仕打ちを見るとそれもあやしいね）

このように言って一条天皇は大いにお笑いになったのであるから、これはなかなか痛快な結末であったかと推測されるのである。清少納言の鼻を明かすというような意味合いを込めた定子のいたずらっ気の表れであったとも解釈できるところである。

次に不思議に思われることは、雪山存続に賭ける清少納言の執着心である。このような〈あそび〉に関わる彼女の物狂おしさはみやびなる行為という美意識を逸脱しているように思える。定子は、あるいはその〈物狂おしさ〉を冷まそうとしたのではあるまいか。「お前はいったい何をそんなに騒いでいるのか」という思いがあったのではないか。先に述べたように、困窮の下男の訴えを〈大笑い〉する女房たちを「お前たちは何をそんなに笑っているのか」と笑ったという定子には、女房たちの過剰性と同調するところはない。清少納言たちの物狂おしさとは離れたところに立っている。

では女房たちの、取り分け清少納言の雪山に対する過剰性は何に由来するかを考えてみたいのである。

この即席の雪の山は、白山の比喩としてここに現れているのではないかと想像されるのである。白山《はくさん》とは石川県・岐阜県の県境にそびえるかの霊峰白山である。この白山は富士山・立山とともに日本三霊山の一つとして古来信仰の厚い聖なる山であり、また冬季はまことに雪で真白に磨かれたように光りつつ聳える美しい山である。さらにこの白山は女神の山であった。白山比咩《しらやまひめ》神社に祀られるヒメ神は修験道による仏教化により白山妙理大菩薩となり、また本尊は十一面観音とされている。観音とされてはいるが本来は、蛇神・水の神・山の神であって龍となってあらわれるという女神であった。

清少納言の脳裡にこの雪山から白山のイメージが沸き起こったのではないかと想像されるのだが、実際彼女は雪山存続を願って「白山の観音、これ消えさせたまふな、など祈るもの狂ほし」という有様で白山の観音に、つまり山の女神に祈っているのである。また実際に「さて、その雪の山は『まことの越《こし》のにやあらむ』と見えて消えげもなし」（さて、「この雪の山は本当の越の国のあの山であろうか」と見えて、消える様子もない）と記しているように清少納言自身この雪の山を白山になずらえているのは確かである。

白山の女神への祈りの心が、清少納言のこの執着心の根源となっているのではないか。この祈りの心は、わが女神たる定子がこの時期「職におはしますころ」という屈辱的な日々であったことと相関しているように思われる。先にも記したように、長徳四年（九九八年）のこの時期は、定子は内裏にいるにいられず外部の職の御曹司におられるという后としての威力を発揮できない衰弱の時期であった。これは女神としての威力の衰退につながる。清少納言の〈物狂おしい〉までの執着心には白山の女神に対する祈り、定子の女神復活への祈りが込められているように思えるのである。

またかの女法師がこの雪の山に攀《よ》じ登っているのもなにか象徴的な映像である。女神のおられる山、それは定子の世界の比喩であったかもしれないのだが、その雪の山に聖なるものを寿ぐ女法師（どこやら巫女的なイメージもある）が登っている。この女法師は定子を聖なるものとして祝福するためにあらわれた巫女的な存在だったかと解釈できるかもしれない。

では定子は、なぜこの清少納言の切なる祈りを打ち壊したのか。これはあくまで想像にすぎないのだが、そこに定子の、神への祈りなど物ともしない覇気があらわれているのではないか、と考えてみたい。定子の女神としての誇り高さが表れている。定子は、白山の女神になど祈らなくてもいいのだ、わたしの至高性は絶対なのだという意思表示をしたかったのではないか。定子のこの気位の高さこそ、かつて「第一の人に、また一に思はれむ、とこそ思はめ」と高らかに言い放ったことにもあらわれているように、定子の優れた精神性であり超越性であったのだ。

清少納言の切なる祈りのせいであったかどうか分からないが、長らく入内も出来ず居場所も定まらずさまよっていた定子が、この正月三日の日に入内がかなったのである。しばらくの間ではあろうが、本来の后としての暮らしが復活し、さらに天皇との睦まじい日々が再び始まった。定子の至高性が復活したと捉えられるところである。それが叶ったために、定子は清少納言に「もう他の女神に祈らなくてもいいのだ、わたしは絶対的な女神なのだ。だからもういいのだ」と意思表示したかったのではあるまいか。清少納言の物狂おしいような祈りなど、端から蹴飛ばしてしまうような強靭な精神がそこに見られる。たとえ落ちぶれてはいても主君は主君であり、女神は女神なのである。清少納言の祈りによって支えられるような次元の定子ではなかったと言えよう。このような、凄味があると言いたいような定子の超越性を清少納言はこのエピソードによって書き記したかったのではないか。清少納言本人は結末が見られなかった悔しさ残念さをどこか悲しみを込めて書いているように感じられるのだが。

清少納言その後

定子は長保二年(一〇〇〇年)十二月十五日、第三子媄子《びし》を出産したが、その後の肥立ちが悪く(後産が下りなかったという)翌日の十六日に亡くなった。『栄花物語』に詳しい記述があるが、兄の伊周が定子の体を抱きしめて嘆き悲しんだ由である。

ところで、この定子の出産のちょうど同じころ一条天皇の母后である東三条院詮子《せんし》が病に臥せっていた。行成の『権記《ごんき》』には長保二年十二月十六日、道長が詮子の見舞いに訪れた折の出来事が記されている。それによれば、もののけが憑りついたらしい女房に道長はつかみ掛かられた由である。この女房に取り付いた物の怪はいったい誰であったかは明らかにされてはいないが、当然定子の霊ではないかと噂されたのは間違いない。道長の圧力による政治的敗北者としての定子の姿は社会にひろく膾炙《かいしゃ》されていたであろうと思われる。道長に襲いかかる怨霊・定子のイメージはすでに湧き起こりつつあったろうか。しかし、『枕草子』の描く定子像はそのような風評を弾き飛ばすものであった。定子の死後も書き足されたであろう『枕草子』の章段は、怨霊になどなるはずのない、女神のごとく生きた定子を描くことによって、不運だった定子の名誉回復の意味も込められたものであったかもしれない。

定子皇后死去の後の清少納言の動向は明らかではないが、定子の遺児、とくに敦康《あつやす》親王にしばらく付き添っていた可能性もある。敦康親王は母の死後は叔母にあたる御匣殿（定子の妹、道隆第四女）が母代わりとなっていたが、その御匣殿は翌年長保三年（一〇〇一年）二月に落飾したあと、長保四年（一〇〇二年）六月三日に亡くなった。

御匣殿に代わって敦康親王を引き取りわが子として育てたのは中宮彰子である。従って、敦康親王に付き添ってしばらくは中宮彰子の配下に清少納言もあったのでは、という可能性も生じる。というのも、例の紫式部の清少納言評を読めば、紫式部は実際に清少納言と何らかの場で同席した機会があったように思われるからである。

清少納言こそ、したり顔にいみじうはべりける人。

「今思い返すと、清少納言はしたり顔でなかなか大変な人でした」という批判からは、執筆時点では清少納言はすでに宮廷にはいないが、以前は宮廷で一緒にいた時期があったかのように読めるところである。

また『紫式部日記』で式部が批評をしている和泉式部、赤染衛門その他の女房たちはすべて彰子中宮配下のものたちであった。このことから、彼らと同列に批評されている清少納言も彰子配下の女房だったと捉えてみるのも自然なことなのだが、ただし、彰子直属の女房というのではなく、あくまで敦康親王配下の女房としていささか間接的に彰子の世界に属していたということかもしれない。

『紫式部日記』執筆当時、およそ寛弘五年（一〇〇八年）のころには清少納言はすでに宮廷から遠のいていたのだろうか、はやくも〈過去の人〉になっていたのかもしれない。紫式部のかの辛辣な意見——「そのあだになりぬる人の果て、いかでかはよくはべらむ」（その軽薄になってしまった人の行く末がどうしていいことがありましょう）は、清少納言がすでに過去の栄光も薄れて人々から忘れられていきそうな状況だったことをうかがわせる。本当に逼迫して、伝説の語るように落魄していたとは思えないのだが、文化人としての華やかな活動をしなくなっていたのかもしれない。

清少納言のその後の動向を『今鏡』がかすかに伝えている。『今鏡』は作者藤原為経《ためつね》とされる歴史物語で、『大鏡』の後を継ぐ形で後一条天皇から高倉天皇までの百四十六年間を記したものである。成立は嘉応二年（一一七〇年）頃と推測されているので、清少納言の時代からはおよそ百七十年経っている。その『今鏡』巻一「すべらぎの上（初春）」、定子の遺児敦康親王について語るところで清少納言に関する情報が次のようにあらわれている。

かの皇后宮の女房、肥後の守元輔と申すが娘の清少納言とて、ことになさけある人に侍りしかば、つねにまかり通ひなどして、かの宮のこともうけ給ひなれ侍りき。

清少納言が「なさけある人」であったということの証言はかなり有名なものなので、いろいろなところで引用されているものだが、『枕草子』の時代から百数十年経ったこの時期において彼女に関するそれなりの伝聞や記録が伝わっていたものだろう。

定子と清少納言との関係は、いわゆる主従関係というよりは志を一つにする〈思ふ〉〈思はる〉の関係であった。あなたは私を思ってくれるのか、主君として評価するのか、というところで成り立っていた主従関係だったと推測されるので、この関係の基底にあるものは人としての〈思ひ〉であり〈なさけ〉であったと思われる。

定子の死後、清少納言はしばらくは敦康親王に付き添っていたかもしれないが、ほどなくして宮廷を離れたのであろうか。それでも定子の遺児の敦康親王のもとを折々は訪れていたとこの『今鏡』は伝えており、それを「なさけある人」として評価した。利害関係を超えた情愛と定子に対する〈思ひ〉がそこにあったように思われる。

女社会の分析批評　リアリストのまなざし　――『紫式部日記』

紫式部の憂鬱

紫式部は憂鬱に陥っていた。『紫式部日記』の世界には彼女の憂鬱なる気分というものが充満している。さらにその憂鬱の原因とは何かはあからさまに書かれてはいないので、いったい何が彼女を苦しめているのかははっきりとしないものの、折々はその憂鬱を通り越して憤懣《ふんまん》やるかたないという記述までもがあらわれる。憂鬱以前に紫式部は怒っていたと言うべきなのかもしれない。怒っているとも言えるし、また不満が充満しているとも取れる。それらが積もり積もったうえでの憂鬱というものが浮かび上がる。

彼女の憂鬱の原因としては、宿世《すくせ》観や宮廷生活がもたらす違和感、人生上の悩みからくる厭世観などさまざまのことがこれまで論じられてきているが、この日記の記述以外に彼女の心境が察せられる資料がない以上はこの憂鬱の根拠を『紫式部日記』内部から検証してみるしかない。

清少納言の『枕草子』の世界と比較すれば、あの生き生きと躍動するような女たちの世界はここには見られない。『枕草子』の定子《ていし》を中心とした女房たちの世界は、現実を超越した世界、現実が生み出す苦悩や醜さや葛藤などを乗り越えたかのような超然たる世界だった。そういうコンセプトで清少納言は定子の世界を描いた。それに対して、紫式部は、清少納言が無視した「現実が生み出す苦悩や醜さや葛藤」を取り上げる。彼女はその現実を無視することが出来なかったに違いない。さらに自分の仕える彰子《しょうし》中宮の世界を〈女神の世界〉として理想化することが出来なかった。究極のヒーローである光源氏すら『源氏物語』の中では現実の苦悩や醜さや葛藤をまざまざと生きているというのに、現実を生きる人間たちを何故理想化できるだろうか、と式部は考えたのかもしれないのだが、『源氏物語』という〈物語世界〉でさえも紫式部はその現実の諸相をあからさまに書かずにはいられなかったのである。現実を直視するリアリストとしてのまなざしが紫式部にはあったように思う。しかし現実が見えれば見えるほど、彼女は憤懣やるかたなく、そして憂鬱に陥っていく。リアリストであればあるほどこの世の中は憂鬱なる世界として現れてくる。

紫式部はおそらくは『枕草子』を読んでいたと思う。『枕草子』の正確な成立年度などは分からないので推測でしかないが、定子がまだ存命であった時期に、その一部だろうが、社会に広まったことは清少納言自身が書いているので、都の名立たる文学者集団の中にいたであろう紫式部ならばその一部でも見る機会はあったはずである。そして清少納言の華やかな宮廷生活、女房としての才気煥発ぶりを知っていただろう。

彰子中宮への出仕ともなれば、彼女にあるいは一つの期待が寄せられたかもしれない。彰子をめぐる宮廷の記録を彼女も書くべきではないか、という期待である。しかし、定子の世界と彰子の世界は違っていた。それ以上に清少納言が〈書かなかったこと〉の方に彼女のまなざしや意識が向いたというべきだろうか。枕草子が描かなかった「皇子誕生」という慶事から『紫式部日記』が始まっているというのは示唆的である。もっとも本来の日記の形はまた違っていたかもしれないのだが。出産は、別に書いたように慶事ではあるが〈ケガレ〉と把握すべきことであるがゆえに、女神たる定子の世界からは排除すべきことであった。それに対して、彰子の出産を描くとは、彰子の超越性をそもそも打ち壊すことではないか。紫式部にははじめから彰子の世界を神話的に奉祝という形で描くという発想はなかったに違いない。彰子の世界があらわしている、そしてそこから見えてくる現実の問題を、いわば耳にするまま目にするままありのままに描こうとするのが紫式部であったように思う。「皇子誕生」という慶事から見えてくる摂関体制という政治性――これがつまり〈現実〉ということなのだが、――その現実的な政治社会をも浮かび上がらせている。

『枕草子』の世界と共通するものは女社会を描いているということである。彰子を中心とした配下の女房たちの世界がそこにあらわれている。そして、清少納言以上に女房とはいったい何かという問題を取り上げ、その中で女社会内部からの批評と分析が行われたところに特徴がある。リアリストであるが故の取り上げ方である。また、女房である〈わたし〉とは何かという問題、さらには〈女である〉が故に引き起こる問題、そのような現代のジェンダー論に繋がる問題さえ紫式部は提起している。そこに〈わたし〉をめぐる憂鬱なる思いが生まれてくるのである。

あらぬ世を生きる――紫式部にとっての宮廷社会

彼女は緊張のあまり身が縮むほどの思いで宮廷に入って行った。それが次第に慣れてくると今度は〈この世界はいったい何なのか〉と言う思いに駆られ、周囲を見回しつつ考えていた。ここはいったいどういう世界で、ここにいる〈わたし〉とはいったい何なのか。

彼女が入って行った世界は宮廷ということになるのだが、その中でもとりわけ中宮彰子の率いる女房集団が彼女の生きる世界であった。この主宰者彰子の世界をわたしは一応〈女社会〉として把握したいのだが、たとえば『枕草子』に見られるような定子の〈女社会〉＝母系女系血縁集団というものはこの『紫式部日記』の中にはさほど現れてこない。かろうじて彰子の母である倫子《りんし》が折々登場はするのだが、彰子の女系血縁というものはこの日記においてはさほど重要なものとしては取り上げられていないように思える。式部のまなざしは、女系母系の問題を超えて、自分の所属する世界の批評分析にひたすら注がれているのである。この女たちの世界はいかなるものか、女たちはどのような意識でここに所属しているのか、この問題は一種の女房論として立ち上がってくるもので、そこから女房としての〈わたし〉というものも浮かび上がることになる。さらに主宰者である彰子はどのようにこの女社会を率いているのか、という問題も取り上げている。そこには、憶測ながら『枕草子』における定子との比較がなされているように思えるのだが、定子の世界とはまた異なった新たなる女社会のあり方を式部は提唱しているのかもしれない。

いずれにしてもこの女房社会への帰属は紫式部にとってはまことに憂鬱なものであったらしい。それまでは里において孤独ではあるが何の束縛もない気楽な生活を送っていたものが、ある時突如としてそれまでとは全く価値観・規範のことなる世界へと入って行ったのだった。この世界を式部は「あらぬ世」と記している。紫式部にとってはここ宮廷世界とは、そして彰子率いる女社会とは〈あらぬ世〉であった。

すべてはかなきことにふれても、あらぬ世に来たるここちぞ、ここにてしもうちまさり、ものあはれなりける。

——何もかもちょっとしたことにつけても〈あらぬ世〉に来た心地が、ここ里にいてさえも却って強くして、もの悲しいことです。

これは里に下がっていた折の述懐部分なのだが、彰子中宮に宮仕えをするようになってからの自分の生活が全く変わってしまったことをこのようにまったく〈あらぬ世〉に来てしまったようだ、と述べる。彼女に取って宮廷とは、そして彰子の世界とは〈あらぬ世〉であったのだ。さらにあらぬ世とは宮廷という空間の問題だけではなかった。里下がりをしてここ自邸にいるとかえって強く自分が〈あらぬ世〉に生きていることを感じるという。これは空間の問題ではなく、彼女の精神の問題であったことが分かる。宮廷に仕えるということは、今まで自分の生きてきた価値観、規範、美意識その他のすべてが覆ることであった。

ところで〈あらぬ世〉とは、全く価値基準のことなる別世界のこと、つまりは異界として捉えられるのだが、宮廷とは彼女にとってはまさに異界だったのだということになる。

〈あらぬ世〉の用例を別の作品で見てみると、次のような例がある。『源氏物語』においては、浮舟が入水未遂を起こしたのちに覚醒した比叡山山麓の小野の世界が〈あらぬ世〉として捉えられている。浮舟は「私はあたかもあらぬ世に来てしまったかのようだ」と述懐する場面があるが、その世界は浮舟の意識の中ではあたかも〈あらぬ世〉つまり異界であった。

京の都のみやびなる世界から（浮舟の場合は中流貴族レベルのみやびさであったろうが）、いきなり転生したかのような老いた尼たちの暮らす山里の暮らしは、すべてが異なる価値基準によって成り立っていた。つまり規範の軸そのものが異なっているのである。

また鎌倉時代の作品だが『竹むきが記』（日野名子執筆）においては、天皇を中心とする世界が武力によって崩壊してゆくありさまを「あらぬ世」になってしまったと述べている。それまで自分が生きてきた世界の価値観、規範、倫理観、美意識まで含めて、それらが覆ってしまうような強烈な世界への転換が〈あらぬ世〉として意識されるのである。

ではいったい紫式部の世界においては何が覆ったのであろうか、それをまず検証しなければいけないと思う。価値観が覆る以前の、つまり宮廷に入る以前の式部の暮らしぶりは次のようなものであった。

年頃、つれづれにながめ明かし暮らしつつ、花鳥の色をも音をも、春秋にゆきかふ空のけしき、月の影、霜雪を見て、その時来にけりとばかり思ひ分きつつ、いかにやいかにとばかり、行く末の心ぼそさはやるかたなきものから、はかなき物語などにつけてうち語らふ人、おなじ心なるは、あはれに書きかはし、すこしけどほき、たよりどもをたづねてもいひけるを、ただこれをさまざまにあへしらひ、そぞろごとにつれづれをばなぐさめつつ、世にあるべき人かずとは思はずながら、さしあたりて恥づかし、いみじと思ひ知るかたばかりのがれがたしを、さも残ることなく思ひ知る身のうさかな。

――長い間、特にすることもなく退屈なままに物思いの中で暮らしていて、花や鳥の色や音色、春秋に行き交う空の様子、月の光や霜や雪を見て、ああそういう季節なのだなあと思うだけでして、いったいどうなっていくのかなと将来の心細さは晴らしようもないのですが、ちょっとした物語につけても語り合う人がいて、なかでも気の合う人とはしみじみと手紙のやりとりなどもしていました。少し遠慮のある人にも伝手を求めてでも文を送ったりしまして、ただ物語に関してあれこれとやりとりなどしながらそういうとりとめないことでつれづれを慰めたりしておりますうちに、自分のことは世の中の人の数には入るとは思ってはおりませんが、とりあえずは恥ずかしいとか大変だとか思うようなことは免れておりましたのに、今はもう世の中の大変さを思い知る身の上になってしまって。

この出仕以前の暮らしぶりを読む限りは、好きなことだけをして、つまりは物語などの文学に関わる楽しみだけに専念して暮らしていたので人間関係の煩わしさが一切なかった。つれづれであったし将来の不安はなくはなかったが、一言で言えば気楽なものであった。それが宮廷に入れば「恥づかし、いみじと思ひ知るかた」がいろいろと生じてきたのだった。したがって彼女の「日記」にはその「恥づかし、いみじ」の数々が書き記されることになった。

紫式部の出仕以前の暮らしぶりとは、一言で言えば姫君的である。上流貴族のみやびやかな姫君の暮らしではなかったかもしれないが、それでも父藤原為時《ためとき》の姫君として侍女たちにかしづかれて生きていたはずであって、つまりは彼女自身が中心となって女たちを率いる主宰者として〈親分〉をやっていたということになろうか。その自分の世界の規範は主宰者である紫式部自身が決定するのであり、秩序も美意識も主宰者次第である。それが「姫君を生きる」ということではあるまいか。ところが、女房として仕えるということは、異なる主宰者の異なる規範、異なる秩序のもとに生きるということになる。主宰者が異なれば当然ながら規範の異なる〈あらぬ世〉となるのは仕方がない。問題は異なる組織に従属という形で帰属することである。それが「私は女房になった」ということであり、宮仕えをするということになる。〈女房になる〉とは女の宮仕えを端的に表すことであった。

『紫式部日記』においてはこの「私は女房である」という従属者としての立脚点から〈あらぬ世〉が観察され、かつ分析・批評がなされているのである。

日記冒頭の彰子出産記事においても、女房の誰それ（きちんと名前を記している）がどこで何をしているか、衣装はいかなるものか、化粧はどうか、様子・有様などが場面場面において漏らすことなく記され、皇子出産という公的慶事における女房の役割・仕事・ありさまが明確に記されているのだが、筆者のまなざしはたえず女房の動向にある。これらの記事の眼目は〈女房〉にあると言ってもいいほど女房なるものの実態が描かれているのである。

そこから紫式部は、中宮彰子配下の女房たちの問題点を分析してゆく。女房世界における問題点のひとつは、出仕以前は〈姫君〉であった女が、出仕後は〈姫君〉であってはならないことである。姫君ではなく従属者＝女房として生きなければならなかったのだが、それが出来ない、という女たちが彰子配下の女たちであったのだ。いわば〈もと姫君〉の集団であったのだが、姫君性を脱しきれない女房達。そこから発生する問題点を紫式部は取り上げている。

彰子配下の女房たち——もと姫君たちの世界

平安時代の貴族世界における姫君とは、権威・権力・財力などにおいて何らかの社会的地位のある父親に擁された女子のことで、いわば高貴なるものの象徴のような存在であった。自邸の奥で侍女たちにかしづかれて暮らし、その姿や顔は奥深くに隠されているものであった。高貴なるもの、そして聖なるものはその姿は隠されているものなのである。貴族たちの館の一つ一つにこのように聖なる姫君が隠されていた、と言えるわけで、紫式部であっても自邸にいる間は姫君として隠されていたのではないか。後述することではあるが、彼女の「顔を見られる」ことに対する拘泥は、当時の姫君にとって顔が露わになるかどうかがいかに重要なる問題であったかを表わしている。ましてや、外部の異性と対面するなどと言うことは姫君としてはありえないことであった。

宮廷社会に入るとは、姫であり得たかつての世界を離脱して、新たなる秩序のもとに組み込まれることを意味するが、これは女房に限らず皇妃であっても同じことで、皇妃でさえもかつての姫君としての呼称は入内《じゅだい》後はなくなってしまい、宮廷の論理に従った呼称になるのである。

宮廷は宮廷ならではの絶対的な論理と秩序のもとに統一されたひとつの〈世界〉であった。それが〈あらぬ世〉という異界として捉えられるか、あるいは竜宮城のような非日常のハレの空間として捉えられるかは、所属する人間の意識の問題であったかもしれない。彰子の率いるこの女たちの社会も彰子という主宰者のもと統率されるひとつの世界であった。女社会には女社会による規範と論理がある。それに従えるか否かが問題であった。

たとえば彰子中宮のもとへ男性官僚の誰彼が訪問する。その折、女房の役目としては、御簾越しであっても対面し、言葉を交わし（その折は少しは気の利いたことも言わねばならない）、中宮に取り次ぎをし、ということをしなければならない。彰子配下の上臈《じょうろう》の女房達にはそれが出来ないのだという。その様子を次のように論じる。

いとあえかに子めいたまふ上臈たちは、対面したまふことかたし。また、あひても何事をか。はかばかしくのたまふべくも見えず。言葉の足るまじきにもあらず。心の及ぶまじきにもはべらねど、つつまし、はづかしと思ふにひがごともせらるるを、あいなし、すべて聞かれじと、ほのかなるけはひも見えじ。他の人はさぞはべらざなる。

かかるまじらひなりぬれば、こよなきあて人もみな世にしたがふなるを、ただ姫君ながらのもてなしにぞ、みなものしたまふ。

——たいそうかよわくて子供っぽい上臈たちは、客人と対面なさることが難しい。また、たとえ対面しても何が言えますか。はきはきと仰れそうにも見えません。言葉が足らないというわけでもなく、心遣いが足らないというのでもございませんが、ただ遠慮があって、恥しいと思うにつけてもついつい間違いもしでかしますので、あぁ嫌だ、人に声も聞かれまい、少しのけはいも見せまい（となさいます）。よその女房たちはそんな風ではございませんでしょう。

このような宮仕えの生活では、この上もない高貴な身分の方がたも皆さん世の習わしに従って女房らしくなさいますというのに、こちらの方がたは皆さんただかつての姫君時代のままの振る舞いでいらっしゃいます。

彰子配下の上臈女房たちはいかにも深層の貴族の令嬢らしく世間ずれをしていない。「いとあえかに子めいたる」と描写される女房たちはまことに大切に育てられた美しい存在のように思われるが、それが「ただ姫君ながらのもてなし」であった。「姫君ながら」（姫君そのまま）とはどのようなものであったかが分かる記述である。また女房らしく振る舞うとはどういうことかが同時に分かる。訪問者と対面し、言葉を交わし、機転の利いた和歌のやりとりなどもこなすという接待の妙と言うべきあれこれをこなせなければならないのだった。これを溌剌とこなしていたのがかの清少納言だったのは『枕草子』において明らかなのだが、彰子配下の女たちはいずれも〈清少納言になれない女たち〉ということになる。このように女房らしく振る舞うというのが、〈女社会〉の規範でありルールであったとすると、彰子の率いる世界は女社会の理想からは随分とずれていると言わなければならない。また、紫式部が大いに論じている斎院の女房たちの華やかな世界とも異なっている。定子の世界や斎院の世界が理想とされる女の社会であるならば、〈私たちの世界〉は違うのだというのが紫式部の主張である。

「私は女房である」という自己定義に従えない女たちによる女房集団とはいったい如何なる集団か。このような女集団を率いる彰子の世界とはいったい何か、というのが問題と思われるのだが、彰子その人がそのような女房としては無能としか言いようのない女房集団のあり方を許容しているのだというのが紫式部の意見である。既成の、理想とされる女房集団と言うべき〈女社会〉への批判者として、彰子その人が立ち顕れてくるように思う。いわゆるありうべき女房集団と言うものは、『枕草子《し》』が描く定子配下の女たちや斎院の女房たちの世界が象徴するようなみやびやかな才気煥発の文化活動が営まれている世界と言えようか。また『無名草子《むみょうぞう》』が取り上げたような、いついかなる時もみやびやかな世界を維持し続ける高貴な女たちの世界も理想とされた女社会であったに違いない。しかし、彰子の世界は違っていたのである。紫式部は、それは彰子その人の意思でもあるのだと解釈する。

宮の御心あかぬところなく、らうらうしく、心にくくおはしますものを、あまりものづつみせさせたまへる御心に「何ともいひ出でじ、いひ出でたらむも、うしろやすく恥なき人は世にかたいもの」とおぼしならひたり。

——中宮様の御心がけは不足するところなど無くて、たいへんお心遣いも行き届いて奥ゆかしくていらっしゃるのですが、あまりにご遠慮なさるご性分で、女房に対しても、「あれこれと口出しすまい。口出ししたとしても安心できる恥しくないような人はめったにいないものだから」とつねづね思っていらっしゃる。

これは彰子中宮の性格と、配下の女房に対する心遣いや態度を分析したものだが、ここに見られる彰子のあり方は、前述の「女房らしく振る舞えない」遠慮ばかりしている〈もと姫君〉たちと同じだと言うしかない。主宰者としては、また女社会を率いるリーダーとしてはいささか心もとないように感じられるが、これが彰子の賢明さであり考えの深さだと紫式部は評価しているのである。また、彰子の賢明さを次のように語る。

げに、もののをりなど、なかなかなることをし出でたる、おくれたるには劣りたるわざなりかし。ことに深き用意なき人の、ところにつけてわれは顔なるが、なまひがひがしきことどもものをりにいひ出だしたりけるを、まだいとをさなきほどにおはしまして、世になうかたはなりと聞こしめしおぼほししみにければ、ただことなるとがなくて過ぐすを、ただめやすきことにおぼしたる御けしきに、うちこめいたる人のむすめどもは、みないとようかなひきこえさせたるほどに、かくならひにけるとぞ心得てはべる。

――本当に、何かの折に、気を利かしたつもりでかえって行き過ぎたことをしでかしてしまうのは、不十分よりはよくないものですよ。殊に深い心得のない人が得意顔をしてとんちんかんなことを何かの時に口にしていたのを、中宮がまだ幼くていらっしゃった時にお聞きになって、この上もなく不体裁なことだと心底お思いになったので、特に目立ったこともなく無難に過ごすのがいいのだとお思いのご様子で、それで子供っぽさの抜けない良家のお嬢さんたちは中宮の御心にお応えしているうちに、このようにおっとりしておられるようになったのだと、私は解釈しております。

中宮彰子は、配下の女たちの才気煥発の華麗なる文化活動など期待してはいなかった。たとえば清少納言が『枕草子』の中で数々描いたようなエピソード、そこに見られる臨機応変の才気のようなものはあまり好きではなかったということだろうか。もっとも清少納言ほどの鮮やかな才気であればよかったのかもしれないが、あれほどの女房はそれほどいるわけでもなく、中途半端の才しかない人々がとんちんかんなことを言ってしまう方が多いものであろう。気の強い得意顔の才ぶる人の不体裁さがここでは批判されているのだが、清少納言に対する「したり顔にいみじうはべりける人」という批評が想起されるところで、この中宮彰子に関する記事は、清少納言描くところの定子の世界に対する反措定《はんそてい》と取れなくもない。〈女社会〉なるものをカリスマ的主宰者を中枢として結束する擬似的母系女系血縁による女集団にして、女文化とも言えるみやびやかなる世界を樹立してゆくための文化装置であったと定義してみると、その典型として斎院の世界、そして『枕草子』の世界があった。しかし、彰子の世界はそれとは違っているのである。〈女社会〉なるものに同化できないのは紫式部だけではなく彰子その人もそうであったのではないか。憂鬱なる紫式部にとっては、だからこそ主宰者彰子が救いであったのだと思える。彰子は、紫式部にとっては共感できる、そして掬い取ってくれる主宰者として現れている。

『紫式部日記』冒頭にある「憂き世のなぐさめには、かかる御前をこそたづね参るべかりけれと、うつし心をばひきたがへ、たとしへなくよろづ忘らるるにも、かつはあやし」の文章は、主人に対する常套的賞讃とも取れるものだが、憂き世＝宮廷の女社会に対する異和感に苦しむ式部の憂鬱を共有しあえる、いわば同類とも言えるありがたい主人の存在を称揚しているとも解釈できよう。理解しあえる主宰者の存在は、宮仕えの苦しさや憂いを忘れさせてくれるのである。

その他にも紫式部と憂鬱を共感できる女たちが親しい友として立ち顕れてくる。彼女たちに関する記述を通して、けっして理想化することのない〈女社会〉の現実がそこから浮かび上がってくるのである。

斎院の女社会との比較論

『紫式部日記』では、かの『枕草子』描くところの定子の世界を批評の対象として取り上げることはないが、紫式部はわが彰子の世界との比較対象として斎院の世界を取り上げる。その比較の中から浮上するのは、理想とされる女社会に対する意見と批判である。

斎院とは、賀茂神社の斎院であった選子《せんし》内親王の世界である。選子内親王は村上天皇第十皇女、円融《えんゆう》天皇の時に斎院になってから後一条天皇の御代まで五代にわたって斎院を勤めたために「大斎院」と呼ばれた。斎院の御所はみやびやかな文化サロン的な魅力のある世界として有名であったらしく、後の『無名草子』においても「大斎院こそ、めでたくおはしましけむとおぼえさせ給へ」と称賛されている。斎院が年を取って、人々が以前ほど参上することがなくなったころでさえも、みやびやかなる風流な暮らしぶりを維持していたことがあっぱれであったとされている。外部から人が訪問しようがしまいが、非日常のハレやかでみやびやかな暮らしぶりが高貴なる女の日常であったこと、さらにそれを日常として暮らしていく精神性の高さが褒め称えられているのである。主宰者の精神性だけではなく、配下の女房たちも気を緩めることなく主宰者とともに非日常的な世界を作り上げてゆく当事者であったろう。『無名草子』には訪問する殿上人とともに琴などを弾く女房たちの姿が取り上げられているのだが、これを見る限り斎院の女房たちはきちんと女房らしさを発揮してみやびやかなる社交をこなしているのである。

紫式部は、斎院に仕える中将の君が書いたとされる手紙を読んだのだという。そこにはわが斎院の世界がどこよりもすばらしいのだと自讃する内容が記されてあったという。「文書きにもあれ、歌などのをかしからむは、わが院よりほかに誰か見知りたまふ人のあらむ。世にをかしき人の生ひ出でばわが院のみこそ御覧じ知るべけれ」（手紙でもあれ、歌などでも素晴らしいのがあるとすれば、それはわが斎院のみがお分かりになることでしょう。世間ですばらしい人が出るとすれば、それは斎院こそがお分かりになるに違いない）という文章が引用されているが、執筆者中将の君にとっては自分の仕える斎院御所の文化レベルの高さを誇示したかったというところだろうか。また、この手紙には記されているわけではないが、「他の〈女社会〉と比較すれば私のところが一番なのだ」というよその世界に対するライバル意識などもあったに違いない。女社会はそれぞれの女主宰者をいただいて互いに競い合う文化組織だったと言えるかもしれない。

そこで、斎院の世界がなぜみやびやかさを維持できるのかを紫式部は次のように分析し、それをわが彰子の世界と比較する、そしてわが彰子の世界がなぜそれほど風流に徹しきれないかを論じてゆく。

（斎院の世界は）つねに入り立ちて見る人もなし。をかしき夕月夜、ゆゑある有明、花のたより、ほととぎすのたづねどころに参りたれば、院はいと御心のゆゑおはして、所のさまはいと世はなれかんさびたり。

――斎院御所はいつもいつも（用があって）人々が入ってゆくところではない。素敵な夕月夜、風情のある有明の頃、桜の花が咲いているか、ほととぎすの声はいかが、などで参上すると斎院の御心はとてもたしなみがおありになって、御所の有様はまことに俗世間から離れたようで神々しい。

斎院の世界は俗事から離れた世界であるがゆえにみやびやかさに徹することが出来るのだと論じる。つまりは暇な世界であったと言えるし、またそれよりは〈現実〉から離れた世界だったと言える。〈現実〉とは男性たちによる摂関体制下における政治性を考えてみるべきかもしれない。それが俗世であり、現実であった。また、先に「女神のお仕事」の項で論じたように、女社会とは女神のごとき（と幻想される）女主宰者のもとに結束するハレなる世界、そして非日常を生きる世界であるとすれば、斎院という女神を戴く女たちの世界はすぐれて女社会の理想をゆくものだったと言える。あたかも竜宮城のような夢の世界なのである。紫式部はこの文章に続いて、私のようなものでもかの斎院にお仕えしたら「心ゆるがして」「おのづからなまめいたるならひはべりなむや」（自然と生き生きと社交もするようになるでしょう）、また若くて自信のある人ならば思い存分華やかに社交などもするでしょう、と述べるように、彼女はこの聖なる女の世界の意義は十分に把握しているのである。

それに対して、彰子の世界は〈現実〉にあるのだというのが紫式部の意見である。

また、（斎院の世界は）まぎるることもなし、上にまうのぼらせたまふ、もしは、殿なむ参りたまふ、御宿直なるなど、ものさわがしき折もまじらずもてつけ、……。

——斎院の世界は雑事現実に紛れるということがありません。例えば中宮が清涼殿に参上なさるとか、もしくは道長様がいらっしゃるとか、またそのままお泊りになるとか、そのような騒がしいことに斎院ではまぎれることがないようにお暮しをなさって、……。

斎院の世界と比較して彰子の世界はいろいろ騒がしいのだという。彰子がまず忙しい。天皇のもとへ参上しなければいけないし、さらに父である藤原道長もやってくるのでその応対もしなければいけない、彰子だけではなく配下の女たちも忙しいのだということになるのだが、ここに取り上げられている忙しさの原因が、彰子の〈夫〉である天皇と、彰子の〈父〉である道長にあると言っていることに注目したい。父と夫によって彰子の世界が理想的な〈女社会〉を生きることが出来ないのだ、とすれば、〈女社会〉実現の邪魔をしているのは〈父と夫〉という男系だということになるだろうか。非日常的な夢の世界のような〈女社会〉の理想に対峙する〈現実〉とは男たちの世界なのだと言えるのである。

女社会といえども、現実的には藤原氏による摂関体制下に組み込まれた形でしか皇妃の世界は成り立たないという現実を紫式部は見ているのだと思われる。〈父と夫〉という男系家族に組み込まれて存在するのが女だというまなざしを紫式部は持っている。

かの『枕草子』ではこの男系による〈現実〉はあえて切り捨てられているのである。父道隆の死による不遇、叔父道長と兄伊周《これちか》たちの政治問題など、定子の不遇はこれらの男たちによるものであった。歴史的事実を見れば定子ほど現実というものに翻弄された皇妃はいないのだが、精神的にはそれらに翻弄されることなく毅然として生きた〈女神〉としての定子を立ち上げたのが『枕草子』であったと思われるのだが、紫式部は清少納言とは反対にその現実にこそ目を向ける。彰子中宮の世界も、不遇でこそないものの男たちの〈現実〉の中にあることを紫式部は見ているのである。

彰子の世界に対して、斎院の世界では〈現実〉は侵入しない。男とは訪問者であり客人であった。みやびを味わうためにこそ男性たちは女の世界を訪問し、女たちは客人をもてなす。和歌や管弦などの音楽、女房たちの華やかな、時期に叶った衣裳、訪問客との心得のある応対、それが存分に発揮されるのが立派とされた女たちの世界なのだった。しかしこのような世界では、「色めかしさ」も当然ながら生まれてくるのが必然であって、そこに遊女の世界に繋がるものがあるのもまた必然である。遊女たちの世界とは、地方に根を張る女長者〈遊女長者〉を中枢として制度外の底辺とも言える女たちによって自然発生的に成立していった擬似的な〈女社会〉

なのだった。そこには訪問する客＝男たちに対する歌や舞など遊女たちによるみやびやかな接待がある。さらに性の問題も大きい。女房と遊女とは限りなく近い機能を持った存在である。

紫式部が宮仕えにおいていたく拘っていたことの一つにこの〈色めかしさ〉という要素があったことを考えると、彼女の中にこの〈遊女性〉に対する拒否感があったことも当然考えたいことである。

斎院の世界に対して、彰子の世界にはこの〈色めかしさ〉の必要性は主宰者彰子の人柄と深慮によって免れていたと言えるかもしれないのだが、それでも宮廷においては深窓のご令嬢としては耐えられないような数々の事態が起こる。そのことを紫式部は書き記してゆくのである。

女が顔を見せるということ

室町時代に制作された『七十一番職人歌合』では、「立ち君」「辻君」という娼婦が取り上げられている。彼女たちにはかつての遊女が持っていた芸能性などはなく、純粋に売色専門の女たちであったらしい。江口や青墓《あおはか》などの地方の交通要所に出現する遊女の里ではなく、京の都の辻々のいわゆる売春宿に澱のように噴き溜まって発生した女たちであった。この職人歌合の図では、「立ち君」は「すは御覧ぜよ」と言いながら道をゆく男たちに顔を見せている。この「顔を見せる」ことの意味は明らかで、売色という「色

立ち君・辻君の図（「七十一番職人歌合」国立国会図書館蔵）

を売ること」つまりは性を売ることを表わしているのである。

紫式部の時代からは四百年後の「顔を見せる」行為ではあるが、それは容色を売り物にする女の行為だという考え方は根強くあったに違いない。その考え方は、遡って王朝時代の「女は顔を見せるものではない、特に身分のある女が顔を見せるのは良識に反する」という規範に繋がっている。

『紫式部日記』には女としての規制・規範が顕著に記されているのが特徴的で、彼女はそのような規制・規範、それをジェンダー規制といっていいと思えるのだが、それを書き記すことに極めて意志的である。千年昔のジェンダー規制を現代の視点から論じるのは危険であるが、その時代における、またその時代であるがゆえに顕著であった規制というものを捉えてみるべきだろうと思う。

紫式部がこの日記の中で特別に拘っていることとして、この「顔を見せる」あるいは「見られる」問題が上げられる。「女は社会に対して顔をさらすものではない」という規制が彼女を呪縛している。ところで、この規制は緩まりながらも江戸時代まで続いたとされる。江戸時代に入って結髪《けっぱつ》の流行がおこったのはこの規制が意味を無くしたからだという説があるのだが、それまでは上流子女は外出の際にはヴェール状の被り物をしていたので髪を高く結い上げることは出来なかったからということである。

この「顔を見せる」の問題は、心理的なものであると同時に身分・階級に関わるものであった。それゆえにこの規制が強い時代に人前に顔をさらさなければならないという事態は屈辱感を起こすものであったのではないか。美しい容色を人に見せて「私は美しい。だから私を評価せよ」というのは美によって自分の評価を上げなければならない立場の人間である。美によって評価されることで生きるしかないもの、例えば遊女のような女たちが想定できるのだが、〈顔を見せる〉女になるというのは身分ある貴族女性としては自分の〈生きられる世界〉を崩壊させるものであったに違いない。しかし、美によって評価され、のし上がってゆくことを目指す女たちも確かにいるものの、それは蔑まれた女たちではなかったか。

紫式部のこの思いが具体的に表れているのは、寛弘五年（一〇〇八年）十一月二十日、五節舞姫参入の記事、および二十二日の童女御覧《ごらん》の記事である。いずれも少女たちがその美しさを宮廷世界において露わに〈見せる〉ものであり、さらにその美を競い合い、その上選別されるものであった。現代で言えば美少女コンテストのようなものと思われるが、そこに宮廷のみやびを感じることが出来ずいたたまれないような苦汁を感じているのが紫式部なのである。

この年、十一月二十日、五節の舞姫が内裏に参入した。この日から四日間、五節の行事が行なわれたのだった。

にはかにいとなむつねの年よりも、いどみましたる聞こえあれば、東の御前の向かひなる立蔀《たてじとみ》に、ひまもなくうちわたしつつともしたる灯《ひ》の光、昼よりもはしたなげなるに、歩み入るさまども、あさましう、つれなのわざやとのみ思へど、人の上とのみおぼえず。

――五節の舞姫のことは、いつもの年は急いで準備をするものだが、今年は準備万端競って立派にしたと評判なので、中宮の御座所の向かいの立て蔀に隙間もなく灯しが並べ立ててある、その光りが明るすぎて、昼間よりも却ってきまりが悪い程なのだが、その中を舞姫たちが歩み入ってくる様は、あらあらと呆れるほど、でも彼女たちは平然としているとは思うけれども、このような有様は他人ごとではありません（私たちもそうなのです）。

五節の舞姫たちの立派な華やかな姿がよく見えるように、という配慮からだろうか、立て蔀のところに隙間もなく灯火が掲げられてある。衆目注視の中を舞姫たちは参入したのである。この顔や姿があからさまに見えるという事態に紫式部は拘っているのだった。紫式部自身の経験だろうか、続いて次のように述べる。

ただかう殿上人のひたおもてにさし向かひ、紙燭《しそく》ささぬばかりぞかし。幔《まく》引き、追ひやるとすれど、おほかたのけしきは同じごと見るらむと思ひ出づるも、まづ胸ふたがる。

——ただこのように殿上人と顔を突き合わせて、紙燭の明かりで丸見えになるようなものですよ。あの時は幕を引きめぐらして人々に見えないようにはなってましたが、それで大体の様子は同じように見ているだろうと、その時のことを思い出すだけでも胸がふさがるようです。

紫式部自身もこの舞姫たち同様に殿上人たち、つまりは男性陣だが、彼らに丸見えになるような状態で参入することがあったらしい。このことが紫式部には耐えられないような苦しさであったわけである。

次に、二十二日には童女御覧が催された。この儀式は「御覧」とあるように文字通り天皇が舞姫介添え役の「童女」と「下仕え」の少女たちの顔を御覧になるものであった。注釈によれば、清涼殿の孫庇《まごびさし》において五節の舞姫の従者の「童女」たちを、さらに庭において「下仕え」の少女たちを御覧になるという。この女の子たちの思いを紫式部はあれやこれやと忖度《そんたく》して胸が潰れるような心持でいるのである。

彼女たちの心は「ましていかならむ」と心配し、さらに童女たちが登場すると「あいなく胸つぶれて、いとほしくこそあれ」（わけもなくドキドキして、気の毒で痛々しくて……）という有様である。

ただかくもくもりなき昼中に扇もはかばかしくも持たせず、そこらの公達のたちまじりたるに、さてもありぬべき身の程心もちゐるといひながら、人に劣らじとあらそふここちもいかに臆すらむとあいなくかたはらいたきぞ、かたくなしきや。

――ただこのように明るい真昼に童女たちにはしっかりとした扇も持たせないで、若い公達たちに立ち混じっているのは、まあその程度の身分の者ではあるし、それなりの覚悟があるからいいのだ、とは言うものの、他の童女に劣るまいと気負っている心もあるだろうから、いかに気おくれしているだろうかと思うだけで、見ているだけでもう苦しくて、そんなことではらはらしている私って本当に愚かしいことだわ。

彼女はこのようにはらはらとしているとは言うものの、この記述に続けてこの童女たちの容姿、衣装、さらに物腰・態度などをしっかりと詳細に記している。「童女のかたちも、一人はまほには見えず」(一人の童女の容貌は不十分に見えた)、別の童女のことは「いとそびやかに、髪どもをかし」(すらりとしていて、髪の具合はきれいだった)と批評などもしている。容姿の良さを判定・選別するという仕組がこの童女御覧にあった。また、舞姫に選別された少女とは違って、「童女」「下仕え」はそれほどの身分の者ではなかった。その程度の者であるから顔を見られる立場になったとしてもそれはそれで仕方がないのだ、という感想からは、「顔を見せる」ことが身分階級に関わるものであったこともうかがわれるのである。

やがて紫式部の思いは、舞姫・童女・下仕えの問題から、女房として宮仕えをするわが身の立場へと移ってゆく。私もあのようなものたちと同じではないか、と思うのが紫式部なのであって、「かうまで立ち出でむとは思ひかけきや」(ここまで人前にでるようになると昔はおもったことがあったろうか)と現在の宮仕え生活を振り返るのである。このように人前に顔をさらすようなあり方に自分が慣れてしまうのが「ゆゆしく」(そら恐ろしく)思われてならない。宮廷女房として〈あらぬ世〉に生きる紫式部にとっては、顔や姿を人前にさらすことは「ゆゆしきこと」ではあるもののそれを許容しなければならなかったのである。

紫式部のこのような思いはジェンダー規範の問題だけではなく身分と関わるものであったからこそ生じるものであったと想像される。顔を見せなければならないものとは、即ち社会的弱者であった。「顔を見ること」とはすなわち支配である。従って「顔を見られる」「見せる」とは従属することと支配されることを意味するものであった。姿をあらわにしなければ勤まらない〈女房〉とは、宮廷論理に従属する被支配者として捉えられるのである。自分が主体的に生きられる〈姫〉ではなく〈女房〉という従属者として宮廷の、あるいは女房社会という女社会の論理に従って生きなければならない存在だという思いがあったように思う。顔を見られて生きるとは弱者に過ぎないという思いをもたらすものであったのではないか。

彼女のまなざしはその弱者に、たとえば駕輿丁《かよちょう》にもそそがれる。天皇が寝殿からお出ましになるので御輿が階段の上まで駕輿丁によって担ぎ上げられた。御輿を担ぎ上げるためにはからずも駕輿丁たちは「階よりのぼり」ということになる。これは身分から言えば決して〈上〉には登れないはずの駕輿丁が階段を登ってしまったといういささかの皮肉が感じられるのだが、その苦しげな彼らの様子を見て「なにのことごとなる、高きまじらひも身の程限りあるに、いとやすげなしかしと見る」（彼らと私に何の違いがあろうか。高貴な方がたへのご奉公も身分に限界があるから安らかなものではないなあ、と思うのです）と、これもわが身の上に思いが及ぶ。これは駕輿丁に対する同情でもなく、あるいは共感はあるかもしれないが、身分高きものに身分低きものが仕えることの苦しさが普遍的な問題として取り上げられているように思う。支配されること、何かに従属すること、その苦しさである。〈ここ〉は自分が主体的に生きられる世界ではなかったのである。

また、先にも述べたように女房としてのあり方は遊女に近い所がある。〈私は女房である〉という自覚は、所詮は〈遊女のようなものに過ぎないのではないか〉という思いをもたらすものであったかもしれない。当時の遊女に対する賤視が現実にあったかどうかの問題ではなく、貴族からすれば遊女ごときの芸能者は身分卑しきものであったことは自明である。しかも、その遊女と女房との間には、〈男〉に対して性が開かれているという点で共通項があると言えるのではないか。遊女には不特定多数の、あるいはパトロンとしての男がいる。性を売ることも含めた芸能者集団としてのさすらいの女たちが遊女であった。同様に、宮仕えの女房たちにしても身分高き貴公子の愛人になる例は多かったのである。また物語世界のことではあるが、『源氏物語』の光源氏にしても自分の配下の女房、あるいは妻の紫の上配下の女房たちのなかに何人かの愛人がいた。貴顕の者に仕えるとは心身ともに主人に支配されることに他ならなかった。この点を捉えれば、女房と遊女に間に何の違いがあろうかということになる。もっとも性の規範というものは時代によって異なるものであるから、現代の性規範によってこの時代の倫理観をあれこれと論じるのは難しいものがあるのだが、性による支配がいつの時代であれ弱者にとっては抑圧になるのだということは言えるのではあるまいか。

紫式部に関して言えば彼女は夫を亡くしており、〈確たる夫〉不在のはかなき身の上だったと言えようか。貴顕の男性の愛人に、たとえば道長の愛人となる可能性もあり得たという点では遊女たちと似通うところもあったのである（紫式部が藤原道長の愛人であったか否かは諸説があるのだが、彼女自身が明らかにしていない以上不明としか言いようがない。ただ言えることは、愛人となる可能性があった、そうなってもおかしくはない状況にあったということが問題なのだと思える）。

ところで鎌倉時代成立の『無名草子』では、この貴顕の男性に愛された女房を、女房の誉れとして褒め称えているかのような一面がある。たとえば、和泉式部の娘にして歌人として評価の高かった小式部の内侍は、寛弘六年（一〇〇九年）中宮彰子に出仕したのち、彰子にも寵愛され、さらに多くの貴公子に愛された女房であった。そのことを「誰よりもいとめでたけれ」（誰よりも立派であった）と『無名草子』は評価する。その小式部の内侍は藤原教通《のりみち》（道長の三男、後に関白太政大臣になった）に愛されて後に僧となった静円《じょうえん》を生み、さらに藤原公成《きんなり》にも愛されて、これも僧となった子、頼仁《らいにん》を生むというように、確たる夫とも言えない貴公子との間に子をなしているのだが、これは正式な婚姻とはもちろん言えない愛人関係であったはずである。この小式部のあり方が『無名草子』が理想とする女房としての立派さであるとすれば、女房の条件としては色めかしさも含めた貴公子たちとのみやびやかな社交、および恋愛の心もある女、ということになるだろうか（色めかしさを拒絶していたく拘っている紫式部にはどうであったろうか）。

主人の彰子に寵愛されたことを「宮仕えの本意、これにはいかが過ぎむと思ふ」と評価し、さらには貴公子たちに愛されたことも「果報さへいと思ふやうに侍りかし」（女としての幸福までたいそう理想的でしたこと）と評価する『無名草子』の理想的女房世界は、現実を超越したかのようなみやびな美の文化を樹立する女社会であった。『無名草子』は鎌倉時代初頭という武力政権が始まった時代に、かつては存在したが現在は失われてしまったという視点に立って、王朝文化の理想を、特に女たちの世界を回顧するという形で執筆されたものである。そこには理想としてのありうべき女主人と、おなじく理想的女房のあり方が論じられている。ここから察すれば、女たちのみやびやかな文化の中には色めかしさというものも大事な要素として評価されていたことがうかがわれるのである。しかし、紫式部にはこの色めかしさが受け入れられない。この拒絶は、理想とされる女社会に対する批判ともなっているように思える。貴公子に愛されて子を生むということを果報としては受け取れない紫式部の意見、および認識があったように思う。身分高き貴公子に愛されたからといってそれが何なのか、とまでは紫式部は論じてはいないが、彼女の中に従属するものの苦渋がある以上は、寵愛されるとはすなわち支配されることに過ぎないという思いがあったように思う。それは人間としてのプライド、もしくは女としての尊厳に関わるものであったのではないか。紫式部はその点においてもかなり自覚的に女の問題を取り上げているように思う。次にその問題を取り上げたい。

紫式部の不幸感

紫式部としても理想的女社会とその女房のあり方はよくよく承知していたに違いない。斎院の世界に対する批評と意見にも、そちらの世界の方がみやびやかで文化的なのだという思いがあったことはうかがわれるのである。しかし、〈私はその世界には心から同化できない。私の生きられる世界ではないのだ〉という個としての思いが強かったのだと思われる。その自分の思いを顧みて次のように記述している。

彰子中宮出産の後、十月十六日一条天皇が土御門殿《つちみかどどの》に行啓されることとなった。その行啓に備えて土御門邸はますます美しく磨きがかけられる。その様子を眺めながらの述懐である。

思ふこと少しもなのめなる身ならましかば、すきずきしくももてなし、若やぎてつねなき世をも過ぐしてまし。めでたきこと、おもしろきことを見聞くにつけても、ただ思ひかけたりし心のひくかたのみ強くて、ものうく、思はずになげかしきことのまさるぞ、いと苦しき。

——私の考え方がもう少し普通であったら、色めかしくもふるまって、このはかない世を若やいで過ごしても見るのですが……。すばらしいことや面白いことを見たり聞いたりしてもただ心にかかっていることに捉われてなんとも大儀な感じで、思いの外嘆かわしい思いがかえってつのってゆくのがね、たいそう苦しいのです。

彼女は自分の心がけ次第でこの世界に生きることも楽しめるのに、それが出来ない、それがつらい、と訴えているのである。問題は彼女の「思ふこと」にある。その彼女の「思ひ」なるものを「思考」「意見」「感覚」「認識」として捉えてみると、彼女のその考え方そのもの、思考の型が問題なのだと言っているように思える。この世界に同化できないのは「思ひかけたりし心」が自分にあるからだと述べているが、それが何なのかは具体的には記されていない。出家への志だとする論も多いが、断定はできない。ただ、この華やかな世界に対して同化できない心理のあり方、ここは私が主体的に生きられる場ではないという感覚、そのようなものを含めての〈思ひ〉であったことはうかがわれる。問題は、同化できないことの根拠である。この述懐に続いて次のような歌があるのだが、この歌から彼女の〈思ひ〉を少しでも探ってみたい。

水鳥を水の上とやよそに見むわれも浮きたる世をすごしつつ
——水の上に浮きながら物思いもなさそうな水鳥には見えるけれども、その有様はよそごとだろうか。私もあのように水に浮いたようなはかない身の上でこのはかない世を過ごしているのだ……。

紫式部の身の上が〈水鳥〉に象徴されている歌である。ここに表れているものを彼女の不幸の感覚として捉えてみたい。その不幸感といえるものが「浮きたる」という言葉に込められているように思えるのだが、この言葉は『源氏物語』の中で紫の上が自分の身の上を述懐する場面でも用いられたもので、そこに女の身の上の、ある不幸の感覚、というものが描かれているように思う。

『源氏物語』の「若菜下巻」——このころ、六条院では朱雀院の娘である女三宮を正妻として迎え、さらに華やかな女楽なども催された。この年、紫の上は厄年とされた三十七歳であった。光源氏は紫の上を相手に自分の人生を振り返りつつ、そしてどの妻よりも優る絶対的な紫の上への愛を語り続けるという場面がある。——あなたは皇妃のように他の妃と寵を争う苦労もない、私という親のようなものに庇護されつつ愛されている。あなたほど幸せな人はいない——というのが光源氏の言い分である。女三宮が降嫁してきたのは不満かもしれないが、私があなたを絶対的に愛しているからいいではないか、という〈愛の絶対性〉に立脚しているのが光源氏であった。それに対して紫の上はとくに反論はしない。その通りだと認めつつ「のたまふやうに、ものはかなき身には過ぎにたるよそのおぼえはあらめど、心に堪へぬもの嘆かしさのみうち添ふや。さはみづからの祈りなりける」（仰る通り、はかない身の上の私には分に過ぎた幸せ者と世間の人は見るようですが、心の中では堪えられないような嘆かわしさがつのってゆくのですよ。その悲しみの心は私に祈りのような心になっています）というように決して幸せ者としては生きられないことが語られる。

その後、光源氏が女三宮のもとへ出かけたので一人になった紫の上は、女房たちにあれこれと物語を読ませているうちに、次のような思いを抱く。

つひによるかたありてこそあめれ。あやしく浮きても過ぐしつるありさまかな。
——いろいろ波乱万丈の物語の女たちも最後にはちゃんと頼る男があるようだ。それに比べて私はまともではない浮いたようなよるべのなさで過ごしている有様だ……。

浮いたようにはかない身の上、それが紫の上であるという。少なくとも紫の上はそのように自覚していたのだった。この思いというものが『紫式部日記』における紫式部の心境に繋がると考えたいのである。紫の上は祖母・母を亡くし、父との縁も薄く、また子どももいなかった。光源氏だけを頼りとする身の上である。しかも、自分は正妻ではないという事実が女三宮降嫁によってまざまざと明らかになったのだった。その光源氏が〈正統な夫でない〉とすれば、〈正統な妻ではない〉私とはいったい何なのかという思いを紫の上が抱いたとしても不思議ではない。光源氏の語る〈愛の絶対性〉はその通りだと肯定はしながらも心の中では「あやしくも浮きても過ぐしつるありさま」に過ぎないと思う。この紫の上の不幸感は光源氏には伝わってもいないし、また理解されてもいない。紫の上は何かとてつもなく大きなものが欠損していると感じているのである。それにしても光源氏の語る〈愛〉とはなんと抽象的だろうか。それに対して「浮きてもすぐしつる」「浮きたる世」というのは身の上の不安定さを具体的に表している言葉ではないかと思える。ここは紫の上の孤独感がひしひしと伝わる場面である。

また、先にあげた水鳥の歌に描かれた「水の上の浮いたような生き方」はよるべなさを比喩的に表現したものだが、どこかに水の女、つまり流れ者の遊女のイメージさえ呼び起こす。確かで正統なる夫がいない女の不幸感が表されているように思える。この不幸感は紫式部がそう感じているというだけではなく、周囲の目もそう捉えていたらしいことが次の記事からも分かるのである。

次の記事は彼女が里に下がって自宅にいた折の様子を述べたものである。

大きなる厨子《ずし》ひとよろひに、ひまもなく積みてはべるもの、ひとつには古歌・物語のえもいはず虫の巣になりにたる、むつかしくはひ散れば、あけてみる人も侍らず。片つかたに書《ふみ》どもわざと置き重ねし人もはべらずなりにし後、手ふるる人もことになし。それらをつれづれせめてあまりぬるとき、一つ二つ引き出でて見はべるを、女房集まりて「御前はかくおはすれば、御幸は少なきなり。なでふ女が真名書は読む。昔は経を読むだに人は制しき」としりうごちいふを聞きはべるにも……。

――大きな厨子の一対にぎっしりと積んであります書籍、その厨子の一つには古歌や物語など、それがもう言いようもないくらい虫の巣になっていて、その紙魚《しみ》が気味悪く這い散るように出てくるものだから、厨子を開けてそれを見る人もいません。もう一つの厨子に入っている書籍は、きちんと置き重ねていた人もいなくなってからは、手に取る人もいません。あまりにもつれづれというときは、その書籍を一つ二つ引き出して見ることもあるのですが、女房たちが集まって「うちのご主人はこんな風だから幸が少ないのです。どうして女が漢文を読むなんてことがありますか。昔は経文を読むのさえ、禁じましたよ。」と陰口をきいているのを聞くにつけても……。

男の学問である漢文を女が読むことに対していかにジェンダー規制があったかを物語る証拠記事として有名な文章だが、ここでは配下の女房たちが主人である紫式部を「御幸少なきなり」と捉えていることに注目したい。さらにはその根拠が漢文を読むからだという。お経も漢文であるからそのお経さえも昔は女は読まなかったという。

『紫式部日記』の時代（およそ一〇〇八年頃）から三十年ほど遡ったころに執筆されたらしい『蜻蛉日記』（藤原倫寧女《ともやすのむすめ》執筆）においても、お経を読む女と不幸とが結び付けられている。紫式部の不幸感と関連すると思われるので上げておきたい。

仏を念じたてまつる。その心ばへ、ただきはめて幸ひなかりける身なり。年ごろをだに世にゆるびなく憂しと思ひつるを、ましてかくあさましくなりぬ。とくしなさせたまひて菩提かなへたまへとぞ、行なふままに涙ぞほろほろとこぼるる。あはれ今様は女も数珠《じゅず》ひきさげ、経ひきさげぬはなし、聞きしとき、あな、まさり顔な、さる者ぞやもめにはなるてふなど、もどきし心はいづちゆきけむ。

――仏様にお祈り申し上げる、その祈りの内容は、「私はこの上なく幸のない身の上です。今まででも気の休まる時もなく辛いとは思っていましたが、ましてこの頃はこんなに呆れるほどの夫婦仲になってしまいました。早く祈りが成就して煩悩解脱がかないますように……」と勤行をしておりましても涙がほろほろとこぼれる。ああ、いまどきは女も数珠や経を手にしないものはない、と以前聞いたときは、あらまあ、みじめったらしい。そういう女だからやもめになるのだ、などと批判したわたしの心はどこへ行ったか。今、わたしがそれをやっているのだ。

天禄二年（九七一年）四月一日、息子の道綱とともに長精進に入った折の記事である。この時、著者の倫寧女は三十六歳。夫の藤原兼家との夫婦仲の不如意に悩んでいて、その結果「きはめて幸ひなかりける身なり」と感じるあまりに息子ともども仏前で勤行を始めたのである。倫寧女にとっては〈夫〉がいても安定しない、その夫婦関係が幸いの無さに繋がっている。またこの時代に経を読む女がどのように見られていたかがうかがわれる内容で、経を読む女はそのまま漢文を読む女に繋がってゆくが、その姿は惨めで不幸せなイメージを醸し出すものであったらしい。また、その不幸せな女とは〈やもめ〉であったのだ。つまりは夫のいない女である。

この『蜻蛉日記』の記事を紫式部に関連づけてみれば、紫式部も漢文を読む女であり、そしてやもめであった。女の不幸せを〈夫がいないこと〉に限定することは出来ないにしてもこのような社会通念が根強くこの時代にあったことは確かだと言えそうである。このことは父や夫という男系がすでに優位であったこと、世の中が男社会であったことを意味していると言えようか。男社会の中では、しっかりとした父や夫に庇護されていない女がいろいろの不如意を味わうなどという事は現実にいくらでも起こりうる。これはきわめて現代的なテーマですらあるのだが、父や夫の非在・不在は社会からの扱われ方も、また見られるまなざしも変わってくるものである。確たる夫がいない女は不安定な居場所のない女だという社会通念が、倫寧女や紫式部の時代にすでにあったということであろう。紫式部の時代から千年経った現代でも事態はあまり変わっていない、というより紫式部の時代は現代に直結しているように思うのだが、ただ平成二十四年の現在、さすがにこの社会通念は薄れつつあるように思えるのだが、どうだろうか。結婚するか否かは人生における一つの選択肢に過ぎないという考え方も強くなってきており、また結婚の形態もさまざまになってきているので、今の女性たちはいかにものびやかであるように見える。しかし、近年「負け犬論争」というものがあった。この「負け犬」とは、たとえ女が社会的にも経済的にも自立した一人前の人間であっても、結婚していなければマイナスとして見なされてしまう社会通念に対して、「はいはい、私たちはどうせ負け犬ですからね」といささか諧謔《かいぎゃく》的に女みずからが切り返した言葉であるという。女側からのいささか屈折した自立宣言としても受け取れる言葉なのだが、この社会通念の根深さがうかがわれるところである。これからの女たちの自由な個としての生き方が気になるところだが、紫式部の憂鬱や憤懣もようやく解消できる時代になりうるのだろうか。

※注――ここまで書いた後、短歌誌「短歌人」（二〇一三年一月号）に次のような短歌を見つけた。作者は四十代と思われる独身女性である。

　オールドミス・ハイミス・負け犬死語となる優しい時代の中の淋しさ　平井節子

「負け犬論争」があったのはつい最近のことのように思っていたが、それはもう「死語」であるという。確かに、それが現在の実感かもしれない。女が独身であることを揶揄されて「オールドミス」や「ハイミス」と呼ばれた時代は過ぎた、女がどのような生き方をしていてもそれを取沙汰しない、その生き方を尊重する、それが現代という「優しい時代」なのだという。女は社会の規範にとらわれることも少なくなり自由になった、というよりは規範そのものがなくなってきた、と言えるのだが、問題はその後なのだろう。作者はそれを「淋しさ」と表現している。〈個〉として主体的に生きるとはかえってしんどくも淋しい一面があるということかもしれない。

ところで、紫式部は『源氏物語』作者として評価も高く、学識も見識もある人間にして、また自立して働く女であった、このことから考えると、紫式部は経済的にも社会的にも〈父と夫〉などいなくても充分であったと言えそうなのだが、それでも〈夫〉不在から起こってくる現象は彼女を憂鬱にさせたのではないか。この問題を彼女は同僚女房たちの境遇を例として取り上げるなかで、また大いに怒っているのである。ちなみに、女の属性としては「妻か娘か、それでなければ尼か娼婦か」、その選択肢しかないのが女だと、とくにフェミニズム論において論じられてきたが、ここに〈奉公する女〉というのも入れるべきかもしれないと思う。妻と娘というのは父と夫との関係による女のあり方であり、それがすなわち制度内の正当な女として捉えられたが、この制度内に生きられない女は制度外の尼か娼婦しかないのだ、というのは男系優位社会に基づく考え方である。しかしそれ以外の奉公人として他家に帰属して生きる女も古来多かったのである。これは男も同様である。

この奉公人としての問題を次に考えたい。

里の女と宮仕えの女

奉公人とは言っても、上は宮廷に仕えるみやびやかな女房クラスから下は地方の長者に支配される奴婢《ぬひ》クラスまで色々だが、共通して言えることは、主人の世界に帰属して生きるということであろうか。主人の世界には規範もあればルールもある。帰属する人間はその規範のもとに生きざるを得ない。主人の思惑によって左右されてしまうのが奉公人であり、極端な場合はその生殺与奪までもが主人に握られることもあるという、いわば弱者の位置にある。その世界で主体性を持って生きるというのはいささか難しい。

宮仕えの女とは言ってもやはり高貴な主宰者の配下として生きる抑圧感はあったのではないか。その世界は、姫君として侍女たちにかしづかれて生きるのとは違うものがあったはずである。彰子中宮配下の女房たちの中には、前述のようにもともとはそのような姫君が多かった。その姫君たちがはからずも宮仕えに出るという事態が起こっていたのである。

たとえば紫式部が友として親しみ懐かしんでいる大納言の君について言えば、祖父母は左大臣源雅信《まさのぶ》とその妻の穆子《ぼくし》、父は彰子の叔父の源扶義であり、彰子中宮とは従姉妹の関係になる。また、紫式部がその不幸な境遇に大いに同情している小少将の君も同じく源雅信の孫にあたる。いずれもが源氏の血統でしかも大臣の孫という高貴な出自なのだが、父親があまり出世をしなかったり、あるいは小少将の君のように父源時通《ときみち》が早くに出家してしまうなどの不運があって、その結果宮仕えに出るようになったものらしい。本来ならば宮仕えに出るはずのない家柄の女たちであったと言えよう。

この時代、一条天皇の皇妃は彰子だけではなく、承香殿元子他何人かの女御がいたが、数多の皇妃が入内して寵を争うという時代ではなくなっていた。その後は道長の血統である藤原北家御堂流の子女だけで後宮が占められていった。また摂関・大臣という地位もこの御堂流《みどうりゅう》によって占められていった結果かつての大臣家の凋落も起こってくる。したがって、本来ならば皇妃として入内してもおかしくはない姫君たちが上臈女房として出仕する時代に入っていた。ここに、時代の変遷による没落意識、一種の落ちぶれてしまったという意識が生まれるのではあるまいか。姫君たちが姫として生きられない時代がこのように女房社会に現れていたのだと思われる。このもとの姫君たちは、紫式部とともにこの〈あらぬ世〉を連帯して生きる仲間として現れてくる。

寛弘五年（一〇〇八）十一月十七日ころのこと。出産とその後の儀式などさまざまを無事に終えた彰子中宮がこの日内裏（この時は一条院）へ若宮とともに還啓《かんけい》した。女房たちも付き従って牛車にそれぞれ分乗する。この牛車による移動というものが紫式部にとってはなかなか大変辛いことであったものらしく、「かかるありさまむつかしう思ひはべりしか」（このような有様が本当に煩わしくてね）と大いに不満で、さらにこの牛車への乗り降りは衆視のなかで行われたものか「月のくまなきに、いみじのわざや」（月が明るいので、顔が丸見えでたいへんなの……）というように、顔が丸見えではないかと嘆いているのである。ようやく到着した内裏で、紫式部は細殿《ほそどの》の三の口で、そこが彼女の局であったろうか、同僚の小少将《こしょうしょう》と二人で語り合っていた。次の引用はその折のことを語ったものである。

細殿の三の口に入りてふしたれば、小少将の君もおはして、なほかかるありさまの憂きことを語らひつつ、すくみたる衣どもおしやり、あつごえたる着かさねて火取に火をかきいれて、身も冷えにけるもののはしたなさをいふに、侍従の宰相、左の宰相の中将、公信《きんのぶ》の中将などつぎつぎに寄り来つつとぶらふも、いとなかなかなり。

——細殿の三の口で横になっていると小少将の君もいらっしゃった、相も変わらずこんなごたごた（牛車に乗るときの大変なことか）は嫌なことね、などと語らいながら、ごわごわした衣装は脱いで押しやって、綿入れの暖かいのを重ね着して、火取に火を入れてそれにかぶりつくようにしていた、身体が冷え切っているもののすることとは不恰好ね、などと言っているうちに、侍従の宰相（藤原実成《さねなり》）、左の宰相の中将（源経房《つねふさ》）、公信の中将（藤原公信）たちが次々と訪問してくるのもかえって迷惑だ。

小少将の君とは「かかる憂きこと」を語り合える仲であった。小少将の君もこの〈あらぬ世〉に同化できない人であったらしい。二人で「いやね、もう大変ね」などと愚痴りあっていたのかもしれないが、寒いので火取で暖を取っている様子がなかなかリアルで現実的である。そこへ公達が訪問してきた。本来ならばそこで気の利いた社交などがあるべきところだろうが、女たちがこのようにリラックスしているところへ来られては却って迷惑だというのが紫式部であった。しかし、この公達たちはあっさりと帰ってゆく。

「いとあしたに参りはべらむ。こよひはたへがたく身もすくみてはべり」などことなしびつつ、こなたの陣のかたより出づ。おのがじし家路といそぐもなにばかりの里人ぞはと思ひおくらる。わが身によせてははべらず。おほかたの世のありさま、小少将の君のいとあてにをかしげにて、世を憂しと思ひしみてゐたまへるを見はべるなり。父君よりことはじまりて、人のほどよりは幸のこよなくおくれたまへるなんめりかし。

――「明日早く参上しましょう。今夜はもう寒くて身体もすくんでますので」などとそれとなく挨拶をしてこちらの陣の方から出ていく。それぞれが家路を急いでいるのを見ても、まあどれほどのすばらしい奥さんが家に居るというのか。どうせ大した女ではないでしょう。私自身のことでこんなこと言うのではありません。世間一般で見ましても、ことに小少将の君がね、たいそう気品があってすばらしい人なのですが、それでも世の中のことを嘆いておられるのを見ているのでそう思うのです。父上の不運から始まっていろいろ不幸があって、人よりは幸せがこよなく劣っておられるのです。

女房とはこれといったやりとりもせずさっさと帰って行った男たちを紫式部は、家に帰ったところで大した里人＝妻がいるわけではないではないか、といささか皮肉を込めて批判する。そのような家妻たちよりは、男たちが素通りして行った小少将の君の方がずっと格上ですばらしい人でしょうという。ただ小少将の君は父と夫に恵まれなかっただけなのだというのが紫式部の言い分であった。小少将の君の父、源時通は永延元年（九八七年）に出家、時に小少将の君は四歳であった。祖母の穆子に引き取られて育ったという。夫であった源則理《のりまさ》との関係が不如意に終り、その後従姉妹の彰子のもとへ出仕することになったものらしい。寛弘五年（一〇〇八）の時点では二十五歳だったことになる。

彼女の宮仕えの根拠は〈父と夫〉の不在にあった。〈父と夫〉がいれば彼女は宮仕えに出ることはなく、また〈幸が劣っている〉と見なされることもなかったわけである。この記事からは、結婚している女に比べてやもめの女を低く見下すという社会的評価があったことが、やはり感じられる。小少将の君が正当な妻として生きている女たちに比べて、人間としても女性としても劣るどころかかえって優れているにも拘らず、父と夫の不在というだけで不幸な女の烙印を押されてしまう、という社会風潮に対して紫式部の憤懣が感じられる文章である。この問題は、社会の中では（この〈社会〉とはやはり〈男社会〉だろう）女が個人としてではなく〈父と夫〉との関係において捉えられることに対する異議申し立てとして受け取れる。紫式部のこの憤懣と怒りはきわめて現代的と言うべきではなかろうか。

『紫式部日記』にはこのように彼女の憤懣・憂鬱というものが至るところに現れる。彼女の理想からすればとんでもない世界である〈あらぬ世〉である〈宮仕え〉の実態と現実が記されていく中で、その世界から否応なく浮かび上がる身分・階級、さらにジェンダーの問題にまなざしを据えている。この手記に記された憂鬱な気分は、情緒的なものや信仰に関わるもの哲学的な人生観によるものというよりは、このようなきわめて具体的かつ現実的な怒りと不満によって醸し出されたものではないか。

現代風に言えば、彼女はジェンダーの問題をかなり意識的に書くことで、女に対する社会のまなざしに対して異議申し立てを行っている。このような認識の持ち主によって書かれたのがこの『紫式部日記』という手記であり、かの『源氏物語』であると考えたいのだが、そうすれば、『源氏物語』ももっと積極的にジェンダー論で読み解く必要があるのではないかとすら思える。それが彼女の憤懣・憂鬱に対する現代からの応答になるのではないかと思えるからである。

しかし、彼女がこの日記の中で常に訴えているのは、ジェンダーの問題を超えて〈本当の私とは何か〉というテーマだとも言えるのであって、本来の私、個人として主体的に生きられる私というものが問われているのである。その中から友情というものも浮かび上がってくる。それは〈友の発見〉と言うべきものであった。

友の発見

憂鬱と憤懣のこの〈あらぬ世〉にも、はからずも女同士の友情があることを紫式部は発見した。彼女が〈わが友〉としたらしい大納言の君と小少将の君に対するまなざしにはまことに暖かいものがある。この二人は先述のようにともに倫子の姪、彰子の従姉妹にあたるという彰子の母方の身内であり、身分家柄も高い上臈女房であった。彼女たちも〈姫君ながら〉さまざまの事情で心ならずも宮仕えに出たであろうし、つまり〈あらぬ世〉に同化できない女たちだったと言えようか。いわば紫式部の同類である。〈あらぬ世〉に同化できない彼女たちとの関係は、同じ組織内に生きる仲間同士の連帯というよりは、組織内に生きられない感覚を共有する者同士の友情であったのではないか。

友情というものは仲間意識によるものではなく、個として自立した精神の持ち主によってはじめて生まれるものであろう。個として生きようとする思いが、友を見出すものかもしれないと思う。

紫式部はこの〈あらぬ世〉に同化できない違和感に苦しみつつも、その中で折々語り合った大納言の君に対する懐かしみ・恋しさを「なほ、世にしたがひぬる心か」（それでもやはりこの宮仕えに馴れてしまった心か）と批判しつつも、憂きもの思いを彼女と次のように歌に託して交し合っている。

うきねせし水の上のみ恋しくて鴨の上毛にさえぞおとらぬ

返し

打ち払ふ友なきころのねざめにはつがひし鴛鴦《をし》ぞよはに恋しき

紫式部から——水の上で浮き寝をするように宮廷であなたとともに仮寝をしていたのが恋しくて、里居をしている私の寒さは鴨の上毛の冴え冴えとする寒さにも劣りませんよ。

大納言の君の返し——羽の上の霜を互いに払い合うような友であるあなたがいない今の夜半の寝覚め、あの二羽がいつも一緒の鴛鴦が恋しい。あなたと私はいつも鴛鴦のようにいっしょでしたからね、

紫式部が里居をしている折の歌のやりとり。今は離れ離れの二人が宮仕えの折の共寝を懐かしむという、あたかも恋の歌であるかのようなやりとりだが、女同士が共に寝るというのはそれほど不思議なものではなく、親しい女友達とともに寝るというのは、特に幼い頃や若い頃は楽しかったものである。紫式部と大納言の君は女房生活の中で、ともに仮寝をすることが多かったのだろう。女房生活というものは個人としてのプライバシーなどはあまりなかったものらしく、絵巻物などでも女房たちが二人あるいは数人で同じ衾を被って共寝をしている様子が描かれているが、それをプライバシーの欠如などと思うのはあるいは現代の感覚かも知れない。前近代においては大家族の感覚で暮らしていたであろうから、大勢とともに寝を共にするというのはさほど抵抗はなかったのかもしれない。

『枕草子』七十八段のエピソードだが、長徳二年（九九六年）二月のこと、定子中宮が職《しき》の御曹司《みぞうし》に退出した後、清少納言はひとり梅壺に居残っていたらしい。すると御匣殿《みくしげどの》（定子の妹）からお召しがあったという。「局にひとりはなどてあるぞ。ここに寝よ」（自分の部屋でひとりでいるなんて。どうしてそんなことがあるものですか。こちらで寝なさい）というお召しであったという。一人で寝るなんて寂しいではありませんか、こちらで皆で寝ましょうよ、というところだろうか。なにか親愛感のあるほのぼのとした雰囲気が感じられる。

紫式部にしても、自邸においては侍女たちにかしづかれた姫君的生活であったろうから、このような仲間との集団生活はなかったかもしれない。紫式部はその集団の中から憂き思いを共有できる〈わが友〉を発見したのだと思う。その鍵となったのは〈憂き思い〉であったろうか。仲間だから仲間意識に基づいて心を共有したというのではなく、この〈あらぬ世〉に生きる者たちの中から同類を発見し、個として向き合えたのではないかと思う。個の意識の強い人間であるからこそ発見できた友情であったと思われる。大納言の君の「返しの和歌」については、「書きざまなどさへいとをかしきを、まほにもおはする人かなと見る」（手紙の筆跡までもがたいへんすばらしい、完全でいらっしゃる人だと思う）と称賛するように、大納言の君は紫式部から見ても評価できる人であったのだ。評価できる人、そして尊敬できる人とこそ友情は育まれるものではないかと思う。

小少将の君とは〈仲良し〉であったらしい。「例のおなじ所にゐたり」とあるのだが、局も隔てを取って一つにしていたらしい。「ふたりの局をひとつにあはせて、かたみに里なるほども住む。ひとたびに参りては几帳ばかりをへだてにあり。」（二人の局の境を取って一つにして、ひとりが里居をしている時も一方がそこに住み、二人が参上しているときは几帳だけを隔てにして一緒にいた）というのだから、余程馬が合ったものらしい。道長がそのふたりの様子を見て「内緒の男がやってきたらどうするのだ」とからかったというのだが、紫式部は「誰もさるうとうとしきことはなければ、心やすくてなむ」（二人ともそんな隠し事をするようなこともないから、気が楽でね）と反論しているが、彼女と小少将の間にはそんな秘密などはない、分かり合った仲なのだという気持ちが込められているのだろう。小少将の君は道長の召人（愛人の一人）であったというのだが、道長が小少将の君を訪問などする時はどうしたのだろうとは思われるものの、愛人の局をみずからこっそり訪問するなどというのは時の権力者道長にはなかったのかもしれない。

先に述べたように、小少将の君の〈不幸〉に関して大いに怒っている紫式部なのだが、そこには彰子配下の女房集団における仲間意識というものとはまた異質の思いがあるように思う。彰子と女房という縦の関係だけではなく、女房同士の横の関係、対等の関係がそこに見られる。この女房同士の横の関係から生じる友情というものは――友情とは対等の意識からしか生まれない――、『枕草子』には描かれていなかったものだが、それは『枕草子』の欠点というものではなく執筆の意図が全く違っているからだと思われる。

古来、女性の書いたものの中で（社交的儀礼的和歌の贈答をのぞけば）女同士の友情が描かれることは少なかったのではないか。詳しく調べればあるのかもしれないが、女同士の友情というものが明治の青鞜運動や吉屋信子の時代までは表立って表現されることはあるいは極めて稀だったのではないか。おそらくは女性の地位が、男系社会に組み込まれる中で、夫や父という男系の中でしか位置づけられないという時代が長く続いたことが大きく関係しているように思う。父や夫に従属するものとして存在する女性は、家族以外の同性との関係はどうしても稀薄なものとならざるを得ないのである。

『紫式部日記』そして『紫式部集』では、その稀な女の友情が描かれているという点で、紫式部の意識の高さと、そして当時がまだまだ女社会の理念が生きていた時代、女が社会的にも経済的にも力を持っていた時代であったことがうかがわれる。ただし、その威力が現実においてはいささか失われようとしている時代であったろうか、時代とともに失われてゆく女の尊厳に対して彼女は怒っていたのかもしれない。

この紫式部のジェンダー意識を、少し後の『更級日記』（菅原孝標女《たかすえのむすめ》）が継承している。『更級日記』にも宮仕えの時の同僚女房であったらしい友人との友情が、それもかなり熱い友情が描かれているのである。

作者の孝標女は、長暦三年（一〇三九年）祐子《ゆうし》内親王家に出仕した。主君祐子内親王は、後朱雀天皇と女御嫄子《げんし》（敦康親王王女、のち藤原頼通《よりみち》の養女）との間に前年生まれたばかりの赤ん坊であった。主君がまだ赤ん坊であったからか『更級日記』にはその姿は描かれてはいないが、女房生活の中で語り合った友との交友がほのぼのと記されている。「かたらふどち、局の隔てなる遣戸をあけあはせて、物語などし暮らす日」などという記述もあるところを見ると、紫式部と同様にウマの合った者が部屋の隔てを取って、（その隔てというのが遣戸であったことが分かる）、お互いおしゃべりなどをしていたものらしい。個室にひとり閉じこもるというような人嫌いの面は紫式部にも孝標女にもなかったのである。

ところで、孝標女は、友情に関しては紫式部のその先の問題を呈示している。その先、とは、友情のその後の経過である。孝標女の友人たちは、その後、夫の地方赴任に伴ってそれぞれ地方へと下って行った。ひとりは、「越前の守の嫁にて下りしが」というように〈嫁〉として越前に去り、今ひとりの友は「筑前に下りて」去って行った。筑前に行った人も夫が筑前の守になったのだろう。友たちはいずれは都へ戻ってくるとは言うものの、それでも離れ離れになる。しかもその原因が〈夫〉にあった。女の友情さえもが官僚機構の仕組みによって、つまり官僚である夫によって左右されてしまうのだという、現代の妻に繋がるような女の友情のはかなさが捉えられている。紫式部同様、男の社会構造によって左右されてしまう女の問題をさり気なくではあるが取り上げているのである。

月のいみじう明かきに、かやうなりし夜、宮に参りて会ひては、つゆまどろまずながめ明かいしものを、恋しく思ひつつ寝入りにけり。宮に参りあひて、うつつにありしやうにありと見て、うちおどろきたれば、夢なりけり。

——月がたいそう明るい折、「こういう夜は、宮家に参上して彼女といっしょに少しも眠らず一晩中月をともにながめていましたのに」などと彼女が偲ばれて、恋しく思いながら寝入ってしまいました。かの宮家でかつてのように彼女と一緒にいる、と思ってふと気がつきましたら、それはもう夢だったんです。

筑前に去った友に対する思い、恋しさ・淋しさを、孝標女はこのように熱く語ることで、友というものが自分にとっていかに大切なものであったかを書き残した。父や夫という男系からは自由な、個として向き合える友を欲していたのだと思う。孝標女は『紫式部日記』を当然読んでいたと思われるが、紫式部の呈示した女の問題をかなり意識して取り上げ、それは式部が書かなかったところにまで及んでいる。明らかに紫式部の問題を継承・発展させようという思いがあったに違いない。

孝標女は、友情すらも〈夫〉という男系によって左右されてしまうしかない、また、その〈夫〉すら死によって失われてしまう、この世の人間関係のはかなさを描くことで、人は個でしかありえないこと、孤独に徹するしかないのだという思いにまで至っているように思う（拙著『女神の末裔』〈笠間書院　二〇〇九年〉参照）。しかし、その思いを掬い取ってくれるのが孝標女の阿弥陀信仰なのだった。逆に言えば、一人になりきったときにこそ阿弥陀と向き合えるのである。その究極の世界で一人であること、それは中世の漂泊の精神や信仰の世界に繋がるものがある。

『紫式部日記』にも信仰への思いは記されてはいるのだが、彼女はまだ個に徹することから生まれて来るはずの孤独、一人になりきることの覚悟というようなもの、それが『紫式部日記』には現れていないように思う。

彼女はこの〈あらぬ世〉で自分を殺して生きることの憂鬱や、本来の私はいったい何か、という思いに生きている。『更級日記』に比べると『紫式部日記』には何やら若さゆえの気難しさや気負いのようなもの、それは覇気とも言えるのだが、それが感じられるのである。

本当の私は――

宮仕え以後、紫式部はひたすら演技をしていた、ということだろうか。人前では言いたいことも言わずにおっとりとしているのだと言う。その理由は、人付き合いの難しさにあるからだった。

いはまほしきことも侍れど、いでやと思ほえ、心得まじき人には、いひてやくなかるべし、ものもどきうちし、われはと思へる人の前にては、うるさければ、もの言ふこともものうくはべり。ことにいとしもものかたがた得たる人はかたし。ただわが心のすぢをとらへて、人をばなきにするなめり。

――言いたいことがありましても、この人に言ってもどうかしらと思われて言わないのです。分かってくれそうもない人には言っても仕方がないし、何かと文句ばかり言うような得意顔の人に言うとこれまた面倒だし、だから何か言うのも嫌になります。本当にもう、あれこれ優れている人っていないものです。ただ自分の主張を通すだけでこちらの言うことなんて無視するみたいです。

予《かね》てからよほど人とのコミュニケーションに困っていたのだろうか、話をしても通じないとか、あるいは色々反論されたり文句をつけられたりとか、要するに話がかみ合わなかったのだろう。また、話によっては誤解されることもあり、誹謗中傷されることもある。「言はまほしきことも侍れど」、というのだから言いたいことはあるのだが、言っても仕方がないからもう言わない、というのである。それで人に対面するときは、言いたいことも言わずにおっとりと構えるようになった。そのために周囲の人々からは「見るに、あやしきまでおいらかに、こと人かとなむおぼゆる」（会うと、不思議なほどおっとりしていて、評判とは違って別の人かと思われます）と言われるというのだが、ここのところは少し論旨に矛盾があって、紫式部がおっとりとするようになったのが宮仕え以前からなのか以後のことなのか分かりにくい。物語作者として才気煥発風の人間だという前評判があったのがそれが違っていた、ということかもしれないし、宮仕え早々に嫌な思いをしたので言うのを控えるようになったということかもしれない。そこのところは紫式部は正確には書いていないのだが、要するに今の私は本来のありのままの私ではないと言っているように思う。

人にかうおいらけものと見おとされにけるとは思ひはべれど、ただこれぞわが心とならひもてはべるありさま……。

——人にこうまでおっとり者と見下されてしまったのか、とは思うのですが、ただもうこれが我が本心かと習い性になりました有様は……。

「おいらけもの」とは「おいらかなもの」を名詞化したものと思われるのだが、「見おとされにける」（見下されている）と言っているからにはあまりいい意味では用いられなかったものか。おっとりとして大人しい人には、人は安心感もあってついついその人を舐めてかかるようなこともありうる。紫式部はその「おいらけもの」であることはいささか不満であったものらしい。彼女が「おいらけもの」であり続けることは、演技だったのだろうか、本人は「これぞわが心」とは書いているのだが、人間とはパフォーマンスをし続けることによって出来上がっていくものだと考えれば、紫式部は〈円満なる人間〉へと学習・訓練によって成長したということだろうか。そして、この現在の私であるからこそ、彰子中宮とも同僚の友たちとも仲良くやっていける。彰子には「いとうちとけては見えじとなむ思ひしかど、人よりけにむつましうなりにたること」（初めに会った時は、うちとけては付き合えないだろうと思ったけれども、今は他の人よりは仲良くなったわね）と言われるのだという。主君の彰子にも本当の私の顔は見せていない、おっとり者の演技をしているから親しんでいただけているのだと言っているようにも取れるのだが、紫式部はその点に関してまだ決着がつかないままであったかもしれない。本当の私であることはいいことなのかどうか。

しかし、先にも取り上げたように、彰子中宮その人も女房に言いたいことがあっても言わないという人であった。その点では紫式部と彰子とは「おいらけもの」として同類であったと言えるかもしれない。それが彰子率いる〈女社会〉のあり方だったのだと思われる。そこで紫式部は、彰子配下の女社会の理想としての女性像を次のように結論付ける。

　さまよう、人はおいらかに、すこし心おきてのどかにおちゐぬるをもととしてこそ、ゆゑもよしもをかしく心やすけれ。

　――見苦しくないようにおっとりとして、気の働かせ方も静かにばたばたせず落ち着いているのを基本にしてこそ、その人流の教養も魅力もよくあらわれて安心できるものです。

自分の教養や知識を得意顔してひけらかすな、ということであろう。しみじみと落ち着いて語らううちに自ずとその人なりの教養も魅力も現れ出るものだから自分からひけらかすことはない、というのが紫式部の意見である。女房社会の中では当然ながら女房同士の競い合いやライバル意識のぶつかりもあったであろう。誰が主人のお気に入りになるか、才気をいかに発揮するか、その中で自分をひけらかす人もいるであろうし、嫉妬や妬みも生まれてくるものだろう。〈男社会〉であろうと〈女社会〉であろうと問題は同じである。

しかし、紫式部は最後に自分の学問への思いを語る。この学問への思いというものに紫式部の本来の私というものが籠められているのかもしれない。

遺伝と環境の力は確かにあるものらしい。紫式部もそうだったろうと当然ながら思うのである。学者の家の娘として紫式部も幼年期から学問漬けであったことが想像される。

この式部の丞といふ人の、童にて書《ふみ》読みはべりしとき、聞きならひつつ、かの人はおそう読み取り、忘るるところをも、あやしきまでぞさとくはべりしかば、書に心入れたる親は「口惜しう、男子にてもたらぬこそ幸なけれ」とぞ、つねに嘆かれはべりし。

――わが弟の（兄という説もある）藤原惟規《のぶのり》、かの式部の丞である人が子どもの頃漢籍を習っております時、横で私もいっしょに習っていましたら、彼がよく読み取れなかったり忘れてしまうところも、私の方が不思議なほど理解が早かったものですから、学問に力を入れている親は「残念なことだ。こういう子が男でなかったのは不運なことだ」といつも嘆いておられました。

幼いころから学力優秀であった証しとして有名すぎる文章なのだが、ここにも「幸なけれ」の言葉が出てくることにも注目したい。父親である為時とすればこの娘が男であれば「幸あり」となった。それが〈女であった〉がゆえに不幸に繋がる。紫式部の「幸のなさ」がここにもあるというべきだろうか。

ところでこの文章は後世の研究者には不評の一面もあって、式部の丞を擁護したいと男性たちは思うものらしく、幼少期は女子の方が早熟だから弟より優秀なのは当たり前であるとか、自分の優秀さをひけらかしているではないか、という批評がかつてはよく見られた。思うに、紫式部は自己の優秀さを吹聴しているのではなく、自分が女であるがゆえに父為時の学問の継承者として生きられなかった事態に対して怒っているのだと思う。

弟の惟規は歌人としては魅力ある業績をのこしたが学者としては大成しなかったものらしい。代わりにこの私が男であれば学者として父の後を継承出来たのに、という口惜しさがあらわれているのであって、ここにも女であるがゆえに発生する不条理さがあった。父の後継者になれなかっただけではなく女であるがゆえに漢籍を読むことさえ人目をはばからなければならない。そういう事態に対して、紫式部は憂鬱になっているのである。

ところで、ここにおいても彰子中宮が理解者、および共犯者としてあらわれてくる。彰子に対する『白氏文集《はくしもんじゅう》』進講がそれである。

(中宮が) さるさまのこと知ろしめさまほしげにおぼいたりしかば、いとしのびて、人のさぶらはぬもののひまひまに、をとどしの夏ごろより、楽府《がふ》といふ書二巻をぞしどけながら教へたてきこえさせてはべる、隠しはべり。宮もしのびさせたまひしかど、殿もうちもけしきを知らせたまひて、御書どもをめでたう書かせたまひてぞ、殿はたてまつらせたまふ。

——彰子中宮がそういうこと（漢籍のこと）をお知りになりたさそうでいらっしゃったので、たいそうこっそりと他の人がお傍にいない折々に、一昨年の夏ごろから楽府二巻をしどろもどろながらお教え申し上げておりますが、それは周りには隠してます。中宮様も秘密になさっていたのですが、道長様も帝もその様子をお知りになって、

立派に書かせなさった書物をね、道長様はご献上なさったのです

中宮への楽府進講は〈秘密〉であった。中宮もその〈秘密〉を共有している。ふたりは共犯者としてともに漢籍を読む、という仲であったことになるのだが、このような主君との関係は紫式部にとっては憂鬱と憤懣の中での救いであり、自分の存在する意義をも感じられることであったろう。さらに、彰子の父と夫が、つまりは道長と一条天皇ということになるのだが、この彰子と紫式部の理解者、後援者としてあらわれてくる。女社会の仲間よりは、男たちの方が理解があったことになる。女が漢文学などの学問をするものではないという規範は、男の方からの圧力もあったかもしれないが、女たちもその規範を自ら生きていたのである。人目をはばかるその〈人目〉とは仲間であるはずの女たちの目でもあった。紫式部に「日本紀の御局」とあだ名をつけたという左衛門の内侍もその〈人目〉の一人であって、中宮への進講も「知りたらばいかにそしりはべらむ」（彼女がこのことを知ったらどれほどか悪口を言うでしょう）と紫式部は案じる。女社会が自ら抱え込む規範の不条理さ、愚かさを彼女はこのように内部批判をしているのである。

紫式部の信仰

最後に紫式部の信仰について考えたい。『紫式部日記』は阿弥陀信仰への思いを結論としている。しかし、この信仰というものにも彼女はまだ決心もつかずあれこれと悩むばかりであって、無明の暗闇に佇んでいるという気配である。

一応は、「いまは言忌《ことい》みしはべらじ」（今はもう、遠慮はいたしますまい）、これからは阿弥陀仏に向かってお経も読みます、と宣言しているのだが、ただ彼女にはためらう心があるのだという。そろそろ出家をしてもいい

年頃ではあり信仰生活に心は傾いているようなのだが、その願いも「罪深き人は――かなひはべらじ」（罪深い私のような人間にはかないそうもありません）と躊躇っている、という段階でこの手記は結末に至る。このような躊躇いの表現は一種のポーズとして捉えることも出来そうなのだが、ただこの『紫式部日記』にただよう憂鬱・憤懣・怒りは信仰生活に入ったところでそう簡単に解決できるものではない、という思いがあったのではないか。そもそもが、本来の私はいかにあるべきかについてあれこれ悩むことや、個として生きられない憤懣などは、仏教の視点で言えば〈我執《がしゅう》〉というべきもの、自分というものに捉われた心と言えるものであり、信仰生活はその〈我《が》〉を超越して無我の境地に入らなければならない。我に捉われている以上はそれは無明の世界なのである。

この『紫式部日記』の後半は誰かにあてた消息文（手紙）の形を取っているので、その末尾も消息文の読み手に対するメッセージの形を取っている。誰が読み手であるかは分からないが、実際に誰かにあてた手紙というよりは、手紙の形で思いを赤裸々に吐露したものと取る方が納得がいく。その末尾は次のようなものである。

かく、世の人ごとの上を思ひ思ひ、果てにとぢめはべれば、身を思ひすてぬ心の、さも深うはべるべきかな。なにせむとにかはべらむ。

――このように、世間の人からの評判ばかり気にかけて、この手紙を締めくくるのですから、自分を捨てられぬ心がまあなんと深いことでしょう。一体まあどうしょうというのでしょう。

彼女は自分の我が強いことを十分に承知しているのである、我を押し通して生きることのしんどさ、難しさをも承知している。これでは無我の境地というべき信仰生活はいささか無理ではないかと彼女は考えている。

逆に言えば、紫式部が訴えたかったのは、自我に苦しむわたしというものであったろうか。信仰への思いというよりは、この現実に揉まれつつ自分らしく生きることの難しさであった。近代的とも言えるような自我の問題をテーマとして立ち上げているのである。このような自分を抱えていると静かな信仰生活は無理かもしれないけれど……、というのが紫式部の目下の悩みであったということだろうか。紫式部は、あの世ではなく、たとえ〈あらぬ世〉であろうともこの現実の世に目を向けている。それがリアリストにして批評家、分析者であった紫式部の本領であったように思う。

女宮、待望論——源氏物語の女系の物語

「一姫、二太郎」という言葉がある。子どもを産むならまず最初は女の子。次に男の子、それが理想の出産とされていたらしい。解釈としては、始めに生むなら女の子の方がいい、大人しくて育てやすいから新米ママにはその方がいい、というささかこじ付けがましいような近代的解釈があるのだが、本当はそういうことではないのだと思う。まず一族に必要なものとして待ち望まれたのが女の子だったと考えたい。まずは「一姫」、つまりは姫という資格のある女の子である。一家には〈女の子〉が必然であったのだ。古来、一族の神々を祭祀する資格のあるものとして姫君、古代的に言えばヒメがいなければいけなかったのだろう。ヒメは一族を代表する巫女であり、さらにヒメ自身が女神であった。一族の存亡を担った光のような存在、それがヒメだったと考えると、一家に一人はヒメが要るのである。女の子は歓迎されて、そして祝福されてこの世に生まれてきた。

『源氏物語』の掉尾《ちょうび》を、かの尼姿の浮舟とともに飾る女一宮は、俗世の男には手の届かない至高の美しさと存在の威力をあらわしている。この女一宮は明石一族の女系系譜の四代目に当たる。『源氏物語』を貫く明石

の尼君から始まる女系の物語の最後の光がこの女一宮であった。この女一宮は（明石の）中宮所生の第二子、兄は東宮である。

ところで、この『源氏物語』の最後のあたりが書かれたころ、あるいは現実に、彰子中宮腹の〈女宮〉出生を待ち望む気運はなかったろうか、ということが気になるのである。または『源氏物語』の女一宮が引き金となって、女宮待望論と言えるような風潮が起こりはしなかったろうか。というようなことが、あくまで空想ではあるがしてみたくなる。

女一宮待望論、というものがもし仮にあったとすれば、この『源氏物語』がきっかけとなってそれが沸き起こったかもしれない。と思うのも、『更級日記』の中でこの女一宮をモデルにしたかのような——一品の宮——「禎子《ていし》内親王」が「あまてる御神」に準えられる形で現れているからである。『更級日記』は女源氏イデオロギーと言いたくなるほど皇統における女宮の存在を重視して取り上げているのだが（拙著『女神の末裔』参照）、著者孝標女は、現実の禎子内親王に『源氏物語』の女一宮の幻影を見ていたような節がある。禎子内親王が、かの女一宮と重なり合わされて見られていたことが想像されるのだ。

また『大鏡』には、この禎子内親王の出生の折の〈夢の話〉がある。語り手の翁「世継」は禎子内親王が生まれようとするその時「いとかしこき夢想」を見た。だから世継ぎの翁は、禎子内親王の行く末が知りたいのだ、という。これは禎子が将来、国母となることの予言として捉えられるものだが、あるいは禎子の子である尊仁《たかひと》親王（後の後三条天皇）が天皇となることが確定した時期に、ずっと後の時期になって補足のようにこの部分の『大鏡』の記事は書かれたのではないかと推測することも出来るのだが、禎子内親王をめぐって人々が皇統の幻想を紡いでいたかのような現象が垣間見られるのである。

『源氏物語』の女一宮も、現実の禎子内親王も一族の光となって現れ出たような女宮であった。

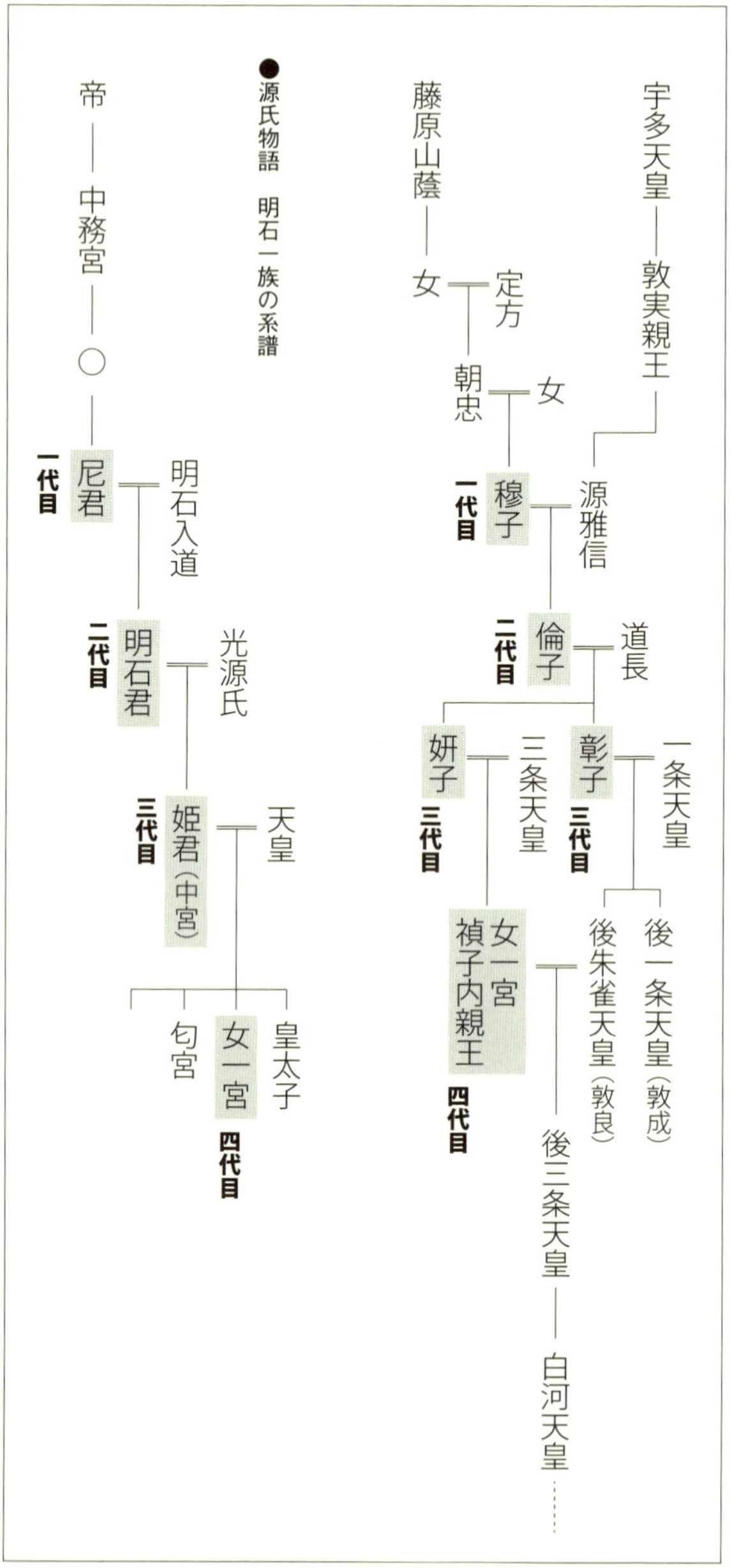

●源氏物語　明石一族の系譜

この物語の方の〈女一宮〉と、現実の女宮禎子内親王の家系図を比べてみたい。ともに〈四代目〉なのである。

女一宮と禎子内親王という四代目に到るまでの女系系図を比べてみれば、二つの家系は似通う部分が多い。明石一族の系譜は、彰子の母方の系譜をモデルとしたのではないかと、思わせるものがある。彰子の母倫子は源雅信の娘、つまり源氏の女であった。紫式部は、物語を長編化するにあたって、当時の摂関体制の底流を流れる女の系譜を、それも源氏の系譜を物語にこのような形で織り込んだのであろうか。『源氏物語』においても、明石君の母方の系譜も源氏であった。

さらにこの女系の女たちはいずれも長命だった。もっとも『紫式部日記』の時期には倫子、彰子の長命はまだ不明ではあるが、彰子の祖母である穆子は、彰子が第一子を出産した寛弘五年（一〇〇八年）の時点では七十七歳で健在であった。ちなみに穆子は長和五年（一〇一六年）八十六歳で没している。彼女は七十七歳の時、明石尼君が若菜上巻で六十五・六歳にして曾孫を見ることが出来たように、同じく曾孫を見ることができた。尼君のモデルはあるいはこの穆子だったかもしれない。長寿の媼《おうな》が厳として存在する大いなるめでたさ、というものが浮かび上がってくる。

『源氏物語』における〈明石〉の一族の物語は、この穆子から倫子へ、さらに彰子へと流れる女系系譜がモデルになっていたのではないか、という推測は決して無謀ではないと思う。紫式部は摂関体制という男達が政治権力を握ってゆく構造の中で、この体制の底にあって体制を支えている女系の力というものを明石の物語を書くことで表しているように思える。

さらに、彰子中宮の母方の系譜は、藤原山蔭《やまかげ》につながっている。『大鏡』にある山蔭の吉田神社建立の際の悲願「わが御族に、帝、后の宮立ちたまふものならば、おほやけまつりになさむ」が想起されるところで、この山蔭の願は一条天皇の母である詮子《せんし》が皇太后になった時点で実現するのだが、藤原山蔭の流れは摂関体制下における〈母なるもの〉としての威力を放った。紫式部は『源氏物語』の中で、この〈母なるもの〉を彰子の女系系譜をモデルとしながら描いたのではないかと思うのである。

ところで、現実の系譜と物語の系譜の比較の中で大きく異なっているのは、最後の女一宮の存在である。彰子がもしも女宮を生んでいれば、現実の系譜は物語とぴったり重なることになるのだが、彰子は女宮を生むことはなかった。これはあくまでも想像のレベルだが、紫式部が『源氏物語』を書いた時期は、彰子中宮があるいは女宮を生むかもしれないと予測された時期だったかもしれない。あるいは女宮誕生が期待されていたのかもしれない。もっとも現実の摂関体制においては、期待されるべきは次期天皇になるであろう男宮の出生であったろうが、女宮誕生というものをもう少し意義深く捉えてみる必要があるように思う。皇統における女宮の誕生とは、女神登場というべき意義あることだったのではないか。

彰子中宮は、物語の明石中宮とは違って女宮を生むことはなかったのだが、代わりに彰子の妹の妍子《けんし》が三条天皇のもとに入内して禎子内親王を出産しているが、それは『紫式部日記』執筆時期の数年のちのことである。ここに、穆子から始まった女四代の系譜が、あたかも『源氏物語』を実現したかのように完成した。もっとも三代目は彰子ではなく、妍子であったことになるのだが。『源氏物語』は、まさに女宮誕生を予言したのである。禎子内親王をめぐって人々が幻想し夢見た女神の世界が、現実の皇統の行方と、物語の世界とが綯い交ぜになって現れ出たように思う。

女神のような女一宮の至高性を『源氏物語』の最後の世界として語り上げた紫式部は、一族における女の力を見据えていたのだろうと思う。しかし、彼女は『紫式部日記』のなかではリアリストとしての本領を発揮して、古代的な女社会の輝きなどもうこの摂関体制下の男社会のなかではすでに過去のものであること、聖なる女神の威力すらも男系の力に呑み込まれたものに過ぎないことを露わにしている。しかし、物語世界のなかでは、男系の中になおも流れ続ける女系の物語を、神話的構想の中で構築した。めざす思いは、あるいは清少納言の『枕草子』の世界に見られる定子讃美、女神讃美と相通じるものであったように思う。

夕顔　死と再生の物語——『源氏物語』

夕顔の死をめぐって――真相を推理する

夕顔を取り殺した犯人とは

「なにがしの院」に顕われた不思議な謎の女――その女が光源氏の夢枕に立って恨み言のようなことを言った挙句に隣で寝ていた夕顔を取り殺した、というのが夕顔巻における夕顔の死であった。この謎の女の正体は何なのか、その真相は物語の中では解き明かされていない。その為にその正体をめぐってさまざまな説が生まれてきた。代表的なものとしては〈この女は六条の女の生霊ではないか〉というもの、あるいは本来この「なにがしの院」に巣食っている悪霊か妖怪であったのではないかというもの、他に「六条の女」の関係者か、という説もある。一般的には「なにがしの院」にいるなんらかの〈もの〉が光源氏に魅入って、嫉妬のあまり一緒にいた夕顔を取り殺したというのが〈妥当な説〉となっているのだが、実際そうとしか解釈できないというのがこの夕顔の死であるように思える。夕顔の死ののち、光源氏自身はこの女の正体に関しては次のように推測している。

荒れたりし所に住みけむものの、われに見入れけむたよりに、かくなりぬることと、おぼしいづるにも……、

――荒れていた所に住んでいたかもしれぬものが、私に魅入ったがためにこのようになってしまったことか、とお思いになるにつけても……（本文は新潮古典集成「源氏物語」による。以下、同じ）。

実際このようにしか考えられないのがこの事件であった。しかし、それでもなおもののけの正体とは何であっ

たのかを当事者光源氏にも読者たちにもあれこれと推測させようとするもの、謎がひきおこす魅力のようなものがこの事件にはある。

もののけの顔を見ているのは光源氏だけである。夢の中で見た女の様子は「いとをかしげなる女」であった。この女は光源氏の夢の中にまずあらわれ、また、目が覚めてからも微かな火影に照らされて顕れる。「ただこの枕元に夢に見えつる容貌《かたち》したる女、面影に見えてふと消え失せぬ」というように彼ははっきりともののけの顔を見ている。しかし、光源氏の見知らぬ女の顔であったことは確かである。従ってこの女の正体は何なのか、とあれこれ推測しても〈なにがしの院に巣食う悪霊〉説以外はすべては無効という結果しかない。

確かに、この謎の女の正体に関しては〈解答〉はいくつも用意されている。しかし、最終的にはその〈解答〉はすべて否定されてしまうという仕組になっている。とすれば、われわれ読者はその謎の中で彷徨うことが期待されている、と考えるべきだろうか。その彷徨いの中で浮かび上がるもの、それがこの物語の骨子なのだと言うべきかもしれない。物語の混沌は、夕顔の世界のなかをさまよった光源氏の混沌であり、この世の混沌でもあるのだ。

一人の女の死は、その女がこの世から抹消されたという一つの事実を提示している。死とは偶然のものではなく、物語の時空間において一人の人間の生きる場がない、という厳然たる必然性を表わしているように思える。この世において生きる場を無くしてしまった一人の女の運命がそこに見えるのである。

また、もののけの正体探しの中から浮かび上がってくるもの、それは光源氏が夕顔なる女を寵愛している事態に対して怨み・憤り・怒りを呼び起こす様々なものたちがいるという状況である。そのような光源氏的状況と言えるものがそこにある。夕顔（のような女）を愛するという事態こそがこの世のものたちの怒り怨みを買うことだったのではないかとも思える。それが「六条の女」であったかもしれないし、葵上をシンボルとする左大臣家の思いであったかもしれない。光源氏の目に見えた女は、科学的心理的に考えれば光源氏の心の幻影であったかもしれない。

仮説──もう一人の犯人の可能性

謎の女が現れる場面を具体的に検証してみることにする。

なにがしの院に夕顔を連れてきてともに一夜を過ごすうちに「宵すぐるほど」という時間になった。宵とはそれほど夜更けではない。午後九時ごろだろうか。その時、光源氏も夕顔もうとうとと眠っていた。

宵すぐるほど、すこし寝入りたまへるに、御枕上に、いとをかしげなる女ゐて、「己がいとめでたしと見たてまつるをば、尋ね思ほさで、かくことなることなき人を率ておはして時めかしたまふこそ、いとめざましくつらけれ」とて、この御かたはらの人をかき起こさむとすと見たまふ。ものにおそはるるここちして、おどろきたまへれば、灯も消えにけり。

もののけは光源氏の夢の中に出現したのだった。これがなにかの霊であるのか生霊か死霊か悪霊であるかは分からないのだが、夢の中にその姿を明確に見せて、光源氏にあることを訴えている。この女はなぜ夕顔に取り着こうとしたのかその理由を明確に述べているのだが、この女の訴えの部分が、どのように解釈すればいいのか、いささか不明確なのである。

己がいとめでたしと見たてまつるをば、尋ね思ほさで、かくことなることなき人を率ておはして時めかしたまふこそ、いとめざましくつらけれ。

この文の問題点は、「己がいとめでたしと見たてまつるをば尋ね思ほさで……」の「をば」の部分で、この「を」を格助詞と取るか接続助詞で取るかによって意味が変わってくる。まず格助詞として解釈すれば次のようになる。

A　わたくしめがたいそうすばらしく立派な方と思い申し上げている方をお尋ねにもならないで、こんなどうということもない女を連れてきてご寵愛なさることがそれはもう心外で不愉快で堪えがたくて……。

次にこの「を」を接続助詞として解釈すれば次のようになる。

B　わたくしめが（あなた様を）たいそうすばらしく立派な方と思い申し上げているのに、（このわたくしを）お尋ねくださらないで、こんなどうということもない女を連れてきてご寵愛なさることがそれはもう心外で不愉快で堪えがたくて……。

もしAであるとすると、このもののけには大変心酔している貴女がいるらしく、その人のところへ行け、と光源氏に訴えていることになる。またBであるとすると、このもののけ自身が光源氏に魅入っていて、「私を尋ねて下さらない……」、と恨み言を言っていることになる。Aだとすれば大変おせっかいなもののけだということになるし、Bであるとすればこの女は、光源氏に執着している女の誰か、ということになる。そこからこれは〈六条の女〉ではないか、あるいはこの屋敷に住む鬼であろうか、という想像も生まれてくる。

ところで源氏物語の書かれた時代は、「を」は格助詞として用いるのが一般的で、接続助詞としても用いられるのはもう少し後の時代になる、ということを考慮すれば、この解釈はやはりAしかないように思われる。とはいうものの、Aであるとするとこのもののけの正体が全く分からなくなるので（大体このようなおせっかいなもののけはあり得るのか？　ということになる）、注釈書や現代語訳はだいたい「を」を接続助詞としてBのように解釈していることが多い。Bであるとするとこのもののけが「荒れたりし所に住みけむものの、われに見入れけむたよりに」という光源氏の解釈も筋が通ることになるのである。

ところで、Aのように解釈することを全く退けてしまうのも問題ではないか。Aの解釈から生まれてくる「読み」の可能性も考えてみたい。というのもAのように光源氏にこのような訴えを言うことが出来る女がただ一人存在するからである。「わたくしめが評価するお方のところに行かないでこんな女に入れあげているとは……」、と言ってしかるべき女がただひとり存在する。それはこの時五条の家で病の為に危篤中であったはずの大弐の乳母である。この乳母を候補者の一人として取り上げてみたい。とはいうものの、もののけの顔が乳母のものではなかったのは確実なのであるから、結局は乳母その人ではなかった、という結論しか出ないのだが、乳母をめぐっての考察から〈光源氏的〉と言えるひとつの状況が見えてくるように思える。

まず、乳母であったならばこういう恨み言を光源氏に言ってもおかしくはない。では乳母であると仮定すればかの女が「いとめでたし」と評価する女とはいったい誰なのか、と言えばそれは左大臣家の葵上になるはずである。

乳母とは、養い子の授乳・養育・教育に関わること以外にも母代理として保護、後見をなし、そして結婚に際しても大きな役割を担うものであった。従って光源氏の結婚——左大臣家への婿入り——に関しても、桐壷巻にはそのような記述はないのだが、大きく関わっていた可能性がある。

養い子の結婚に際しての乳母の役割に関する例としては、若菜上巻の女三宮の結婚問題が挙げられる。若菜上巻において、朱雀院は病も重くなり出家を考えている。そこで気がかりなのが母も亡くして身の上不安定の女三宮であった。女三宮の母、藤壷女御は先帝の皇女であった。立后してもしかるべき人ではあったが、右大臣家勢力に押されて不遇のままに亡くなった。朱雀院はそのことにある贖罪のような気持ちを持っていたらしい。朱雀院が女三宮の結婚問題について相談するのは「おとなしき御乳母ども」であった。皇女の乳母の数は規定では三人となっているが、任意に私的に雇うことも出来るので五・六人以上はいたのだろうか。その数多い乳母の中で「おとなしき」（年かさの）の乳母たちが召し出された。この乳母たちの中で「重々しき乳母」（主だった乳母、乳母筆頭だろうか）の発言が大きな力となってあれこれと存在する候補者の中から光源氏が浮かび上がり、結論として六条院降嫁が決定していくプロセスが丁寧に語られている。あるいは朱雀院の意向を汲み取って、積極的に六条院降嫁を筆頭乳母が推し進めていったとも取れるところである。

光源氏の婿入りに関しても同様のことがあったのではないか。「大弐の乳母」は光源氏の乳母集団の中でも筆頭の乳母であった。早くに祖母や母を亡くした光源氏にとっては重要な母代理であったはずである。その彼の婚姻に関しては、彼の将来の安全と繁栄、また政治の中枢となって生きるべき権力獲得のためにも左大臣家への婿入りは桐壷帝の願いでもあり、また乳母たちの総意でもあったか、と推測される。また、葵上その人に関しても〈めでたき女人〉（立派で評価できる女性）という評価があればこそこの縁談が推し進められたのではあるまいか。女三宮降嫁においても、決め手となったのは朱雀院や乳母たちの、光源氏の人間的魅力とそのスケールの大きさに対する評価であった。葵上のどのような要素が「めでたき」であったかという検証は改めてするべきこととは思うが、鎌倉初期成立の『無名草子』でも「めでたき女」の一人として挙げられていることは、王朝文化の価値観のまだ濃厚であったこの時期の評価であることからも重視してもいいように思える。

ところで婿入り後の光源氏は、と言えば、この肝心の左大臣家の葵上のもとにあまり熱心に通わない婿殿であった。この事態に対して乳母が日ごろから不満を持っていたことは十分に考えられるし、乳母が「己がいとめでたしと見たてまつるをば尋ね思ほさで」と光源氏に訴える必然性は十分にあった。

光源氏は、大弐の乳母を気にかけてはいるのである。そもそもが乳母見舞いのついでに知り合ったのが夕顔であった。乳母見舞いと夕顔との逢瀬は同時進行で始まったのである。夕顔との逢瀬の時間は同時に乳母が病で臥せっている時間でもあった。乳母のもとには息子の惟光や他の家族も付き添っていて、惟光の兄の阿闍梨《あざり》も比叡山の寺から降りてきて加持祈祷なども行われていた時間だったのである。それはもののけが顕われてもいい時間だったと言えるし、あるいは乳母の魂がもののけとなって浮遊してもいい状況だったと言えるかもしれない。乳母の魂は、自分のところへ見舞いに来るのにかこつけて隣の女のもとへ通う光源氏を見守り続けていたとすればどうだろうか。〈隣の女〉への通いが始まってからは「もし思ひよるけしきもや、とて、隣に中宿りをだにしたまはず」（万が一気づかれたら困る、というので乳母の家に立ち寄ることさえもなさらない）というのであるから、自分の見舞いにも来ないで素通りする光源氏を乳母の魂は見ていたかもしれないではないか。その光源氏への怨みと隣の女への嫉妬が乳母に生まれていたとしても不思議ではない。「尋ね思ほさで」（尋ねても下さらないで）という訴えは、あるいは乳母自身の怨みの声だったというもう一つの解釈の可能性すらあるのである。――その場合は、かのもののけの言葉は「わたくしめがあなた様をすばらしいと思い申し上げているそのわたくしを訪ねても下さらないで」となるだろうか。

夕顔がもののけに憑りつかれてもはや死んでしまったのか、という時、なにがしの院の下男に惟光とその兄の阿闍梨を呼びにゆかせる場面があるが、その折り「ここに来べきよし忍びて言へ。かの尼君などの聞かむにおどろおどろしく言ふな。かかるありき許さぬ人なり」(ここへ来るようにこっそりと言え。かの尼君〈大弐の乳母〉が聞くかもしれないから大仰には言うな。尼君はこのようなお忍びの女との関係は許さない人なのだから)と言っているように乳母は「お忍び歩き」を許さない人であった。この時期「六条の女」も「お忍び」であったのだから、乳母が許すのは左大臣家の葵上ただ一人であったはずである。この乳母への気遣いは後の場面でも繰り返されていて、惟光に「尼君ましてかやうのことなどいさめらるるを、心はづかしくなむおぼゆべき」(尼君はましてこのようなお忍びの歩きを常々私に諫めておられたのだから、私は合わす顔もない気がする)と言う。乳母は光源氏にとって口うるさく意見を言う、それゆえにいささかおっかなく感じる、愛があるが故の気遣いと煙ったさを起こさせる人であったろうか。夕顔との逢瀬の間も、この乳母の諫めが光源氏の心の中に反芻していたと考えることは出来る。「大切な葵上のもとにろくに通いもしないで、こんな女と関わりあって……」という後ろめたい思いは、これは後で検証したいと思うのだが、光源氏の心の中にあったように思のである。

もののけ出現の時間

あくまでもののけが〈乳母ではない〉ことを前提としたうえで、乳母であるかもしれない可能性を、もののけが出現した時間を具体的にたどることで検証してみたい

夕顔の死の前後の事項を時系列で辿って行くことにする。夕顔の物語では、夜、暁、明け方などと時間の経過が明確であるのが特徴となっていて、ミステリー・サスペンスとも言いたいようなスリルのある展開が見られる。

まず始めに注目したいのは、十六日宵の頃、事件の直後、乳母の五条の家に惟光と兄の阿闍梨を呼びにやった、にもかかわらずその阿闍梨が「昨日」山へ帰ってしまっていたことである。阿闍梨はなぜ山に帰ったの

八月十五日	夜、五条の家にて。満月 暁近き頃——家の周囲の庶民たちの様子 明け方近き頃——なにがしの院へ移動 昼ごろ?——惟光、来る。「御くだもの」など持参。 夕暮れ——光源氏、父帝や六条の女のことを気遣う。
八月十六日	宵過ぐるほど——もののけ出現 午後9時ごろか—「名対面は過ぎぬらむ」 紙燭の明かりの中で再びもののけ顕われる。 院の男を召して、五条の家に惟光と兄の阿闍梨を呼びにゆくように言いつける。 夜中も過ぎにけむかし
八月十七日	午前4時ごろ 鶏の声——惟光来る。兄の阿闍梨は「昨日、やまへまかり上りにけり」 明け離るるほどのまぎれに——夕顔の遺体を東山へ運ぶ 光源氏、二条院に戻る。 ○光源氏、体調悪化 ○日暮れ、惟光、二条院に来る。 ○光源氏、東山へ。「十七日の月、さし出でて……」　夕顔の葬儀
八月十八日	朝、二条院に戻り、重体になる。
九月十五日ごろか	夕顔の忌明け 左大臣邸に引き取られる。 われにもあらず、あらぬ世によみがへりたまへるやうに、しばしばおぼえたまふ
九月二十日ごろ	光源氏回腹

か、その理由が気になるのである。そもそもこの阿闍梨が五条の乳母の家に居たのは、乳母が病に伏せていたのであるからその祈祷のためであった。夕顔巻冒頭の光源氏の見舞いの場面でも「惟光が兄の阿闍梨、婿の参河の守、むすめなど、わたりつどひたるほどに」とあるように、病の重くなった乳母が出家して尼となり、その後の回復のための加持祈祷が継続して行われていたかと推測できる。では、この阿闍梨がなぜ本来の住まいの「山」(比叡山延暦寺)に戻ったのか。危篤であったかもしれない乳母が危機を脱して回復したからではないか。また、午後九時半ごろには使いの者が惟光を呼びにやっているのに翌日の明け方近くになるまで惟光は来なかったのである。この時、実は惟光は女の元へ行っていたのだった。それも惟光が通っている女というのは複数であったらしく、使者は惟光がどの女のもとへ行ったのかがなかなか分からず惟光の行方を捜すのに手間取っていたことが後から分かる。これから推察するに、乳母が回復してもう大丈夫、という状態になったので兄の阿闍梨は安心して山へと戻り、惟光は早速女のもとへ出かけたということではなかろうか。

ところで阿闍梨が寺へ帰ったのは「昨日」であったという。「昨日」だけでは正確な時間がいつなのかがまことに曖昧で判然としないのだが、当時の時間意識としては、午前四時ごろ寅の刻をもって一日の始まりとしたらしいので、この「昨日」阿闍梨が山に帰った時間を昨夜の九時以降から夜中過ぎまで、と捉えてみれば、乳母=もののけ、という解釈も大いにあり得るのである。昨夜九時ごろ夕顔を取り殺した(と想像してみるのだが)乳母のさまよう魂は本懐を遂げたことで大いに満足して自分の身体に無事に戻った。そのために乳母は意識を取り戻して病状がよくなった、そこでもう大丈夫だろうということで夜中頃阿闍梨は寺へと引き上げた、という推測も可能となる。夕顔の死と乳母の回復は繋がっているのである。

あともう一つ注目したいことは、光源氏が二条院帰宅後に陥った人事不省の重病は、これは大いに心理的なものによると思えるのだが、その後左大臣邸に引き取られ、そこで療養をしたことによって回復したと解釈できることである。また、左大臣邸では物忌みなども盛んに行われた。彼の心の病は左大臣家に守護されたことによって治癒されたと解釈できるのではないか。この結果は、かのもののけがあるいは乳母ではなかったか、ということとの証明のようにも思える。乳母の「左大臣家に行け」という思いはこのような結末へと光源氏を導いたように思えるのである。

しかし、繰り返すようにこのもののけの謎の女を「乳母であった」と断定することは無理なのである。しかし、この乳母をめぐる考察から、光源氏を取り巻くこの世の掟とでも言いたいような声々が聞こえてくる。それは「こんな女を寵愛するなんて……」という憤りと怒りと怨みの声である。夕顔の身の上は、光源氏にはあくまで謎であった。あるいは頭中将の語っていた「なでしこの女」か、あるいは「下の品の女」か、あるいは遊女のごときものか、光源氏の心の中では夕顔をめぐるイメージが様々に揺れ動いていて、それでもやみくもに惹きつけられてゆく恋心の不思議さに憑りつかれていたのだった。夕顔自身も恋の戯れの中で自らを「海人の子なれば」と謎めかして語っているように、「海人の子」――これは流れの遊女の比喩である――という下賤のもののイメージが夕顔には貼り着いている。

その光源氏の心の中に、この女は恋人として、あるいは妻の一人として正当に待遇すべきまともな女ではないのではないか、という疑惑があったとしてもおかしくはない。それにも関わらず、彼はこの女を二条院に引き取ろうとまともに考えたのである。たとえどのような女でも構わない、という切実な思いが光源氏にはあった。その心の動きを妨げようとするものがもののけの〈訴え〉であった。〈あなたのような高貴な人がこんな女に関わるのはこの世の掟に背くのです〉という訴えであったと思える。このもののけの女の訴えは、あるいは大弐の乳母に代表されるようなこの世の掟の声、というべきものであったろうか。もののけの女の「いとをかしげなる」という姿は、いわゆる「上の品」の高貴性をイメージするひとつの理念が超自然現象として顕われているように思う。それほどの身分でもないのに殊の外の寵愛を受けてしまう者、それを「めざましき者」として排除しようとする身分・階級制度による掟、そういうものがこのもののけの女の姿として形象化されている、と考えてみたい。

桐壷巻冒頭との比較から見えるもの

この〈掟〉による「めざましきもの」への怒りと排除の理念、それは桐壷巻冒頭の光源氏の父と母の物語にも表われている。このもののけの言葉と、桐壷巻冒頭文とは、その理念において共通するものがある。

いづれの御時にか、女御、更衣あまたさぶらひたまひけるなかに、いとやむごとなき際にはあらぬが、すぐれて時めきたまふありけり。はじめより我はと思ひ上がりたまへる御かたがた、めざましきものにおとしめ嫉みたまふ。同じほど、それより下﨟《げらう》の更衣たちはましてやすからず。

――いつの天皇様の御代であったでしょうか、女御・更衣が数多くお仕えしていらっしゃるその中に、特に高貴なというわけではない身分の方、つまり一人の更衣が殊の外の御寵愛を得ておられることがありました。入内《じゅだい》の始めから「私こそは」と気位を持っていらっしゃる女御の方がたは、この更衣を身の程知らずの癪に障るものとして見下して嫉みなさいますし、まして同じ更衣の身分の方がたの御心は安らかではありません。

桐壷帝の若かりしころ、それ程の身分でもない更衣《こうい》の一人であった桐壷更衣が、特別の寵愛を受けた。その結果、上位の女御たちに〈めざましきもの〉として嫉妬や恨みを受けた。そればかりではなく、政治的にも世の乱れを引き起こすことだと非難を受けた。それが光源氏の父と母の状況であった。恋という情念に駆られた若き帝に「こんな位の低い更衣のもとへではなく、もっと行くべき女御が、たとえば弘徽殿女御などがいらっしゃるでしょう」と訴えてくるもの、それがこの世の掟というものであった。そしてこの世の掟は後宮の女たちの怨みや嫉妬、上達部や上人たちの非難となって桐壷更衣へと襲いかかった。その挙句が桐壷更衣の死であった。この桐壷更衣が死に至った事情は、夕顔の死の真相と、この世の掟によって取り殺されたのだと仮定してみれば、まことによく似ている。夕顔も「いとめざましくつらけれ」という言葉にあるようにもののけの怒りを受けたのだった。また、この世の掟などどうでもよくなったかのような若き桐壷帝のやみくもな情熱、それに突き動かされて帝は周囲の人々の思惑など無視して桐壷更衣に耽溺したのであろうと思われるのだが、その事情はどこの誰とも知れぬ得体のしれぬ女に引き込まれてゆく光源氏の状況と同じであった。夕顔は、もう一人の桐壷更衣であったと言えるし、光源氏は若き日の父桐壷帝そのものであった。

光源氏は病も癒えた全快の後、右近に次のように語っている。ここにあるのはこの世の掟に縛られた自らの状況と、夕顔になぜ強烈に惹きつけられたかに関する考察とでも言えるものだろうか。

ただかやうに人にゆるされぬふるまひをなむ、まだならはぬことなる、内裏にいさめのたまはするをはじめ、つつむこと多かる身にて、はかなく人にたはぶれごとを言ふも所狭《せ》く、取りなしうるさき身のありさまになむあるを、はかなかりし夕べよりあやしう心にかかりて、あながちに見たてまつりしも、かかるべき契りこそはものしたまひけめと思ふも、あはれになむ、またうち返しつらうおぼゆる。

――ただ、このように周囲の人が許さないお忍び歩きは私はまだ慣れていないのだ。父の帝が厳しく注意されるのを始めとしていろいろ遠慮しなくてはならないことが多い身の上だ。ちょっと女の人に戯れごとを言っても厄介なことにあれこれ評判が立つのだからね、それなのにあの夏の夕暮れに知り合って以来、不思議なほどかの女のことが気にかかって、無理を押し切ってこういう仲になったのもこうなるはずの運命でおありになったのだろうかと思うのも、胸が切ないし、また彼女が恨めしくも思われる。

高貴な身分であるがゆえの束縛——それが父の帝を筆頭としてさまざまに光源氏を取り巻いていた。父帝のほかにもいろいろ束縛が多かったことも語られているが、その中には大弐の乳母のいさめや左大臣家への遠慮や配慮もあったろうか。父帝、左大臣家、それから乳母、彼らは光源氏を取り囲む保護者とも言えるのだが、彼らはさまざまに光源氏に束縛をかけてくる。彼らの意見、諫め、とは「他の女のところへ通うな。左大臣家に通え、葵上との関係を大切にせよ」あるいは「この世の掟を乱すような女性問題を起こすな」または「スキャンダルを起こすな」というようなものであったろうか。光源氏の女性問題は、桐壺巻冒頭における父帝の状況と同じく政治問題なのだった。制度からすれば問題としか言いようのない一人の女へのやみくもな思いが、この束縛や掟を打ち破ろうとする。しかし、このやみくもな思いは、桐壺更衣を、そして夕顔を死なせてしまう原因となるものだった。

桐壺更衣の死の原因が帝の〈この世の掟を無視したやみくもな思い〉にこそあったことを、桐壺更衣の母が次のように明確に述べている。これは帝への恨みごとのように取れるものだが、娘を死なせてしまった母親の切実なる思いは娘の死の真相を明確に捉えていたのだった。

身に余るまでの御心ざしのよろづにかたじけなきに、人げなき恥を隠しつつ、まじらひたまふめりつるを、人の嫉み深くつもり、やすからぬこと多くなり添ひはべりつるに、横様なるやうにて、つひにかくなりはべりぬれば、かへりてはつらくなむ、かしこき御心ざしを思うたまへられはべる。

――わが娘、桐壷更衣が身に余るまでの御寵愛を受けたこと、これは本当に忝いことではありますが、後見もなく妃として人並みには扱われない恥をそれとなくかばいながら、宮仕えをなさっていたようではありますが、人々の嫉みが深く積もり、心やすからぬことがますます重なりまして、ついに異常とも言えるような有様で死に至りましたのですから、帝寵はかえって恨めしいことと思い申し上げるのです。

母の解釈としては、帝のあまりの情熱こそがこの世の掟を呼び起こし、それが結果として桐壷更衣を死に至らしめたのだった。そしてその死は「横様なるやうにて」というもので決して尋常な死に方ではなかったと母は捉えている。男の過度の情熱と女の横死――これは、光源氏と夕顔にも当てはまるのである。

ところで、『無名草子』においては「めでたき女」（評価すべき立派な女）の一人にこの桐壷更衣も挙げているのだが、桐壷更衣の如何なるところが「めでたし」であるのか、これはなかなか具体的に分からないことのだが、それをこの母の言葉――「人げなき恥を隠しつつまじらひたまふめるつるを」の部分が示唆しているかもしれない。桐壷更衣は後宮においてさまざまの嫌がらせや苛めを、まさに「人げなき恥」（人並みには扱われない恥）を受けていた。その日々の中、苦境に陥って精神的に参ることも多かったであろうが、それを「隠しつつ」というのであるからその苦しさを表には出さずに、素知らぬ顔で「まじらひ」をなしていたという。その、言わば超然たると言うべき身の処し方は、立派で評価すべき、すなわち「めでたし」と言うべきものではなかろうか。そこには桐壷更衣の気位の高さや誇り高い精神性が表われていると思われる。母の言葉であるから遠慮もあって「まじらひたまふめり」と婉曲表現がついているが、娘は立派に身を処していたのだと母は語っているのである。

つまり桐壷更衣はあたかも〈下臈〉であるかのように「めざましきもの」として迫害を受けて横死したと言

える。このままでは魂も浮かばれないような扱いを受けたのだが、彼女の死後、その名誉回復と言えるような、いわば桐壺更衣再評価と言いたいものが物語の中で語られているのである。この母の評価もその一つなのだが、他にもいくつか見られる。たとえば「もの思ひ知りたまふ（人）」（これは、妃の一人だろうか）は更衣の「様・容貌などのめでたかりしこと、心ばせのなだらかにめやすく、憎みがたかりしこと」などを改めて思い出しては、素晴らしい人だったと思うに至る。かつては嫉み憎んだ相手をその死後あらためて評価しているのである。また、天皇付きの「上の女房」たちも桐壺更衣の人柄の美しさを恋い偲んでいたという。さらに帝は亡き桐壺更衣に三位の位を贈る。これは更衣から女御への昇進を意味するもので、彼女は〈下臈〉の「めざましきもの」から、寵愛を受けてしかるべきまともな妃へと昇華したことになる。〈この世の掟〉も納得する正当なる妃である。この一連の再評価は、横様なる死を遂げた桐壺更衣への鎮魂とも言えるものだが、桐壺帝と桐壺更衣は、制度の上では一対の男女とは言えなかったのかもしれないのだが、本来は、あるいは宿命としては一対の男女であってしかるべきであったことを表わしているように思える。桐壺更衣は決して〈掟〉に背くような「めざましきもの」ではなかったことを訴えているのである。

ところで、夕顔の件に戻れば、夕顔もその死後、再評価がなされていることに気づくのである。決して下賤の女ではなかったこと、それどころか光源氏とある意味では対等とも言える高貴な精神性を持った女人であったこと、それが語られているように思われる。この再評価、あるいは名誉回復がなされることによって、決して忘れることのできない美しくもすばらしい女として、夕顔が光源氏の心に生き続けることになったのである。

ミステリーとしての装置

ところで、「なにがしの院」のこのもののけの正体は「六条の女」ではないかという読みの可能性も非常に捨てがたいのである。この物語を〈普通に素直に〉読めばどうしてもこのもののけの女は〈六条の女〉と思わせるような、そういう語り方がなされている。もののけの女が顕われる直前、光源氏は六条の女のことを夕顔の女と比較するような形で思い出しており、そのことが六条の女の霊を呼び起こしたのではないか、というように読めるのである。これは見過ごすことのできない重大なことだと思われるものの、このもののけの女の顔を光源氏は知らなかったのであるからこれも「六条の女」ではなかった、という結果しかないのだが、このもののけがあたかも「六条の女」であるかのように読者に思わせてしまう仕掛けのようなものがこの物語にあるのは確かである。そもそも夕顔巻の冒頭「六条わたりの御忍びありきのころ」という書き出しの一文は、この物語のテーマが「六条」にあることを示唆しているとも取れる。そのテーマが「六条」という土地のイメージなのか、「六条の女」であるかは判然としないのだが、この物語全体を覆うテーマとして「六条」が立ち顕れてくる。このことは、この物語の中を流れる時間が「六条」に関わることを表わすとともに、今まで研究者によって様々に論じつくされているように、〈怨霊・悪霊・物の怪〉が顕われても不思議ではない〈六条〉というトポスの問題なのである。いわばこの時空間の醸し出す怪しげな気配が土台となって物語のミステリー性が作り出されているのである。

夕顔と共に過ごした「なにがしの院」は源融《みなもとのとおる》の「河原院」がモデルとして想定されるのだが、その歴史上の河原院をめぐる史実・伝説の数々をいわば〈仕掛け〉として張り巡らすことによって怨霊・もののけが顕われても不思議ではない用意がなされていたというべきだろう。もっともこの「なにがしの院」の位置を「河原院」のある六条と決めてかかる必要もないし、またモデルが河原院だとする必要もなく、五条から「そのわたりほど近き」にあるどこかの院を――これはあくまで虚構の物語なのであるから――想定すればいいことなのではある。しかし、ここはやはり不思議事件が起こった伝説のある河原院が想起されるように作者は工夫を凝らしているのであろうし、物語は河原院へと導かれているように思える。とすれば、その河原院をモデルとする「なにがしの院」と「六条の女」の邸宅との位置関係は、同じ六条ではあるものの、どうなっているのだろうか。物語の中では明確ではないのだが、この二つの邸宅がなにやら繋がっているような、むしろイメージとしては重なっているかのように読めなくもない。とすれば「六条の女」がもののけとなって、

わたくしめが（あなた様を）すばらしいと思っている（その私を）尋ねても下さらないで……

あるいは

わたくしめが（あなた様を）すばらしいと思っておりますのに、尋ねても下さらないで……、

と訴えてくるのもなるほどと思われる。自分の住まいの至近距離に光源氏が女を連れてきている、自分のところは素通りをして、あまりではないか、と「六条の女」が訴えるのももっともなのである。とは言うものの、このもののけは「六条の女」ではない。しかし、「六条の女」の醸し出す怨みの要素が結晶化したもの、それがこのもののけだったのではないか、という想像も出来そうである。また、そこには土地に住む悪霊かもののけか、そのようなものも重なり合っている。もののけを呼び起こすものがこの「なにがしの院」にはあったのであり、あるいは夕顔その人こそがもののけを呼び起こすあやしげなものであったかもしれない。夕顔という女はまことに怪しげな雰囲気を湛えて描かれているのである。

夕顔巻には、さまざまの要素が仕掛けとして張り巡らされている。その中から浮かび上がるのは光源氏的状

況であり、そして一人の女が死に至る不条理さであった。作者紫式部はその仕掛けを大いに楽しんでミステリーとも言えるこの物語を書いたのではないかと想像されるのだが、この物語の中から「六条の女」が、あやしげな、そしてうつくしく高貴な、そして憑りつく可能性のある女として顕われてくる。それが後に「六条御息所」へと昇華した、と考えられそうである。これはあくまで想像にしか過ぎないのだが、夕顔巻執筆時には〈六条の女＝六条御息所〉のコードを筆者はまだ考えていなかったとも取れるし、あるいは考えていたとしても「六条御息所」という具体はあえて表さずに、あるいはあえて伏せて「六条の女」というどこか抽象的な高貴な美しい女の怖さのようなものを描いたとも考えられる。その具体性がないことがこのミステリーの魅力を際立たせている。「六条の女」という美しくも高貴な女の魔力が、六条という土地が醸し出す不可思議さ、怨霊・物の怪が生成される〈土地の威力〉となって顕われ出たようにも思われるのである。

夕顔――ヒメとしての再評価

夕顔再生のために

夕顔の死後、十数年の月日が流れた。その頃になっても光源氏はなおも夕顔のことを忘れられずにいるという。彼の心の中には夕顔の面影が生き続けていた。

同じように、夕顔の乳母子であった右近――、彼女はその後光源氏に引き取られて女房として勤めていたが、今は紫の上を主人として六条院に仕えている――彼女も元の主人である夕顔のことが忘れられない。光源氏も右近も、夕顔が生きていてくれたら、という思いがあって、六条院の女たち（光源氏の妻たち）を見るにつけても夕顔が偲ばれるのだった。

右近によれば、夕顔は六条院の女たちに決して引けを取るものではなかった。

故君ものしたまはましかば、明石の御方ばかりのおぼえには劣りたまはざらまし。さしも深き御心ざしなかりけるをだに、おとしあぶさず、取りしたためたまふ御心長さなりければ、まいて、やむごとなき列にこそあらざらめ、この御殿うつりの数のうちにはまじらひたまひなましと思ふに、飽かず悲しくなむ思ひける。

——亡き夕顔様がもし生きていらっしゃったら今の明石の御方の御扱いに決してひけをお取りにはならなかったでしょうに。それほど深くも愛してはおられない方でさえもお見捨てにならずお世話しておられるような悠々たる方なのだから、まして夕顔様はね。紫の上や花散里様のような身分の高い方と同列ではないでしょうが、この六条院入居の数の中には入っておられたでしょうに、と思うにつけても、夕顔の死が惜しくて悲しいことと（右近は）思っていた。

右近は亡き夕顔を高く評価していた。これは夕顔が元主人であり自分が乳母子であったという贔屓目もあったかもしれないが、この評価はそれだけではなく、夕顔の出自の高さと今も変わらぬ光源氏の愛惜の思いとを鑑みてのことではないかと思われる。花散里や紫の上には及ばぬが、明石の君には劣るものではない、というのは、夕顔の出自の身分・階級がそのレベルであったことを思わせる。ちなみに、紫の上は親王の娘。花散里の出自は明確ではないが、花散里巻から推測すれば彼女も父は親王ではなかったかと思われる。明石の君は父は元播磨の守という受領階級だがその父も元は大臣家の家柄、明石の君の母は祖父が親王であるから源氏の出自である。夕顔の出自は明石の君と同等か、あるいはもっと上だったかもしれない。少なくとも、夕顔はこの六条院の女主人の一人であったとしても決しておかしくない高貴性があったのだと右近は思っている、だからこそ右近は夕顔の死を惜しみ、夕顔の再評価、名誉回復を望むのである。桐壷巻で言えば、右近は、桐壷更衣の母の役割をしようとしている。

一方、光源氏も夕顔のことが忘れられない、というのは夕顔が下賤の怪しいものであったからという訳ではないだろう、評価すべき立派な女であったという思いがあったからではなかろうか。

夕顔という女の真の姿は、光源氏にもそして読者たちにも誤解されていたと言える。これは物語の中で誤解されるように描かれていたから、と言うしかないのだが、世の中からは「めざましきもの」として貶められるような女として、そしてその結果横様なる死を遂げる女として描かれていたのだった。しかし、夕顔は決して「めざましきもの」などではなかった、六条院の女主人として据えられても不思議ではない女だったという再評価が物語の中で語られる。〈この世の掟〉も納得する立派な女であったという評価があればこそ、娘の玉鬘を高貴な姫君として堂々と迎え入れることが出来たのではないか。

決して下賤のものではないにも関わらず、あたかも下賤のものであるかのように見られてしまった一人の女の悲劇、本来ならば高貴な姫君であるはずが、姫君ではいられず苦境のなかにあった女の悲劇。その中で女はどのように身を処していたのか、そしてどのような精神でこらえていたのか、夕顔の精神性をこの物語の中から捉えていきたい。

五条界隈——怪しげな世界

乳母の家のあった「五条」界隈は、いささか庶民的な猥雑な雰囲気の土地柄であったらしい。この家を訪れた光源氏があたりを見回すと、「むつかしげなる大路のさま」（ごちゃごちゃとしてうっとおしげな大路の様子）とあるので、「むつかしげ」な大路に面して乳母の家はあったらしい。「なにがしの院」（＝河原院）にも近くて、かつ「大路」に面していることを考慮すると、東洞院大路あるいは西洞院大路と五条大路が交差するあたりか。この二つのうち西洞院大路と五条大路が交差する地点がこの物語の舞台としてはふさわしいだろうか、というのもこの地点に五条天神宮があり、さらにその隣には道祖神社があるからなのだが、この二つの社が、ここが〈境界〉であることを表わしている。ちなみに五条天神は神社建築としては異例の東向きである。神社というのは北を背にして南を向いているのが正式なのだが、このお社は東を向いている。これは東方から侵入しようとするものに対して睨みを効かしているのだとされる。一方、道祖神は周知のとおり、ここからは外部だと認識される位置に据えられる神様で、外部から侵入するさまざまの魔を防いでいる、とされる。外部と内部、あちらとこちらの境界、あるいはこちらの世界とあちらの、つまりは異界との境界、そこではさまざまのものが交錯し、吹き溜まり、交流し、そして流動してゆく、そういう境界の地として五条界隈が捉えられる。そのような所からは何が顕われても不思議ではない。

夕顔は、このような〈何が顕われても不思議ではない土地〉から出現したのである。

乳母の病気見舞いがきっかけとなって、光源氏は〈隣の女＝夕顔〉に興味を示し、やがて惟光の手配で女のもとへ通うようになる。貴公子光源氏にとっては未知の世界へのアバンチュールであったろうか。

〈隣の女〉の家で朝を迎える場面、そこでは周囲の家々からいかにも庶民的と言いたいような物音や人々の声が聞こえてくる。その物音のさまざまが光源氏には未知の世界なのだった。あけぼのの頃、というのだから朝の四時か五時ごろ、旧暦八月十六日のことであるから少しほのぼのと明るみ始めたころである。近所界隈から人の声が聞こえてくる。

「あはれ、いと寒しや」「今年こそ、なりはひにも頼むところ少なく、ゐなかの通ひも思ひかけねば、いと心細けれ」「北殿こそ、聞き給ふや」など言ひかはすも聞こゆ。いとあはれなるおのがじしの営みに起き出でてそそめき騒ぐもほどなきを、女、いと、恥づかしく思ひたり。

――「ああ、寒いねえ」「今年は不作で、当てにできなくてね、米の買い付けも駄目みたいで心細いもんだ」「北隣りさんよ、聞いてなさるか」などと言いあっているのが聞こえる。起き出して、ささやかな朝の仕度にせわしげに動いている様子もあまりに間近なのを、女はたいそう恥しく思っていた。

隣人がそのまた隣人と会話している様子なのだが、これは余程家々が密集しているものか、あるいは今で言う間借のようなもので一軒家に何人かが住んでいる状態なのかもしれない。会話から推察すると、これらの人々は行商を生業とする人々であろうか。田舎から商品の買い付けをして京の市で売るのを生業としているらしいこの人々は放浪者とは言えないが地方と京との往復を常として暮らす非定住者であったと言える。

その他にも、家の周囲から聞こえてくるものは「ごぼごぼと鳴る神よりもおどろおどろしく踏みとどろかす碓《うす》の音」という精米の為に碓を回す音であったり、また「白妙の衣うつ砧《きぬた》の音」という布地精錬の音であったりする。それらが朝の物音として響いてくることから推察すればこの界隈は商人つまり物売りたちの宿であったらしい。精米の音は、朝食べるための米か、とはとても言えない。おそらくは市で売るための米であったのではないか。また「砧の音」は古来、情緒あるものとして漢詩の世界でも歌われているものだが、大方は農村における秋の夜のものであった。布地を叩いて精錬する砧の仕事は女の夜業である。それが朝っぱらから町の物音として聞こえてくる、というのはそれが市で売るための商品であることを思わせる。

この界隈に住む人たちは定住者たちではなく、市場での商いの為に一時的に仮住まいする人々であろうか。市とは常時開かれているものではなく、日が決められているのでその日に合わせて物売りたちも集まってくる。そういう人々のための宿がこの五条界隈に密集していたらしく思えるのである。この時代、京の東市は左京の七条あたりで開かれていた。五条と七条では少し離れているのだが、京の〈境界〉ともいえる五条界隈がその宿になっていたのかもしれない。とすれば、この辺りはあちらこちらからの流れ者が一時的に集まってくる世界だったと解釈できる。そして、その流れ者の一人として夕顔も捉えられるのである。彼女もまた行き場がなくて一時的にこの世界に入り込んできたのだった。無名の匿名の者たち、どこの誰とも知れぬ者たちが集まってくる異空間、それが五条界隈であった。その異空間から匿名の女として夕顔は現われたのである。

謎の女としての装置

謎の女が出現するには、場の力というものがある。場や空間というものが謎の人物を生み出すものだと思える。たとえば東京駅のような大きな駅前で一人の女が立っていてもあまり謎は感じないものだが、――駅前のような公共の場ではどのような人間が立っていても不思議ではない――しかし、いかがわしい、という定評のあるような場所で女が一人立っているとその人は謎めいて見えるかもしれない。とくにセクシュアルなエロスを漂わせて立っていると娼婦に見られる可能性もある。そういう場所が都市には存在する。

夕顔の娼婦性が常に論じられる。夕顔という女人が決して遊女として生きていたわけではないことは物語の終りに判然とするのだが、彼女を遊女と見なしても不思議ではない状況がこの物語では設定されていた。さらに作者は女の遊女性をほのめかすためにいくつかの小道具を用意している。セクシュアリティの象徴と言える扇が有効に使われているし、女の周囲に多用されている白の色彩が喚起する聖なるもののイメージ。これは遊女と重なり合う巫女を思い起こさせるものであった。

光源氏の目を通して女が描かれているこの物語の中では、女がこのような雑然たる場所で男を迎えねばならない事態になったことを恥らっているという事実（先の引用文には「女、いと恥づかしく思ひたり」とある）は光源氏には伝わっていない。女は光源氏のまなざしの中で無理やり不思議な謎の女としての意味を背負わされているように思える。

また、夕顔の方から光源氏に対して扇・和歌を贈ったことはどうだろうか。遊女的ではないか、と論じられる問題の根拠としてしばしば取り上げられることである。これは、夕顔本人が光源氏に和歌を贈ったのか、あるいは夕顔配下の女たち、つまり女房集団の誰かが贈ったものか、意見は分かれるのだが、ともかくも女の側から贈ったことがなにやら男に対して積極的かつ挑発的と解釈されているもので、そこに男に媚を売る遊女性を見ようとするものである。

ところで、その場面では、光源氏の方から先にその家の風情に興味を示して「さしのぞきたまへれば」という有様なのであり、さらに板塀に咲いている夕顔の花に注目して「遠方人に物申す」とひとり言ではあるが問いかけたのであった。そこに、童女が現れて白い扇を差し出した。それは夕顔の花をそれに載せるように、というしゃれた心遣いからなのだが、歌はその扇に書き記されていたのだった。

女の方からのこの心遣いは、自分から、というよりは光源氏の問いかけに応じたものとして解釈できるのである。いわばみやびに対してみやびで応じたのだと言える。この行為がもし異空間の五条での出来事ではなく、たとえば宮中や貴顕の女の家での出来事であれば、単にみやびな社交として受け取られたかもしれないのだが、問題は〈場所〉であった。現に光源氏は歌の送り主のことを「宮仕え人」かと推測しているように、このような優美な社交は宮廷を中心とする貴族文化、あるいは女文化の現れだったと取れるのである。夕顔はこの五条の仮住まいにおいても大勢の女たちを率いる女主人として暮らしている。その女主人が女社会の中枢として女文化のみやびを発揮したとすれば、それは女たちにとっては至極当然の行為だったはずである。女文化とは決して謙虚でつつましやかなものではなく、たとえば『枕草子』などにも描かれているように堂々としたもので、男からの問いかけに対しても打てば響くように切り返していくものであった。

問題は、そのみやびがこの異空間において発揮されたことである。これは〈場違い〉と言えなくもない。さらに女社会のみやびは遊女たちの遊びの世界のみやびにも通じるところがある。従って場所が変われば、みやびなる女文化の発露が遊女性へと変わってしまうことにもなりかねない。まして光源氏の目からすればこの女たちはどこの何者とも知れぬ女たちであったのだから夕顔が発したみやびなる行為が、あるいは遊女ではないかと誤解される原因となったことは十分考えられるのである。

しかし、光源氏はその扇を見ているうちに意外なものを発見した。

ありつる扇御覧ずれば、もてならしたる移り香、いと染み深うなつかしくて、をかしうかきすさびたり。
こころあてにそれかとぞ見る白露の光そへたる夕顔の花
そこはかとなく書きまぎらはしたるも、あてはかにゆゑづきたれば、いと思ひのほかにをかしうおぼえたまふ。

——先ほどの扇を光源氏が御覧になると、移り香が深く染み込んで使い慣らした感じがなにやらなつかしく、そこには歌が美しい筆跡でさらっと書いてあった。

当て推量ながら光る君様かと。白露の光でますます美しい夕顔の花のようなあなたは。

そこはかとなく目立たないように書いてあるその筆跡も、気品があって一流のすばらしさなので、たいそう意外なことで面白いことだとお思いになる。

扇に書かれた一首の和歌——この和歌を贈ったのは夕顔自身ではなく配下の女たちではないかと言う説もあるのだが、これは夕顔自身が書いたものと考えたい。歌の筆跡が「あてはかにゆゑづきたれば」とあるのであるから、普通の女の筆跡ではない。「ゆゑ」とは一流の血統、またそこから現われる一流の風情・教養を意味するものであるから、夕顔の筆跡が一流の血統・教養を思わせるレベルのものであることを示している。猥雑な世界のなかから現れた意外なる貴女のイメージを光源氏は感じ取ったと言えようか。それだけで充分に謎めいている。

五条界隈——市・無縁の世界

夕顔の家で八月十六日の夜明けを迎えたころ、今度は御嶽精進《みたけそうじ》らしい翁の声と気配が伝わってきた。

明け方も近うなりにけり。鳥の声などは聞こえで、御嶽精進にやあらむ、ただ翁びたる声に、ぬかづくぞ聞こゆる。起居《たちゐ》のけはひ、堪えがたげに行ふ。いと、あはれに、「朝の露に異ならぬ世を、何をむさぼる身の祈りにか」と聞き給ふ。「南無当来導師」とぞ拝むなる。

——明け方も近くなってきた。鳥の声などは聞こえないで、御嶽精進であろうか、ただ翁びた声で額づいて祈っているのが聞こえてくる。立ったり座ったりしている気配、苦しそうに行っている。何やらあわれで、「朝の露に異ならぬはかないこの世を、いったい何を欲張る祈りなのか」と思いながら光源氏は聞いておられる。「南無当来導師」と拝んでいる様子だ。

この翁らしい人物はどうやら仏の前で額づいて礼拝をしているらしい。「起居のけはひ」が苦しそうであるとか、「ぬかづく」などから察するに、仏の前で五体投地をしているらしく思える。光源氏はそれを「御嶽精進か」と推察しているのだが、「御嶽精進」とは、修験道において大和《やまと》の金峰山《きんぷせん》入山の前に山伏が行なう千日修行のことである。では、この翁は山伏なのであろうか。山伏だとすれば、この翁もこの五条界隈に関わって出現した者として捉えられる。というのも、中世以前においては、山伏というものは〈市〉には必須の存在だったとされる。修験道の山伏と市場の行商人たちは連携して〈市場〉あるいは〈市庭〉というものを形成していたものらしい。修験道の持つ聖なる力を籠手《こて》として成立する、そういう空間が〈市〉であったことになる。従って市場の物売りたちが暮らす空間に、修験道の山伏はその空間を統べるものとして存在していなくてはならなかった。

『中世商人の世界　市をめぐる伝説と実像』（日本エディタースクール出版部　一九八八年）によれば、中世の頃、各地に市が開かれるときにはまず山伏による〈市立て〉というものが行なわれたという。それによって「市庭」の聖性が保障された。いわば山伏による宗教の力はその聖性を維持するための装置だったのである。従って市というものは修験道の原理がそのまま持ち込まれた聖なる空間としての意味を持つことになる。もっともこの本で紹介されている市の事例は室町時代以降のものなのだが、市における原理というものは『源氏物語』の時代である十世紀にも、あるいはもっと古くからあったのものではないか。そもそも市というものが歴史上発生した際に、市を支える原理としてこの宗教の力は存在したのではないかと思える。このような想定のもとに五条界隈の空間を捉えてみたい。

この本によれば、修験道の原理とは次のような世界認識である。——現世に生きる人は、擬死を経て再び現世へと再生する。この擬死とは一種の胎内めぐりのようなもので、母の子宮に擬えられる。その胎内＝子宮とは神仏に帰属する平和空間ということになるのだが、それをめぐることによって霊力、生命力の増幅がなされ、再びこの世へと再生する。――というものである。

母の胎内のような市の世界はこの世での規範の断ち切れた世界、いわば無縁の世界であり、それがつまりは市の空間なのだという。この無縁性を宗教の力によって保証するものが山伏たちであった。網野善彦氏はこの無縁の世界を〈アジール〉として定義づけたが、市の世界の原理としての自由・無縁性はもともとはこのような修験道の原理を持ち込むことによって生成されたものであったらしい。

この市の空間はアジールであるがゆえにさまざまの人々が坩堝《るつぼ》となって渦巻いている。従って商人たちの外にも放浪の芸能者たち、乞食、遊女、巫女、宗教者たちも入り込んでくる。というよりもあらゆる人々を引きこんでその人々をこの世の規範から外れた無名のものにしてしまう空間であった。従って、このような空間に入り込んだ夕顔は誰とも知れぬ無名の女となり、そして光源氏もここでは匿名の男となった。光源氏はこの時点ではまだ名のりもせず覆面の男として夕顔のもとに通っているのであるから、彼もまたどこの誰とも知れぬ謎の男であった。

しかし、いつかはその世界から現世へと戻る時がやってくる。修験道における〈死と再生〉の原理からすれば、現世に戻るためには〈死〉を体験しなければならない。それは光源氏だけの問題ではなくこの異空間に紛れ込んだ夕顔の問題でもあったはずである。二人は〈死〉を乗り越えて現世へと再生しなければならなかった。しかし結論から言えば、光源氏の再生はなされたが、夕顔の方は叶わなかった、ということになる。その為に、なぜ夕顔は死ななければならなかったのか、そしてなぜ夕顔の再生はならなかったのか、という問題が物語の中に課題として残されたように思われる。夕顔はどこかで再生しなければならなかった。その思いがテーマとなって夕顔再評価へと繋がり、さらには娘の玉鬘の物語へと発展していったのではないか。それがつまりは夕顔再生であったと考えてみたい。

八月十六日のその朝、光源氏は夕顔をその五条の住まいから連れ出して、ほど近い「なにがしの院」へと赴いた。それは自分本来の世界へと戻ることであった。あるいはこの得体のしれぬ女を自分の世界で捉えなおそうとする意味があったのではないかとも思われるし、このアジール的な無縁の世界から脱け出したくなったのではないか、とも考えられる。互いの素性を隠したままの恋愛遊戯、胎内めぐりのような神仏に護られた平和な世界におけるあそびの恋は、もはや終ろうとしているのである。

なにがしの院へ

〈なにがしの院〉は皇室伝領の古い邸宅であった。臣下に下ったとはいえ当代天皇の御子である光源氏が自由に我が世界として生きられる空間である。その〈院〉の意味する世界とは、天皇制、皇統、公的権力の秩序と規範によって統べられた世界だと言えよう。その世界への帰還、それは光源氏の匿名性が暴かれることを意味する。

顔はなほ隠したまへれど、女のいとつらし、と思へれば、げにかばかりにて隔てあらむも、ことのさまにたがひたりとおぼして
夕露に紐とく花は玉鉾のたよりに見えしえにこそありけれ
露の光いかに、とのたまへば、後目に見おこせて、

光ありと見し夕顔のうは露はたそがれどきのそら目なりけり

とほのかに言ふ。

——この院に来ても、顔はやはり隠しておられたけれど、それを女が大層薄情なように思っているので、なるほどこのような仲になっても隔てがあるのは不自然かとお思いになって、覆面を取りながら次のような歌を詠んだ。

夕露に花が咲くように覆面の紐を解いた私の顔を見せるのは、道端で出会った縁によるものなのでしょうね。

露の光、のような私の顔はどうだろうか、と仰ると、夕顔はちらりとそちらを見て

光り輝いていると見えた夕顔の花の露はたそがれ時の見誤りのようでしたね

とほのかに言った。

光源氏は、遊びのように始まった恋だとは言え、女を遊び女のように思っていたわけではなかった。彼は秘密の異空間から抜け出したこの時点で、顔の覆面を取って自分の素性を明らかにしたのである。また、彼は女を思い詰めるあまりに二条院に女を引き取ろうかとまで考えている。二条院とは母方から伝領した彼の自邸であり、いわば彼の自由になる空間であった。二条院にも〈院〉が付いているが、これはもとは祖母の邸宅（祖父の官職名から「故大納言邸」とされる）であったのを、光源氏元服の折、父の桐壺帝が「修理職《すりしき》、内匠寮《たくみづかさ》に宣旨下りて、二なう改め造らせたまふ」たもので、光源氏の私邸ではあるものの皇室の格式が〈院〉の字に表れている。

『源氏物語』では桐壺巻以来、この二条院に住むことになる女は誰かというテーマが課せられている。つまりは光源氏最愛の女は誰になるかというテーマであった。当時の婚姻形態としては婿取り婚が正統、かつ一般的とされるが、その正統性を超越したかのような一対の男女の、愛による婚姻のあり方が、わが私邸にもっと

も愛する女を据えるという形で『源氏物語』では提示されているのである。光源氏は、正妻葵上の死去の後は、愛する女を徹底的に自邸へと迎えている。それが二条院であり、二条東院であり、さらには集大成というべき六条院であった。そのいずれにも〈院〉が付いている。このことに注目すればこの〈院〉は皇室の格の高さを表わすとともに、そこが宮廷同様の聖なる空間であることを示しているように思われる。では、その聖なる〈院〉の世界に女主人として君臨出来るのはどのような女か。しかるべき女でなければいけないのではないか、という問題が発生する。前述のように〈この世の掟〉も納得する〈いとめでたし〉と推賞できる女でなければいけないのではないか。決して〈めざましきもの〉であってはならないのである。

夕顔はその女主人となるべき第一候補者として出現したのだった。覆面を取って名のりをする、という光源氏の行為は、夕顔との関係を正当なものとしようという彼の意志だったはずである。しかし、夕顔の方はそうではなかった。理由は判然としないがただ間を外しただけ、という感じがしないでもない。名のりもせず身分も明かさず、というのでは、この院の空間においても夕顔は無名の女のままである。「今だに名のりしたまへ」という光源氏に「海人の子なれば」とはぐらかして言うだけでなおも名乗らない。「海人の子」というのは、卑賤のもののイメージである。この言葉は「白浪の寄するなぎさに世を過ぐす海人の子なれば宿も定めず」(『和漢朗詠集』巻下、雑)という和歌によるものだが、「海辺に生きる海人のように、流れ流れの者ですから決まった宿もなく」というような非定住・浮浪の卑賤の者、それが私だから名のりをするほどのものではないという戯れの言葉であった。あまつさえこの〈水辺の女〉からは江口・神崎などの水辺に生きる遊女たちのイメージさえ浮かび上がる。恋愛遊戯における戯れとは言え、夕顔はあくまで名のらず、自らを遊女に準えたのだった。このことが夕顔の死の大きな原因となったのではないかと思えてならない。

なおも秘密の女であろうとした夕顔は、それでは無名・無縁の女のままということになるが、そのような無縁性は聖なる〈院〉の空間においては異物として認知され、まさに〈めざましきもの〉として排除されるべきものでしかなかったのではないか。〈無縁の女〉は王の空間の孕む掟に従えば、卑賤のいかがわしい穢れということになる。アジール性と厳しく対峙するこの聖なる世界に穢れはあってはならないのだった。それがまさに〈めざましきもの〉を排除しようとするこの世の掟というものであったろうか。

アジールでの遊びの恋は終わったのである。相互に謎に包まれたただの男と女、一対にして対等であった二人の恋は無縁の世界においてのみ許されるものであった。遊女のような、巫女のような、あるいは狐の化身か、という想像がはためく恋の世界は、五条界隈の空間においてのみ成り立つものであった。

なにがしの院で光源氏の夢枕に表れたもののけの女が「こんな女を寵愛するなんて」と怨みを言うのも、この空間の孕む〈掟〉の声なのだと考えれば、夕顔は、場違いの、ここにいてはならない排除されるべき女、としてこの世界に入ってしまったのだと考えられるのである。

夕顔の姿——光源氏のまなざしの中で

夕顔は誤解されていたのだと思われる。物語に現われて以来、彼女はいったい何者か、あれかこれかと光源氏は推測するのだが、その真相はつかめないまま夕顔は死に至ったのだった。夕顔の姿は光源氏のまなざしの中で、揺らぎながら描かれている。

夕顔の宿に通い始めの頃、光源氏は「もし、かのあはれに忘れざりし人にや」（あの、〈帚木の巻で〉頭中将が語っていた悲しくも忘れられないかの女であろうか）と考えているのだが、いざ通い始めてその住まいの様子を見ると「これこそかの人の定めあなづりし下の品ならめ」（これこそ、かつての雨夜の品定めのおり、かの人が蔑んでいた下の品に入るのだろう）と判断を下している。光源氏にすれば住居こそが階級を表わすものであったらしい。

「こんな住まいに住んでいるのだから」という思いがまずあったようなのだが、その女に思いもかけず光源氏は「いともの狂ほしく」惹かれてゆくのだった。

人のけはひ、いとあさましくやはらかにおほどきて、もの深く重き方はおくれて、ひたぶるに若びたるものから、世をまだ知らぬにもあらず、いとやむごとなきにはあるまじ、いづこにいとかうしもとまる心ぞ。

——女の雰囲気は、おどろくほどもの柔らかくおっとりとしていて、落ち着いて思慮深いというのでもなくたいそう子供っぽいのではあるが、男女の仲を知らぬのでもない、身分高き姫君という訳でもないのだろう、この女になぜこうも心が惹かれるのだろうか。

ここでの夕顔の特徴は、子供っぽいということだろうか。おっとりとして無邪気で大人の女のしっかりとした感じはないというのであるからなにやら主体性のないお人形のような感じがしないでもない。たいした姫君という訳でもなさそうなのに何故心惹かれるのか、光源氏自身、心の不思議さに戸惑い、この憑りつかれた恋心の根拠が分からないでいる。

また、五条の家から余所へ連れ出そうとする光源氏に何ら疑う気配もなく付き従うのが夕顔であった。「世にかたはなることなりとも、ひたぶるに従ふ心は、いとあはれげなる人と見たまふ」（まことにおかしなことにもただ従順に従う彼女の心を思うと、ただもう胸がキュンとするような人だと光源氏は御覧になる）というように、光源氏はその態度に心を打たれているが、ここでも夕顔は人の言いなりになるだけの女であるかのようである。

しかし、前述のように、夕顔の心をちらりとほの見せて描く場面もある。夕顔の家の近辺からの朝の物音が筒抜けに聞こえてくる様を「女、いとはづかしく」思っていたとある。しかし、その思いを彼女が表情・態度に見せることはなかった。従って、光源氏の目からすればその折の女の様子は次のようなものとなる。

のどかに、つらきも憂きもかたはらいたきことも、思ひ入れたるさまならで、わがもてなしありさまは、いとあてはかにこめかしくて、またなくらうがはしき隣の用意なさを、いかなることとも聞き知りたるさまならねば、なかなか、恥ぢかかやかむよりは、罪許されてぞ見えける。

——おっとりとして辛いことも憂わしいことも体裁の悪いことも気に病む様子もなく、大変品よく無邪気に振舞っている、そしてこの上なくむさくるしい隣近所のはしたなさをいかなることとも分かっている様子でもないので、ただ恥ずかしがっているよりは罪がないように思える。

ただおっとりしている女、隣近所のことがまるで気にもならないかのような女、ただ無邪気な子供っぽい女、というのがここからは見えてくる。光源氏には夕顔が本当は恥らっていることが見えないし、また夕顔はそれを見せていない。

光源氏の目を通して捉えられた夕顔の姿はこれ以外にも次のようなものである。

いとらうたげにあえかなる——たいそうかわいらしくてかよわくて

ものうち言ひたるけはひ、あな心苦しとただいとらうたく見ゆ——何か話す様子もどこか痛々しげでただ可愛らしく見える

いとおいらかに言ひてゐたり——たいそうおっとりと言って坐っていた。

消えて無くなりそうな、あたかも夕顔の花のようにあえかな女、である。しかし、別の視点から見れば、美しいかもしれないがただ愛らしいだけであるかのような女がなぜそれほどいいのか、というのは素朴な疑問である。事実、光源氏自身、この女になぜこれほど惹かれるのか自分でも分からないでいる。なぜこのような女に……、というのは光源氏自身がとまどう謎だったのではあるまいか。光源氏には真実はまだ見えていないのだが、どこかでかすかに真実を感じ取っていたのかもしれない。だからこそ、下﨟の女ではないかと疑いながらもその隠れた真実の姿に心魅かれてゆき、後に夕顔の本来の身の上を右近から聞いた折には、「さればよ」(やはりそうだったのか)と腑に落ちたのであろうと思うのである。

このような夕顔の、一見主体性のないお人形でしかないような姿のその底にある真実が、後になって乳母子の右近によって明らかにされるのである。

夕顔の身の上と高貴な精神性

右近から夕顔の身の上を聞いた光源氏は「さればよ」と思う。彼は夕顔が隠していた本当の姿になるほどそうであったかと今さらながら気づいたのである。右近の語る夕顔の身の上とは、次のようなものであった。

親たちははや亡せたまひにき。三位の中将となむ聞こえし。いとらうたきものに思ひ聞こえたまへりしかど、わが身のほどの心もとなさをおぼすめりしに、命さへ堪へたまはずなりにしのち、はかなきもののたよりにて、頭中将なむまだ少将にものしたまひしときに、見そめたてまつらせたまひて、

――ふた親ははやくにお亡くなりになりました。父親は三位の中将と申し上げまして、娘の夕顔を大層可愛いものと大切になさっておられましたが、わが身の出世もままならぬのを嘆いておられたようですが、その上命もま

まならずお亡くなりになって、その後、頭中将様がまだ少将でいらっしゃった頃、ふとした御縁でお通いになるようになって……。

父が三位の中将だったというのであるから、その父に大切に育てられたという夕顔は、下の品どころか本来は貴顕の姫君であったことになる。ところがその父というのは、ままならぬ出世に世を恨んで亡くなった人であったらしい。とすれば、可能性として、もしその父が思うように出世も叶い、さらには早死になどしなければ、たいそう可愛がっていたという姫君の夕顔にはあるいは入内もありえたのではないか。大切な姫君である夕顔にそのような期待を掛けていたとしてもおかしくはない。

父の早世と娘の入内の問題——これは『源氏物語』では繰り返されるもので、亡き父大納言の遺志を受けて後見も頼りない身の上ながら入内した桐壷更衣、また父大納言が早世したために予定されていたはずの入内が叶わず受領の妻となった空蝉、そのような女たちの物語として語られており、さらにはその系列に夕顔も連なるのではあるまいか。そのように考えれば、夕顔は今はさすらいの身の上ではあるが最高の姫君として育てられたはずである。また「三位中将」というのは中将のなかでも格が高く、一条朝においては摂関家子弟がなるエリートコースの一つであったとされる。夕顔の出自の高さがうかがわれる。また夕顔には、物語の中からは少なくとも乳母が二人——この時、西九条の住まいにいた乳母と、右近の母親であった乳母——いたことが分かるのだが、これも彼女の格式の高さであろうか。

夕顔は父母の死後も乳母たちにかしづかれて自邸に暮らしていたらしいのだが、通ってくる男＝頭中将の婿入り先である右大臣方から圧力が掛けられて自邸にいられなくなったのだという。「かの右の大殿より、いと恐ろしきことの聞こえ参で来しに」（かの右大臣方よりたいそう恐ろしいことの評判が立ってきて）とあるのは、具体的に何があったかは分からないものの、古代からの〈後妻打ち《うわなりうち》〉のような暴力的破壊的な攻撃があったものか、または亡き父に関わる怨霊かなにかの噂か、と想像させられるところである。この二つの例は、葵巻における六条御息所の場合に見られるもので、車争いの場における左大臣方からの暴力、さらには御息所の父大臣の怨霊の噂などが想起される。ともに六条御息所の精神とその誇り高さを追い詰めて破壊していくものであった。夕顔が自邸にいられなくなった心理も同様であったろうか。

あるいは、右大臣方からの嫌がらせとは呪詛か何かの恐ろしいこと、それこそ命の危険もあるようなものであったかもしれない。だからこそ夕顔は「せむかたなくおぼし愕ぢて」（＝右近の語り）身を隠し、また五条の家に於いても敵方（右大臣家）に見つからぬようどこの誰とも知られぬように身の上を秘していたのではないか、とも考えられる。

夕顔の自邸はその後の物語の中では雲散霧消してしまっているが、ともかくもこの自邸を捨て去らなくてはならないほどの圧迫であったものらしい。そして五条の弊屋で光源氏を迎えることになった。その折の夕顔の思いを右近は次のように代弁する。

あやしき所にものしたまひしを、見あらはされたてまつりぬることと、おぼし嘆くめりし。世の人に似ずものづつみをしたまひて、人にもの思ふけしき見えむをはづかしきものにしたまひて、つれなくのみもてなして、御覧ぜられたてまつりたまふめりしか。

――あのようなあやしげな住まいにおられたのを、あなた様に見つけ出されたしまったことと嘆いておいでのようでした。世間の女とは異なって大変遠慮深いところがおありになって、自分が思い悩んでいるなどと人に見られるのを恥しいこととお考えで、表面はさり気なく何のもの思いもないようにお振舞いなさって、あなた様にもお会いなされ申し上げておられたようでした。

夕顔は五条のこんなみすぼらしい住まいで男を迎えることを恥じていたという。本来の貴顕の女であれば、何人もの配下の女房たちを率いる女主人として、堂々たるみやびな世界にすばらしいと評価できる男を迎える、これが〈女社会〉を率いる女のプライドであったはずであろう。夕顔に関する論や評論では、彼女には頭中将という男がいるのに、それでも光源氏と関係を持とうとするのは遊女的で、頭中将に代わるパトロンを確保しようというしたたかさなのだ、という意見がまま見られるのだが、それは後世の視点から見た性規範ではないかと思われる。自分が率いる女たちの家に評価できる〈めでたき男〉だけを迎える、という当時の女ならではの倫理と美意識があったであろうし、ましてや「いと忍びて」ほんの時々やってくる頭中将は正当な夫と言えるものではなく、また夕顔の妻としての位置は曖昧なもので、帚木巻における頭中将の語りによれば、「通ひ妻」の一人としても定着していたわけではなかった。夕顔はきちんとした妻としては遇されてはいなかったのである。

この右近の語りで注目したいのは、夕顔が自分の悩みや嘆きを表面には出さず「つれなく」(さりげなく)ふるまっていたという点である。この態度は、桐壺更衣の「人げなき恥を隠しつつまじらひたまふめりし」という態度に通じるものであって、どのような逆境であっても何も悩みがないかのような平然たる態度・表情を崩さないというのは、まことに見事な精神力であり、身の処し方であったと言うべきだろう。これが〈めでたし〉と推賞すべき高貴な女の精神、それも誇り高き超然たる精神性の表れであったろうか。女神のような、あるいは天女のような聖なる女の精神性が描かれているように思われるのである。

帚木巻「雨夜の品定め」では、頭中将の語る夕顔の物語がある。そこに見える夕顔の姿も、つらいことや悩みを表に出さない、というものであった。

頭中将は「いと忍びて見そめたりし人」であったという夕顔に途絶え途絶えながら通っていたという。そのような稀な訪れに対して「うらめしと思ふこともあらむ」と彼は気にかけるのだが、女の方はそうではなかったという。

見知らぬやうにて、久しきとだえをも、かうたまさかなる人とも思ひたらず、ただ朝夕にもてつけたらむ有様に見えて

——まれにしか通わないことも気にかけていないようでして、長い間私が訪れなくても、たまにしか来ない人、とも思っている様子もなく、ただ朝夕いつも家にいる夫に対するかのようにふるまっていまして……。

稀にしか来ない男に対して怨みも文句も言わない、それどころか何の心配もないような呑気そうな雰囲気、それが夕顔の態度であった。また、右大臣方からの嫌がらせに関しても何も言わなかったのである。

まめまめしく恨みたるさまも見えず、涙をもらし落しても、いとはづかしくつつましげにまぎらはし隠して、つらきをも思ひ知りけりと見えむは、わりなく苦しきものと思ひたりしかば、心やすくて、またとだえ置きはべりしほどに、あとかたもなくこそかき消ちて失せにしか。

——本気で恨んでいるようには見えず、ふと涙を落としてもそれをたいそう恥らって取りつくろってましてね、つらい思いをしていると人に見られるのは嫌だと思っている様子でしたので、私は女のその思いに気づかず、呑

気そうな様子に安心して、またあまり行かなかったのです。その間に女は跡形もなくどこかへ消え失せてしまったのでした。

夕顔の呑気そうな、何も悩みがないかのようなその態度の為に、頭中将は何も気がつかなかったという。この夕顔の平然たる姿勢は、あるいは古代的なヒメの精神につながるものではないか。というのも、夕顔のこの姿からは、遡れば伊勢物語二十三段における〈大和の女〉が浮かび上がってくるのである。〈大和の女〉は誇り高き超然たる態度の女であった。夫が〈高安の女〉のもとへ通うようになっても嫌な顔一つせず夫を送り出す。しかし、その後、化粧をして、歌を詠む。その歌とは危険な山越えをする夫の身を案じる安全祈願の歌であった。ここでは、夫の身を守る威力を持つ妻は私であるという誇りと、嫉妬や悩みなどとは無関係であるかのようなはれやかな精神が描かれているように思われる。これを女神の末裔としての聖なる精神性と捉えたいのだが、この精神が高貴なる姫君たちのなかに脈々と生き続けているのではないか。

この世のことは、つらいことも嘆かわしいことも所詮俗事にすぎない、「それがどうかしたの?」という超然たる姿勢とまなざしをもって身を律していたのが、この精神を生きる高貴な女のあり方であり誇りであったろうと思われるのである。そのような女のあり方こそを「めでたし」として褒め称えていたのではなかったか。この超然・平然というあり方は、『源氏物語』では花散里や明石君の描写にも見られるもので、六条院に据えられる女主人としてふさわしい女とはいかなるものかが見えてくる。しかし、『源氏物語』ではこの超然たる外見の内に秘められた女の葛藤・悩み、その心理を描いていく。さらに超然たる立派な女でありながら心の葛藤の為に内側から破壊されてゆく六条御息所の心理も赤裸々に描いてゆくのである。

夕顔の態度は、子めかしくておっとりとして、相手を信じきっているような無邪気さであった。心に葛藤があってもそれを表には出さずに超然としていたのである。しかし、そのような「めでたき」女でありながらなす術もなくさすらいに生きざるを得なかった、そして「めざましきもの」として抹殺されてしまった一人の女の運命が描かれているのである。

『紫式部日記』に描かれた上臈《じょうろう》女房との比較

主体性など何もないような子供っぽい頼りない風情、「あえかにはかなくらうたげ」で「子めかし」であった夕顔の姿。——そのような「あえかにはかなき」女たちが『紫式部日記』の中にも登場する。『紫式部日記』に現われる彰子《しょうし》中宮配下の上臈女房たちと夕顔には少なからず重なり合うものが見られる。

夕顔その人が宮仕えするとすればあたかもこうであったろうと思わせるようないささか頼りない女房たちが彰子中宮配下に多くいたらしく、その女房集団の分析批評をするなかで、紫式部は次のように評している。

(中宮のもとに来客のある時) いとあえかに子めいたまふ上臈たちは、対面したまふことかたし。また、あひても何事をか。はかばかしくのたまふべくも見えず。言葉の足るまじきにもあらず、心の及ぶまじきにもはべらねど、つつまし、はづかしと思ふに、……かかるまじらひなりぬれば、こよなきあて人も、みな世に従ふなるを、ただ姫君ながらのもてなしにぞ、みなものしたまふ。

——たいそうかよわくて子供っぽくていらっしゃる上臈の女房たちはお客様と対面なさることも難しい。またたとえお会いになっても何が出来ましょうか。要領よく受け答えなさるとも思えません。言葉が足らないというのではありませんし、気配りが足らないというのでもないのですが、ただ引っ込み思案で恥しがりで……このような宮仕えに出たとなれば、たいそう高貴な人でもみなそれなりに世間に従っておられるようなのに、こちらの方々はただかつての姫君そのままの振る舞いで過ごしていらっしゃいます。

「いとあえかに子めいたまふ」上臈たち、彼女たちは「つつまし、はづかし」と思うがゆえに社交的な応対などは出来ない。紫式部はその様を「ただ姫君ながらのもてなし」だと言うのだが、〈姫君〉とはいかなるものであったか、世間ずれをしていない純な姿が見えてくる。「あえかに子めいたまふ」という形容は夕顔そのものとも言えるし、この形容が〈姫君性〉を表わしているとすれば、夕顔もまさに姫君そのものであったと言うべきだろう。

彰子中宮配下の女房集団とは、このようなおっとりとしたお姫様たちの集まりであった様子が『紫式部日記』には述べられているのだが、女親分というべき彰子その人も同様であったらしい。

宮の御心あかぬところなく、らうらうしく、心にくくおはしますものを、あまりものづつみせさせたまへる御心に、「何ともいひ出でじ、いひ出でたらむも、うしろやすく恥なき人は世にかたいもの」とおぼしならひたり。

――中宮様には不足するところなどなく、とても洗練された奥ゆかしい人柄でいらっしゃいますがあまりにご遠慮深い所があって配下の女房たちに対しても「何も口出しはするまい。口出ししたとしても、安心感のあるちゃんとした人は本当になかなかいないのだから」と常々お思いでおられます。

これは彰子中宮の人柄を述べたものだが、中宮の人柄として挙げている「あまりものづつみせさせたまへる御心」は、右近の語る夕顔の人柄「世の人に似ずものづつみをしたまひて」に繋がるものがあって、高貴な人のあり方としてかくあるべしという見方が当時あったことが想像されるし、あるいは少なくとも作者紫式部はそのような認識を持っていたのだと言えそうである。また、よく指摘されるように、紫式部の同僚女房で、なかなかの仲良しであった小少将の君の描かれ方が夕顔と非常に似ているのである。

心ばへなども、わが心とは思ひとるかたもなきやうにものづつみをし、いと世をはぢらひ、あまり見苦しきまで子めいたまへり。腹きたなき人、あしざまにもてなしいひつくる人あらば、やがてそれに思ひ入りて、身をも失ひつべく、あえかにわりなきところついたまへるぞ、あまりうしろめたげなる。

——お人柄は、自分では何も決められないくらい遠慮深い人で、目立つのを恥らっておられて、あまりにも子供っぽくていらっしゃる。意地の悪い人があれこれ酷いことをしたり言ったりすると、すぐにもう死にそうなほど思い詰めてしまって、どうしようもないほどかよわい所がおありになるのが気がかりで仕方がないくらいなのです。

ここに批評された小少将の君の姿はあたかも夕顔そのままのようで、「ものづつみ」をして「子めいたまへる」ところ、また深刻に思い詰めるところなど、夕顔のモデルとして小少将の君を想定したくなるほどである。

この小少将の君は彰子中宮の母倫子《りんし》の姪、つまり彰子の従姉妹にあたる人である。紫式部とはともに仲良く宮仕え暮らしをしていたことが日記からはうかがえるが、式部の小少将に対する評価はとても高い。「いとあてにをかしげにて」（とても上品ですばらしい）ではあるが、父の源時通《ときみち》が早くに出家をして頼り少ない身の上であった上に夫となった源則理《のりまさ》とも上手くはゆかず、それで彰子に出仕をする身の上となったものらしい、夕顔と同じく〈父と夫〉に恵まれなかったわけだが、そのことから「人の程よりは幸のこよなくおくれたまへる」

〈人柄のすばらしさにもかかわらず、幸にはめぐまれてはおられない〉という幸薄き人であった。

この小少将も含めて彰子に宮仕えしている上臈の女房たちは本来ならば姫君として自邸で父にかしづかれていてもおかしくはない人たちであった。『栄花物語』にも父を亡くした貴顕の家の娘が女房として宮廷に出仕するエピソードが一種の悲話として語られているように、一昔前ならば宮仕えをするはずのない身分の女たち、あるいは自らが妃として入内しても不思議ではない高貴な女が女房として出仕する時代になっていた。その結果、〈姫〉であったはずの女が〈姫〉ではいられず女房になるという事態、落魄とも「落ちぶれた」とも言える事態が起こっていたのだった。

身を落としたにもかかわらず「子めかしくてあえかならうたげな、ものづつみ」であったという高貴な〈もと〉姫君たちは、女房としては無能としか言う他はなく、宮廷においては女房の姫君性などは場違いなものであったことがうかがわれるのである。

夕顔の物語においてもそれは言えることで、彼女の姫君性は五条の世界では場違いなものであった。姫君ではいられないような世界を彼女はさすらっていたにも拘らず、夕顔は姫君そのままにおっとりとあどけなく天女のように存在していた。その場違いの姫君性のために、あるいは遊女か、頼りなく唯あどけなく可愛いだけの女かと思われてしまう。光源氏にもその姫君性は見えず、不思議な謎の女か、下の品の女かと思われていたのである。

夕顔再生

夕顔は、再生しなければならなかった。無縁の世界における死と再生の原理からすれば、無縁の世界での死を経て、その後再生する。それは活性化された新たな生を生きることであった。夕顔はいかにして再生するのか、というのが夕顔死後の物語の課題であったと思われる。夕顔は「めざましきもの」などではなく「めでたき」女という評価を得て、六条院に迎えられなければならなかったのである。その要望に応えて登場したのが、遺児の玉鬘であった。玉鬘は見事に無縁の世界から、つまりは〈市〉の空間から甦ったのだった。

三歳の折から二十年近くを筑紫ですごした玉鬘は、さまざまの事件・苦難を乗り越えて乳母一家とともに決死の上京を果たした。とはいうもののあまりに長い年月京の都を離れていたばかりに、住む家もなくこれという知り合いもいない。彼らがとりあえず落ち着いたのは京の「九条」であった。そこは「都のうちといへど、はかばかしき人の住みたるわたりにもあらず、あやしき市女商人のなかにて」（都の中とは言えどちゃんとした人が住むところではなく、賤しい市女や物売りたちが住む場所で）という、かつて夕顔が身をひそめていた五条界隈とまことによく似た物売りたちの仮住まいの空間であった。遺児玉鬘は、母夕顔と同じく無縁の世界、〈市〉の空間に吸い込まれたのだった。ただ、この九条の世界からの再生はならず、再生のためには宗教という回路を経なければならなかったと言えようか、彼ら一行は九条から出立して長谷寺参詣へと向かう。行き着いたのが椿市《つばいち》、ここが再生のための〈市〉であった。この〈市〉は、長谷寺参詣の為に出自の異なる様々の世界の人々が集まってくるというこれも無縁の世界であり、その世界では信仰によって縁づけられた人々の不思議なる出会いが用意されている。そこで、玉鬘を探していたかの右近との邂逅がなされたのだった。

ここで玉鬘は見事な姫君として現われるのである。「女神のお食事」の章で述べたように、椿市《つばいち》の宿で玉鬘が食事をする場面では、玉鬘は男性（乳母一家の主の豊後介）の配膳によって御膳を捧げられる高貴な姫君として姿を現す。この男性による配膳行為が高貴性の表れではないかと推測されるのだが、彼ら一行はみすぼらしくもやつれ果てた姿となっているにも拘らず姫君玉鬘のために正式な作法に則った食事を整えていたのだった。乳母一家はいかなる不如意な時でも玉鬘を高貴なる姫君として遇していたことがこれで窺われる。このようにして玉鬘は〈市〉の世界にあたかも女神であるかのように、母夕顔をも越える威力のある姫君として現われたのだった。

玉鬘の高貴な美しさは本来のものではあろうが、無縁の世界での彷徨いのなかで新たに活性化されたものが威力として作用したのであろうか、現れ出た玉鬘は輝くばかりであった。無縁の世界をめぐることによって霊力・生命力が増幅されるという修験道の原理に従えば、〈再生〉とは威力も新たに生まれ変わることであった。玉鬘は母よりもオーラを発揮していた。

右近の目が捉えた玉鬘の姿は、明石姫君や紫の上の麗姿にも劣らぬという。もっとも後になると、やはり紫の上の方がこの上もなくすばらしい、と思い直すに至るのだが、邂逅の場では玉鬘の輝くばかりの美しさと高貴さに右近は感嘆するばかりであった。実際にどうであったかという客観性よりは、ここでは物語の論理によって玉鬘は、胎内めぐりの死と再生を経てあらたに生まれ変わったのだと考えたい。生まれ変わったのは夕顔でもあり、玉鬘でもあったろうか、この母と娘の姿は二重写しとなって一人の輝くばかりの聖なる女として再生したのだと思われるのである。

いで、あはれ、いかでかく生ひ出でたまひけむ、とおとどをうれしく思ふ。母君はただいと若やかにおほどかにて、やはやはとぞたをやぎたまへりし。これは気高く、もてなしなどはづかしげに、よしめきたまへり。

——あらまあ、なんと。いかにしてこれほどまでに立派にお育ちなさったのかと、育ての親の乳母を喜ばしく右近は思う。母の夕顔様はただ若々しくおっとりとなさって、もの柔らかにたおやかでおられましたが、こちらは気高く、立ち居振る舞いも立派で上品でいらっしゃる。

右近の目を通した母夕顔と玉鬘の比較である。夕顔よりは気高さがまさっているらしく、また態度・ものごしがいかにも貴人らしく立派であった。これもひとえに乳母の教育の成果かと右近は評価している。このような玉鬘ならば、あの五条界隈に暮らしたとしても母のように下の品の女かという誤解は受けなかったかもしれない。母の夕顔は、本来は高貴な女であるにもかかわらず、それが表に現われずただおっとりと天女のようなあどけなさであったのだが、その母の再生した姿でもあろうか、どこから見ても堂々たる立派な姫君として玉鬘はこの現世へと再生したのだった。

この後、玉鬘は光源氏の娘分として六条院に住むことになる。花散里が住む夏の町の西の対が玉鬘のために用意された。乳母は玉鬘の六条院入居に備えて、大勢の女房や童女など、さらに装束なども準備万端整えた。大勢の女たちを率いる女主人としての玉鬘がここに生まれたのだった。

玉鬘はこの時点まで、呼称に関して言えば主に「若君」であった。二十歳を過ぎた女性がなおも若君と呼ばれていたというのは普通はありえないことなのだが、玉鬘の場合は母の夕顔が〈姫君のまま〉所在不明であったので、彼らにおいては姫君とは依然夕顔のことであった。その姫君の娘として玉鬘は乳母一家からは若君と呼ばれていたのだが、時と場合によっては玉鬘が姫君と呼ばれている例も多少ある。時に若君、時に姫君であった玉鬘は六条院移転後の呼称は一貫して姫君となった。姫君とは、大勢の女たちを従えて、さらに女たちにかしづかれて暮らすものであった。その大勢の女たちの集団が六条院入居に際して用意されたのである。つまりは玉鬘を中枢とする女社会が出来上がったと言えようか。若君から姫君への変身――玉鬘は女社会の堂々たる女主人へと生まれ変わったのである。彼女は、六条院の輝く姫君となった。

ところで、この六条院の在る場所とは、曰くつきの場所ではなかったろうか。この六条院とは、かの〈六条の女〉こと六条御息所の邸宅を取りこめる形で作られたものであり、さらにその場所は歴史上の河原院、あるいは河原院がモデルかと想像される〈なにがしの院〉もここではなかったか、と想像されるいわくつきの場所であった。六条院は、さまざまの要素が重層的に重なり合った、そして怨霊やもののけが呼び起こされるトポスとして存在する。そして、なにがしの院がここに重なっているとすれば、夕顔が死を迎えたその同じ空間で玉鬘は姫として再生したことになるのである。夕顔から玉鬘へ――、死と再生のメカニズムがこの六条の地で働いているように思われる。

夕顔はあのなにがしの院の暗闇の世界で、もののけの女から「めざましきもの」として怨みを受けて抹殺された。年月を経て、その同じ暗闇の中から、決して「めざましきもの」などではない、堂々たる「めでたき女」としての夕顔が甦った。この世の掟も納得して「めでたし」と賞賛する女の甦りであった。夕顔再評価、そして再生がなされたのである。現れ出たのはあくまで娘の玉鬘ではあるのだが、母から娘へと繋がってゆくものが確かにあるのだと思われる。六条院における玉鬘のはれやかなまでの美しい姫君ぶりは、母夕顔の可能性としてありえたかもしれぬ姿でもあったろうか。それははかなくも不条理な死を遂げた女に対する鎮魂であると同時に、はれやかな女神のごとく生きた女の再生の物語でもあったように思われるのである。

断想

〈傍ら〉にあるもの――歴史のなかの暗がり

十四世紀、南北朝動乱の時代を語る『太平記』――それを読んでいるとき、ある些細なことが気になった。それは、敵方に夫を殺された身分ある妻女たちが、敵の目を逃れて安全な場所を求めて隠れ住む、その場所が「仁和寺《にんなじ》の傍ら」だと記されていることだった。そういう記述が何度か出てくる。「仁和寺の傍ら」とはどういう所なのか、あるいは「仁和寺の傍ら」に何があるのか、気になったのである。

隠れ住んだところがたまたま地理的に仁和寺の近辺に過ぎなかったのか、あるいは彼女たちの隠匿に大寺院である仁和寺が関与していたのか、問題の鍵は「傍ら」という言葉である。

謡曲の「橋弁慶」の冒頭、次のようなセリフがある。弁慶が初めに登場して名のりをするところである。

これは西塔の傍らに住む武蔵坊弁慶にて候

ここにも「傍ら」がある。

西塔というのは、比叡山延暦寺の僧房の一つである。古来、延暦寺の僧房は、東塔・西塔・横川の三つに分かれていて、僧たちはそのどれかに所属する。しかし武蔵坊弁慶は「傍らに住む」者だと言う。「傍らに」というのは何やら曖昧である。西塔なる僧房の正式な構成メンバーなのかどうか。堂々と「西塔に住む弁慶」とは名のれないような、少し卑下する気持ちが感じられるし、この言葉にはどこか微妙なものがある。

仁和寺や延暦寺という大いなる権威・権力に属しているという帰属感はあるものの、自分の存在はその権威・権力の正統な世界の〈傍ら〉だという思い。中心から見れば末端とも周縁とも言いたいような世界が「傍らに」という言葉にはありそうである。

中世においては、寺院は大きな企業を思わせるような巨大組織であった。現代でも大きな宗教組織が様々の要素の総合体として成り立っているのはよく知られたことだが、中世寺院はそれ以上にいろいろの人間たちの集まり、清濁併せた世界であって、お経を読む僧侶たちだけで成り立っているのではない。寺院の上部に位置して権威を発揮する学問僧がいて、その下に寺院の経営や政治を担う僧たちがいる。またその下には、雑役や軍事を担う下級の僧たちもいる。寺の周縁には商人たちや職人たちもいて寺の運営を支えているし、経済活動や生産活動も、さらには芸能活動も行われている。寺院には労働者たちもいたはずだし、賤民も芸能者集団もいた。さらには寺の周囲には尼たちの住まいもあるし、当時は寺院には必ず付属として付きものであったとされる巫女集団も住んでいたと言われる。それら末端の者たちは寺院の下部組織と言えるのだろうが、そのものたちをつまりは寺院の〈傍らに〉にあるものと捉えていいように思う。仁和寺という大寺院の周縁部にいて仁和寺に所属しているとはちょっと言えないような種々雑多な人間群。彼らは卑賤の者たちだろうが、〈傍ら〉とはその卑賤な要素も含めて、社会の底辺にある人間の集団を表わしているように思う。

思うに、〈傍ら〉にあるのは、人間集団とそのネットワークであろう。しかし、問題としたいのは、この〈傍ら〉にあるものたちが放つ〈影の力〉と言うべきものである。

〈影の力〉というものは都市が発達するにつれて自然発生的に出来上がって行ったものか、十世紀成立の『宇津保物語』には貴族たちが自分の手足のようにその影の者たちを使うエピソードがすでにちらほらと出てくる。

とくに何か悪だくみをしたいときに、「陰陽師、巫女、博打、京童、翁、嫗《おうな》」を召し集めて相談する。博打や京童には都のうちに手下の者が六百人はいて、いざというときには彼らが動くのだという。今でいえばやくざの集団か。嫗というのは、多くの貴族の屋敷の女房たちとコネクションがあって、さまざまの情報を集めてくる、いわば情報屋だったらしい。

源義朝《よしとも》の遺児牛若丸は『義経記』などの物語の世界ではこの〈傍らに住む者たち〉と結びついている。弁慶という、おそらくは荒くれ法師集団を担う豪傑――暴走族のリーダーみたいなものか――、金売り吉次という商人の力、これは大権力たる寺院を影で支える者であったろうが、その〈影の力〉が牛若丸を支え、かつ護ったのではないかと思える。

〈傍ら〉に象徴される〈影〉の世界は、いわばアジールとして〈逃げ込める〉空間でもあったらしい。『太平記』において〈仁和寺の傍ら〉に隠れ住んだ日野名子はこの隠れ家で男子を出産する。その子とは、謀反の罪で後醍醐天皇方に斬罪された西園寺公宗《きんむね》の遺児、後の実俊《さねとし》であった。この頃、謀反人の遺児たちは徹底的に捜し出され、そして殺された。日野名子が公宗の子を生んだという情報はすぐに敵方に漏れたらしく、赤ん坊を連れて出頭するようにという後醍醐天皇からの命令が来るのだが、死産であったと言い逃れをして何とか免れている。この件から考えると、敵方は日野名子の〈隠れ家〉には踏み込めなかったのである。武士たちがずかずかと踏み込んで赤ん坊を殺してしまうことも出来たはずなのだが、それはなかった、ということからすると、日野名子の〈隠れ家〉は公権力が踏み込めない場所だったのではないか。踏み込めなかった、というところに、〈仁和寺の傍ら〉の持つ意味があったのではあるまいか。〈傍ら〉が一種の安全装置として機能している。

〈傍ら〉だからこそ出来ることがある。〈正統〉の仁和寺が彼らを匿えばそれは表立ったことになるが、〈傍らの世界〉では構わない。所詮は影の世界の出来事なのである。非合法であろうが罪人であろうが頼ってきたものは引き受けるという〈傍ら〉ならではの理念のごときものがあったろうか。

具体的に考えれば、日野名子が隠れたのは尼たちの住まいかと推測できる。日野名子の時代から少し遡る十三世紀後半に書かれた『とはずがたり』では、著者の御深草院二条は身を隠す必要があるときには必ず山里に住む尼の住まいに身を寄せていて、尼たちが何かと二条の世話をしている。二条はともかくも高貴な名門の姫君であったからこのような影のネットワークも豊富だったろうと思えるのだが、彼女はそこで愛人との密会までしている。尼の世界では後ろ暗い秘密も許される。

次は京都の東山である。東山の山麓あたりに尼たちの世界があった。

鴨川のほとりに立って東を眺めれば、低くてなだらかな山々が連なってまことにのどかな風景に見える。しかし、昔々、東山は地獄として想像された。鴨川は三途の川、五条の橋を超えるとそこはあの世。東山の麓には六道の辻、閻魔堂があり、さらに鳥部野《とりべの》は葬送の地であった。人々は五条の橋の彼方に死の世界を見ていたのだった。

『源氏物語』の夕顔巻では、この五条、橋、東山という死を連想させる土地を巧みにキーワードとして用いながら、十七歳の光源氏の夢のように儚い恋物語が、怪奇譚も取り込みつつ描かれている。

五条の商人宿のような隣近所の声が丸聞こえという、粗末な住まいで知り合った、どこの誰とも知れない、もしかすると遊女かもしれないと思わせるようないかがわしい女、その女の素性は後でわかるのだが、彼女は光源氏にとって謎の女であった。その謎の女と恋に落ちた光源氏は、ある夜その女、夕顔を「なにがしの院」

へと連れ込むのだが、その夜彼女は謎の死を遂げてしまう。光源氏の嘆きは甚だしいが、ともかくも問題となったのは彼女の遺体の処理であった。この事件には犯罪性はないとは言うものの、ばれるとこれは大変なスキャンダルであることは間違いない。時の天皇の御子で、花の貴公子、最高の御曹司が大変なことを引き起こしたわけでこれが表ざたになることは何としても防がなければならない。

ところで光源氏には非常に頼りとなる乳母子の惟光がいた。この惟光が駆けつけてきて、問題の夕顔の死体の処理を秘密裏のうちに行った。その結果この事件は表沙汰とはならなかった。一人の女が行方不明になっただけであった。

夕顔の死体が運び込まれたのは、東山の麓に住む老いた尼君の住まいであった。そこで秘密のうちにささやかな葬儀が営まれた。夕顔の死体とは、いわば公にすることのできない〈やばい〉遺体である。その死を引き受ける空間が「東山のほとり」にいる老いた尼君の住まいであったという点に注目したい。ここでは秘密が守られるのだ。葬儀の時には山上の清水寺から、尼君の息子だという正式な僧が下りてきてお経が唱えられた。夕顔はともかくもそのあたりに放置されることなく丁寧に葬られたのだった。彼女の死体は正統かつ公的に権威のある清水寺に運び込むわけにはいかないが、寺の麓に住む尼君の空間ならばそれが許される。

この尼君とはどのような存在であったのか。彼女も清水寺という正統な寺院の傍らに住む者であった。清水寺に入った息子の僧との縁によって老後を清水寺の傍らに尼として暮らしていたのだと思われる。

正統な世界に対して微かに繋がりながらも末端に位置するのが〈傍ら〉の世界であるとすると、その〈傍ら〉には正統な世界では救われないものたちを引き受ける役割があったと考えられる。しかし、それはあくまで非合法の世界だった。正統な世界が〈光〉であり表の世界であるとすると、〈傍ら〉の世界は〈影〉であり裏である。裏の世界に生きるものたちは〈裏〉を見ることが出来る者たちだった。『宇津保物語』にあらわれる〈影の者たち〉

のなかには前述のように「陰陽師、巫女」というものが挙げられているが、彼らは「ウラを見る」ことが出来るもの、つまりは「占い」をする者たちでもある。

〈傍ら〉の世界に女たちは暮らしていた。比叡山、高野山、清水寺でも、男の僧たちは山上の聖域に聖なる世界を築いていたが、それに対して尼や巫女たちは山の麓で暮らしていた。高野山の麓の天野に住む尼たちは山上の僧たちの洗い物を引き受けていたという。汚れたものを清めるのが〈傍ら〉にあるものの役目であった。

傍らの世界が引き受けるものは、正統な表の論理では解決できない、というよりは、正統な世界から否応もなく滲み出てしまう〈澱《おり》〉のようなものだ。澱のような、膿のような、正統な世界からはみ出た醜いものを引き受けていくのが影の世界の役割であったろう。この影を生きるのは女たちだけではない。賤民とみなされて、穢れを浄めるという役割で寺院の末端に生きた人々もいる。

傍らにある影の世界、汚れも穢れも引き受ける混沌とした、だからこそ救いのある世界が、仁和寺・清水寺・高野山などの聖域の〈傍ら〉にあった。その〈傍ら〉に生きるものたちの、いわば暗がりのエネルギーが歴史のなかの光と影の交錯を織りなしているように思う。

今の世の中にも、どこかでこの影の力は働いているのだと思うことはある。しかしそれがよく見えなくなってしまっている。それが現代なのだと思う。影の存在などはあってはならないことだし、影を生きるなどというのは本人にとっては不幸なことでしかない。

すべてが明るい照明のもとにさらけ出されたのが現代であるとすると、現代はひたすらこの影の部分を消し去ることに情熱を傾けてきたのだった。何もかも明るくなった社会には逃げ込む暗がりがあってはならないのだった。しかし、暗がりとしての影の世界は、幻想としての力をなおも放っているように思うのである。

橋を渡る、ということ

布団着て寝たる姿や東山　　服部嵐雪《らんせつ》

このように俳句に詠まれた京都の東山の景色はいつ見てものどかでどこかほのぼのとしている。東山とは言っても山は一つではなくいくつかの連峰の総称が東山なのだが、その山々の連なった曲線がなだらかで、どこにも尖ったところがなく、鴨川のほとりに立って東山を眺めると平穏、無事、平和そのものという感じがする。しかし、このようになだらかな優しい雰囲気の東山に古代の人々は死の世界を見たのだった。東山のやや南に位置する鳥辺山《とりべやま》は死者を葬った山として知られているが、死者を山に葬るというのは京都に限ったことではなく、日本中至るところで死者は山に葬られた。

里に住む者たちは近くのお山を仰ぎ見ては故人を偲び、いずれは自分たちもあそこへ赴くのだと思っていただろう。その世界が京都ではたまたま至ってのどかな東山なのだった。

古代の民俗の観念では、人は死ぬと山に入る、とされていたようだが、地域によっては〈死ねば海へ帰る〉とか〈空へ上る〉などというのもある。ともかくもそういう観念の世界に仏教が入ってくると、山が、そして海や空があの世＝浄土ということになる。山に限定すれば、死者は三途の川を超えてあの世へと赴く。うまい具合に京都には鴨川が流れているものだから、鴨川が三途の川に見立てられた。五条の橋を渡るとそこはなだらかな河原で、やがて山の世界に入ってゆく。

十一世紀の貴族の日記『左経記《さけいき》』に、五条橋で催される「迎え講」を見に行ったという記事がある。この「迎え講」というのは現在は五条橋では行われていないが、当時は京都に限らず日本各地で行われていたものらしい。「迎え講」とは、川の向う側から、つまり浄土からということになるが、仏たちをお迎えするというものである。記録によると、阿弥陀仏を筆頭にして二十五の菩薩がやってくるのをお迎えしたものだが、阿弥陀や菩薩はもちろん人間たちが華やかな衣装を身に付けて扮したものであって、演劇的要素の強いものだったらしい。

奈良の当麻寺では、この行事が「二十五菩薩練供養《ねりくよう》」として現在も毎年五月十四日に催されている。残念ながら私はまだ見に行ったことはないのだが、関西では有名な行事で当日のテレビのニュースなどで放映されたりするので、お馴染みの映像である。華やかな衣装に仮面をつけて菩薩に扮した人々が仮設された橋の上をゆっくりと練り歩きながら渡ってゆくというものである。

当麻寺の「練供養」は普通の「迎え講」とは異なっていて、菩薩たちは中将姫を迎えにくるという設定になっている。これはこの寺に古くから伝わる中将姫伝説が合体したものであって、橋を渡ってこの世にやってきた菩薩たちはこちらで待ち受けている中将姫を伴って、ふたたび浄土へと戻ってゆく、という趣向である。中将姫は菩薩たちに伴われて無事に往生する。

橋を渡る、とは要するに無事にあの世へと旅立つことであった。

五条橋——現在の五条大橋は道幅も広く、弁慶と牛若丸の像がどこにあるのか分からないほど広すぎる橋だが、実は昔の五条橋はここではなかった。ここより少し北にある松原橋がかつての五条橋であった。

あの世への入り口がなぜ五条橋なのか。三条橋でもなく四条の橋でもない。これは地図を見ていると何となく察しが付くのだが、現在の松原通りの橋からずっと西に辿ってゆくと五条の天神のお社がある。さらにその向かい辺りに道祖神のお社もある。この天神の社と道祖神の社、そして川と橋とがセットになって一つの世界を作っているものらしい。

思うに、昔々、平安遷都以前からあったかもしれないこの道祖神は、ここがかつて境界であったことを示しているのだろう。道祖神とは、村外れや町外れの道に置かれてここから先は自分たちの世界とは異なる空間だということを表わしているものだった。京の都がまだ規模の小さい〈村〉みたいなものだった時代、この道祖神が境界となって、その先はあの世と見なされたものか。この境界を越えてゆくと、その先は鴨川。川という境界をさらに超えてゆくと、六道の辻がある。そこが地獄の入り口であった。さらに進めば清水寺や、葬送の地、鳥辺山がある。あの世の入り口は、五条の天神、あるいは道祖神の社から始まっているのだ。

ついでに言えば、六道の辻あたり、六波羅の地に壮大な邸宅を建てた平家の一門は〈あの世〉の世界に、地獄の入り口に堂々と君臨したことになる。あるいは武家の一門として〈死〉の側に身を置くことを是としたものだろうか。

平安末期の中世に入る時期になって、死を前提として生きるという思想が平家一門の六波羅の世界によって表されているように思う。死とはあちらの世界のものではない。私たちの生きる〈ここ〉がすでに死を孕んでいるのだ。

謡曲の「橋弁慶」では、弁慶は「かねてからの宿願ありて」という次第で、五条天神に参詣しようとするところから始まる。そこで五条の橋で牛若丸と巡り合うことになるのだが、そこから弁慶の人生が、それも本当の人生が始まったのだった。弁慶が牛若丸と、つまり後の源義経とともに生きたその人生は尋常の世界を生きるものではなかった。非日常のいつ死ぬかも分からないようなぎりぎりのものだったはずだが、そこに弁慶の激しい情熱があったとすれば、五条の天神への参詣がきっかけとなって彼は別の世界へと飛躍してしまったのだ。境界を超えるとはあの世への旅立ちを意味するだけではない、生きるという意味でも大きなものがあったように思う。

この五条の天神、五条橋、鴨川、さらに清水寺、鳥辺野の世界をキー・ワードとして見事に物語世界を作り上げたのが、前回も取り上げた『源氏物語』の夕顔巻である。作者は、これらの土地の持つイメージを最大限に活用して、なかなか面白く巧妙な、一種のミステリーを作り上げている。

光源氏が夕顔という女と知り合うのは、猥雑な小さな家々が犇《ひし》めきあう五条界隈であった。この場所がどうやら五条の天神、さらに道祖神のあたりかと思われる。

光源氏が夕顔の住まいで共にいると、隣近所からさまざまの巷の声が聴こえてくる。地方と都を行き来する商人たちの景気がいいとか悪いとかの話し声。臼を回している音もする。さらにはお隣には修験の山伏もいるらしく、五体投地の祈りの苦しげな気配までもする。当時、京の市は七条にあったのだが、この市に蝟集《いしゅう》する人々の宿がこの五条界隈にあったものだろうか。ここになぜ山伏がいるかと言えば、市場というものには当時山伏は必須の存在だったとされる。山伏の宗教の力を中心として、市場という無縁の者たちが集まる〈場〉の力が成立するのである。市場とは公権力が介入できない自由な世界だった。ここは誰が何をしてもいい世界であるから、宗教者や芸人、売笑婦《ばいしょうふ》、乞食などがやってきて活動する。そして何かが始まる世界だった。

奈良時代か、平安朝の初期の頃から〈市〉というものを拠点としてさまざまの民衆運動が見られた現象は歴史の上からいくつも見ることが出来る。古くは行基の活動から、さらには空也も市において説法を行い、また踊念仏の一遍も市がその活動の拠点になっている。その宗教活動に付随して芸能者たちが大道芸のようなものを展開した場が市の世界でもあった。市にはさまざまな世界から、日本各地から互いに縁のない衆生たちが集まってくる。そこにはどんな人間がいても不思議ではない、なにが起こっても不思議ではない、何かがぐつぐつと生成される空間であった。

このような磁場の力を持つ空間から、そして〈あの世の入り口〉の五条界隈の空間から夕顔が現れたのである。夕顔の謎はそもそもの始めから用意されていたと言えようか。作者の紫式部はこの物語をミステリー仕立てにすることを大いに楽しんだのではないかと想像されるのだが、夕顔を謎の女にするための巧妙な仕掛けが実にうまく張り巡らされている。また、この女が遊女ではないかと光源氏に、そして読者にも思わせてしまうような描き方がされている。この〈場〉のもつ磁場の力が不思議な謎の女を作り上げている。夕顔の現実の素性は、これは事件の後に夕顔の乳母子である右近によって明らかにされるのだが、父は三位中将、もともとは貴顕の出自の女であった。しかし、そのことは事件の後まで読者にも光源氏にも伏せられている。

この猥雑な不可解な空間で、夕顔も光源氏も互いの素性を隠しながらの恋愛遊戯にはまり込んだのである。その結果が女の死であった。夕顔が物の怪に取り殺された〈なにがしの院〉は鴨川にほど近い所に位置する皇室所有の邸宅だが、夕顔も光源氏も〈あちらの世界〉に呑み込まれたのかもしれない。

やがて夕顔の死体は五条の橋を渡る。なにがしの院は六条あたりにあったのではないかと推測されるのだが、中世以前には五条より南に鴨川に橋は架かってはいなかったらしい。従って、川をじゃぶじゃぶと越えるのでなければ、東山に行くには人々は必然的に五条橋を渡ったことになる。そこからおそらくは六道の辻を通って死の世界へと入って行った。そして、生きている光源氏も橋を渡った。夕顔は死んで蘇らなかったが、光源氏は死ぬこともなく生きてこの世へと戻ったのだった。このことは光源氏の〈死と再生〉を意味しているように思う。彼にとっては新たに生きるという意味で大きな意味があったのだ。

人は、一度は橋を渡らなければならないのではないか。生きているときには自分の力では如何ともしがたい大きなものの前でのたうちまわることが一度や二度はあるのではないか。その大きなものを前にした時、人はその如何ともしがたい威力に打ちのめされることがあるのではないか、と思う。それを突き進めたときに〈橋を渡る〉のではあるまいか。

明治の名作、樋口一葉の『にごりえ』では、主人公のお力は橋を渡ろうか、渡るまいか、逡巡した思いのなかで娼婦の世界をのたうちまわっている。ここでは〈橋を渡る〉が大切なキーワードとして現れてくる。七月十六日、この日はお盆、地獄の閻魔様の日であった。お力は下座敷で端唄を歌っていたが、その歌の詞に心を突き動かされて外へ飛び出して巷をさまよってゆく。

〽我恋は細谷川《ほそだにがは》の丸木橋、わたるにや怕《こわ》し、渡らねば

(『全集樋口一葉第二巻』一九七九年　小学館)

巷をふらふら歩きながらお力は「仕方がない、矢張り私も丸木橋をば渡らずはなるまい。父《とゝ》さんも踏かへして落ておしまいなされ、祖父《おぢい》さんも同じ事であつたといふ。」と呟きながら、覚悟を決める場面なのだが、橋を渡ることの怖さ、切実さがここには象徴的な意味を込めて描かれている。この丸木橋に関しては『にごりえ』研究ではさまざまに論じられているのだが、この橋はたとえば地獄曼荼羅《まんだら》絵図などに描かれているあの世へと続く橋がイメージされているのではないか。地獄絵図のなかの橋とは、たとえて言えば五条の橋であり、五条橋とおなじくあの世へと人を導いてゆく橋なのである。それにこの日はお盆の十六日、おそらくはあちらこちらで地獄絵図の絵解きが行なわれていたに違いない。江戸時代から地獄曼荼羅絵図の絵解きの人々は京・大坂・江戸の町を檀那《だんな》としてめぐり、それは明治・大正・昭和の始めの頃まで続けられたという話もある。一葉にとっ

ても馴染みのある映像だったかもしれない。

橋を無事に渡って彼岸に行けばいいのであろうが、渡りそこねて落ちてしまえばそこは救いのない地獄であった。地獄曼荼羅絵図には、実際に橋から真っ逆さまに落ちてしまう人々の姿も描かれている。お力はともかくも橋を渡ろうとしたのである。しかし、橋の彼方の世界を見ていたわけではあるまいと思う。お力にとって、橋とは渡ろうとしても渡りきれないもの、そして踏み外して落ちてしまう他ない物であったのではないか。彼女のお父さんやお祖父さんが「落ておしまいなされ」たように、橋から落ちた底なしの地獄がお力の世界だったのではあるまいか。そもそもこのお力が現在いる新開地の銘酒屋の世界、そこは明治二十年代においては最低ランクの淫売窟であったというが、その世界こそが地獄だったのだ。この世界は本文にも「誰れ白鬼とは名をつけし、無間地獄のそこはかとなく景色づくり」と描写されているように無間地獄であり、そこにいる淫売の女、お力は〈鬼〉であったのだ。地獄絵図に描かれた〈橋から真っ逆さまに落ちていく人々〉にお力は自分の姿を見ていたのかもしれない。そこには救済も何もない。

江戸時代、大阪は八百八橋と言われたように橋だらけの町だった。大阪の町は淀川の水を引いて、町中掘割で区分けがされた結果、町の至る所に川と橋がある。人々は橋を渡り続けてこの世を生きた。そこにこの世を〈浮き世〉と見る思想が生まれた。

近松門左衛門の描く浄瑠璃の世界は、その浮き世を生きた人々の喜怒哀楽を描いたものだった。

「あなたは橋を渡ったことがありますか」

この問い掛けは恐ろしい。迂闊に聞いてはいけないような、聞いた途端にその人と私との間の何かが壊れてしまうような本質的な問い掛けではないか、と思うことがある。あるいは「私は橋を渡ったことがあるのか」という問も自分を壊しかねない。しかし、問わずにはいられない問である。

「あなたは橋を……」

この問い掛けは、愛する人には、聞きたいけれども敢えて聞かずに、ただその人を見守っていたい、そう思わせる問い掛けである。

山の麓の世界

またまた京都東山の話である。

京都一番の繁華街、四条河原町の交差点を東へと歩いてゆく。しばらくすると四条の橋があり、鴨川が流れている。その鴨川を超えてゆくと、あたり一帯は祇園の花街である。正面には東山を背にした八坂神社の門が見えるし、あるいは運がいいと舞妓さんの姿を見かけることもある、という京都屈指の観光スポットである。

ところで、たいていの人は気づいていないのではないか、と疑っているのだが、祇園から見える八坂神社の門は実は正門ではない、西門である。正門とは、神社の南側に位置するものであって、八坂神社にもちゃんと南楼門という正式な門が堂々と存在しているのだが、ほとんどの人は西門を正門と信じてそこから参詣しているように見える。もっとも町中から行くには西門から入る方が自然の流れとしては便利なのだが。その結果、八坂神社参詣の門前町として祇園が花街として栄えることになった。

京都と言えば祇園の芸妓さんや舞妓さんが連想されるほど花街の代表として祇園は有名なのだが、花街としての歴史は比較的新しいらしい。江戸時代の古地図を見ると、祇園辺りは森か林のようになっている。

では、祇園より古い花街は、と言えば、それは八坂神社のかの正門たる南楼門の門前地域、下河原あたりがそれになる。下河原は、八坂神社の正門前としてまさに正統な門前町なのである。それが時の流れにつれて祇園の方が栄えて来たので、下河原の芸妓たちは次第次第に祇園へと吸収され始め、そのうち本家の下河原花街は明治の頃には廃絶してしまったのだという（『京の花街ものがたり』加藤政洋著　角川選書　二〇〇九年）。

下河原の芸妓たちは舞踊を生業とする芸能者であったらしいが、〈山猫〉という愛称で呼ばれていたという。〈山猫〉とは、〈山の根っこに住む妓〉というのが詰まったものだろうと推測できるが、彼女たちは要するに、山の麓に住む芸能者であった。高台寺傘下の白拍子が本来だという説もあるように、権威ある寺院の末端に所属して、その世界で芸能者として生きていたものらしい。

東山の麓の世界は、死の世界であるとともに、歓楽の世界でもあった。もっとも祇園・下河原のような花街は、島原遊郭のような男性の経営による売春組織とは根本的に異なっていて、女たちによる芸能者集団として捉えるのがふさわしい。花街の本質とは、力のない女たちが芸能の力によって結束して、金持ちの男達から金を搾り取る、女たちによる女のための組織である、とあからさまに言えばそうなるだろうか。

謡曲「熊野《ゆや》」は作者不明だが世阿弥の息子の観世元雅の作かと推測されているので、およそ十四世紀ごろに成立したものらしい。物語の主人公は池田宿の遊女の熊野。平宗盛《むねもり》に寵愛されて京の都で暮らしているのだが、ある日、宗盛の供をして桜の花見のために東山山麓をめぐってゆく。

河原面をすぎゆけば、急ぐ心のほどもなく、東大路や六波羅の地蔵堂よと伏し拝む。……頼む命は白玉の愛宕の寺もうちすぎぬ。六道の辻とかや、げに恐ろしや、この寺は、冥途に通ふなるものを、心細、鳥辺山……。

この経路は、前にも述べたように死者の野辺送りのコースである。死の世界へと辿って行く道が、華やかな花見のための旅と重なりあっている。五条橋というあの世とこの世の境界を超えて、六道の辻へと至る。ここには現在も地蔵堂が鎮座している。愛宕の寺とは現在の六道珍皇寺。この寺の井戸は地獄につながっているという言い伝えがある。

「げに恐ろしや、この道は冥途に通ふなるものを」と謡うように、この花見のための道は冥途へとつながる道であった。権力者の辿るこの道を、彼に支配されている遊女の熊野も同じように辿って行った。死の世界はどこかで歓楽の世界とつながるものがあるらしく、この東山の山麓は早くから〈遊びの世界〉として発達したものらしい。清水寺、高台寺、そして八坂の神社は聖なる世界であった。その世界の末端に芸能に生きる女たちによる歓楽の世界があった。その世界とはもちろん性の売買の世界でもある。遊女や芸妓は、性を売るだけの女たちによる娼婦とは異なるとはいえ、権力や金にまつわる性が絡んでいたことは当然であったろうし、平安・鎌倉時代の遊女・白拍子が芸能者として尊重されていたとはいえ、所詮は貴族たちの弄びものに過ぎなかったと言える。玩具として生きるも死ぬも権力者の気まぐれに左右されてしまう卑賤のものに過ぎなかった。かつての花街も社会の底辺にあった女たちがぎりぎりのところで輝きを放った世界だったのだと思う。

二〇一一年三月上旬、私は五条の天神から出発して、松原橋を渡り、六道の辻から清水寺、鳥辺山へと辿って行った。次にそこから引き返して下河原界隈から八坂の南楼門まで歩いてみたが、それなりに歩き甲斐のある距離である。

細い路地の左右には華奢で小さな京の町屋が連なっている。その路地路地は若い観光客で溢れかえっていた。観光客のほとんどは中国からの人々ではないかと思われるほど陽気で元気のよい中国語が飛び交っていた。

死と生、聖と穢れの混沌のなかにあった東山界隈は、今も混沌とした活気のある世界であり続けている。

超越するまなざし――誇り高き女たちの物語

二〇一三年三月、六本木ヒルズの美術館で画家ミュシャの展覧会が催された。ミュシャに関しては何も知らなかったのだが、テレビで紹介されていたある一枚の絵にひどく惹きつけられて、それを間近に見たくてたまらなくなったので出かけてみた。

その絵には「ヤロスラヴァの肖像」という題がついている。テレビなどでも注目されて取り上げられていたので記憶にある人も多いと思うが、一人の若い女性が凛然とした表情とまなざしでこちらを凝視している、そういうまなざしを正面から捉えた絵である。

この絵を近くからつくづくと眺めてみると、この若い女性は前方を凝視しているわけではなかった。どこか遠い所を眺めているようなまなざしであって、何かに視線を当てているのではなかった。見ている私とふっと目があったように見えても、そのまなざしは私などを通り過ぎてしまって、どことも知れぬところを見ているようなところがある。まなざしはとても静かなのだった。ほのかにほほ笑んでいるようにも見える。見ようによっては開き直ったようなふてぶてしさを感じさせるまなざしでもある。

〈あれ〉はこの表情、このまなざしだったのかもしれない、と思い出すものがあった。〈あれ〉とは森鷗外の小説に描かれた何人かのヒロインたちのまなざしである。『山椒大夫』（大正四年）のヒロイン「安寿」、『最後の一句』（大正四年）の「いち」、『安井夫人』（大正三年）の「お佐代さん」。彼女たちの表情とまなざしとはこういうものではなかったか、と思わせるものがこのミュシャの絵にあるような気がした。

たとえば、『山椒大夫』の安寿。中世の語り物として成立した説経の『さんせう大夫』を森鷗外が近代的解釈によって新たに再生させた小説が大正四年発表の『山椒大夫』なのだが、原作にはない〈近代的解釈〉のあれこれがこの作品には施されている。そのひとつが安寿の〈まなざし〉に関する記述なのである。

其晩恐ろしい夢を見た時から、安寿の様子がひどく変つて来た。顔には引き締まつたやうな表情があつて、眉の根には皺が寄り、目は遥に遠い処を見詰めてゐる。そして物を言はない。

（『鷗外歴史小説集　第三巻』岩波書店）

人買いにさらわれて丹後の由良の港の分限者、山椒大夫の家の奴婢《ぬひ》となった安寿と厨子王の姉弟は、日々厳しい労働の生活の中で、父母や乳母と別れた寂しさや不安や絶望にさらされていた。いかにして父や母と再会できるか、いかにして逃げられるか、絶望する日々の中で脱出のことを話していたところ、山椒大夫の息子三郎に立ち聞きされる。その夜二人は同じ夢を見た。それは三郎に、二人が顔に焼き鏝《ごて》を押し付けられるという無惨な夢であった。その夢を見て以来、安寿の様子が変わったというのがこの引用文である。

安寿は無口になり考え込むようになった。彼女がなぜこのように変化をしたのかは、これは後で分かることなのだが、安寿はついに脱出を具体的に考えるようになったのである。ただし、その方法とは、自分が生き延びる可能性を放棄してしまうことで成り立つという、自己犠牲によるものであった。二人で一緒に逃げるのは困難であることから、弟の厨子王が一人で脱出する、自分はそれを隠蔽するためにともかくも残り、時間を稼ぐ。その間に厨子王はなんとか逃げきる、というのが安寿の計画であった。安寿はこの計画をいよいよ実行するという時、彼女の目には「赫《かがや》」きがあったと語られる。

この安寿の行為に関しては『山椒大夫』に関する論文・研究書では、自己犠牲、あるいは献身として捉えているものが多い。安寿の喜びの表情や「赫」きは献身の喜びなのだという。たしかに自己犠牲、あるいは献身とは宗教的とも言える喜びを呼び起こすものかもしれない。しかし、その点も考えた上で別の解釈も加えられるのではないか。

人はぎりぎりの絶望に追いやられたとき、どこかで開き直った強さが、あるいはふてぶてしさが表れて来るのではないか。いかにしてこの困難を乗り越えられるか、それを実行に移す時には、些細なことはどうでもよいのだという思い、もっと飛躍して言えば、この世のことはもうどうでもいいのだという思いが出て来るものではないかという気がする。そこには、捨て鉢とも言えるやけくそ的な思いが巣食っていることもあろうし、困難な状況に対する怒りや反抗心もあるのではないか。安寿に関して言えば、この困難を脱して、再び父や母とめぐり会うには些細なことは考えてはいられない、思い切った決行が必要だったのだと思われる。これを〈超越〉として捉えてみたい。ただ、ここで問題となることはその〈些細なこと〉が安寿自身の身の安全の放棄だったことである。

最近、川上弘美の小説『これでよろしくて?』を読んで大変面白かった。小説のヒロインのひとりは「世の中のことは我関せずでございますのよ。よろしくって?」という心意気で生きている、というように描かれている。どうやらこの世の現象のばかばかしさに対しては、〈それがどうした?〉という生き方が救いになるのだ、というのがこの小説のテーマであるらしい。このヒロインの生き方は、いわば超越者的生き方である。

森鷗外の小説には、絶望の域に陥った際にあらわれる静かな目の輝きというものが折々表れることがある。『山椒大夫』は鷗外の言う「歴史離れ」によって執筆された作品なので、安寿のこのようなまなざしは原典の説経『さんせう大夫』にはないものである。そこに鷗外のテーマとするものがあったに違いない。このしずかな目の輝きは、小説『高瀬舟』の、流人として高瀬舟に乗せられた主人公の喜助にも表れている。

（喜助は舟の中で）光の増したり減じたりする月を仰いで、黙つてゐる。其額は晴やかで目には微かなかがやきがある。
（同前）

喜助は極貧の暮らしの中で、あくまで本意ではないのだが、弟を死に至らしめてしまった人間である。これは殺人というものではなく、あえて言えば弟の自殺幇助かあるいは安楽死、あるいは過失としかいいようがないものである。だが、結果として遠島流罪の判決が下った。その人間がなぜか晴れやかな顔をしているというのである。

また、鷗外は『山椒大夫』の前に、『安井夫人』を書いており、そこでは語り手に、「お佐代さん」の一生に関してひとつの解釈を次のように施している。

お佐代さんは必ずや未来に何物をか望んでゐただらう。そして瞑目するまで、美しい目の視線は遠い、遠い所に注がれてゐて、或は自分の死を不幸だと感ずる余裕をも有せなかつたのではあるまいか。其望の対象をば、或は何物ともしかと弁識してゐなかったのではあるまいか。（同前）

お佐代さんのまなざしは遠くを見ていた、という。これはあくまで語り手の推測・想像なのだが、そういう人間像というものを鷗外は描きたかったものらしい。このお佐代さん像は、安寿にも及んでいる。安寿も自分の死に関しては何も感じる余裕がなかったのだと言えよう。一種の神かがり的な憑依状態が彼女にあったのだと考えることができる。この神がかり的な、というのは私の独断かもしれないのだが、鷗外自身もこの点を考えていたかもしれない。というのも『高瀬舟』の喜助の描写に「ひよつと気でも狂つてゐるのではあるまいか」とあるからである。この部分は、罪人「喜助」を護送する役人「庄兵衛」の視点で描写されているものなので、この「気でも狂つてゐるのではあるまいか」、というのも庄兵衛にはそう見えた、ということになる。

超越してしまう、とは、どこか気が狂ったような、神がかったような精神性があらわれてくることではないかと考えてみたい。神がかるとは神が憑依するということであるから、神がかった人間とは神に成った人間ということになる。したがってそのまなざしとは神のまなざしであり、その神のまなざしとは超越者のまなざしということになる。

ところで、鷗外の歴史小説に表れるこのようなまなざしを持つ主人公たちはいずれも弱者であった。そして喜助を例外とすれば年若い少女たちだった。安寿は十四歳、結婚を申し出たときの佐代は十六歳である。安寿は虐げられた奴隷の境遇を乗り越えようとした。お佐代さんは束縛の多い封建制度下での女の暮らしの中で〈異形の神〉のごとき仲平さんに寄り添ってともに生きることによって俗世を乗り越えようとしたのではないか。それは誇り高く生きようとする心意気であったように考えられる。『最後の一句』の「いち」(十六歳)も父の命乞いのために自分の命も放り出すような戦いを奉行所相手に挑んだ。大いなる権力や制度に対する戦いがそこにある。はかない〈女の子〉であり、権力や制度から外されている弱者に過ぎない人間がいかにして自分の尊厳を守るために戦っていくか、というテーマが浮かんでくるのである。超越するまなざしとは、この現世の権力・制度を無化してしまうものであった。川上弘美の小説で言えば、まさに〈それがどうかいたしましまして?〉、である。

鷗外がなぜ大正期にこのような少女たちを主人公にして小説を書いたのかはよく分からない。しかし、当時の青鞜運動などの女性の活動に触発されたのではないかというフェミニズム研究からの指摘がある。鷗外自身は早くにドイツ留学によって欧米の女性たちの実態を身近に見ていたであろうし、欧米よりははるかに抑圧の多い家制度下で生きる日本の女性たちの問題にも関心を持っていたようである。あるいは、自分の立場も含めて近代日本の権力体制の中で生きる人間の反逆の精神、プライドを高く掲げた精神性を描きたかったのではないかとも思われる。「安寿」も「お佐代さん」も「いち」も、まことに誇り高き人間であった。そこに神がかり的なものを見たとすれば、鷗外は反逆者の精神の本質をそのように捉えていたのだと言えよう。あるいは自己の尊厳を貫く精神を見ていたのだと思う。その主人公たちが「安寿」「お佐代さん」「いち」というような女性であるところに、女性というものが本来持っている（かもしれない）体制に対するふてぶてしいまなざしに鷗外は気づいていたのではないか。

古くから、権力・制度などこの現世での現象はこの〈わたし〉といったい何の関わりがあろうか、という思いが女たちにはあったはずである。女たちは千年以上もの間、男達による体制の外に追いやられていたのである。制度外の弱者の立場に置かれた人間には、弱者ならではの反逆精神と誇りがある。また、古来神がかって神に成るのは主に女たちであった。

鷗外が意識したかどうかは分からないのだが、この女たちの精神は、女神の末裔というべき古代のヒメたちの物語にも繋がるものがある。平安・鎌倉期に執筆された文学作品に表れる誇り高き女たちの物語、あるいはそのなかのエピソードは、彼女たちの精神の超越性を如実に表している。たとえば『枕草子』に描かれた定子《ていし》皇后の、たとえ苦境に陥っても誇り高き精神性を守り続けた生き方、それは、いわば女神のごとき生き方であり、そしてこの世の醜さ苦しみなどは〈それがどうかしたの？〉という精神の力で乗り越えようとするものであった。

鷗外の作品に表れるヒロインたちにも、この超越者としての精神が息づいているように思えるのである。

ミュシャの描く「ヤロスラヴァの肖像」――、この絵の若き女性「ヤロスラヴァさん」は画家ミュシャの娘であるという。ミュシャの故郷のチェコは、十四世紀以来つねにドイツやロシアの支配下に置かれていて民族の自立も誇りも虐げられた状態にあった。この絵の女性が身に付けている衣裳はチェコの聖なる女、シャーマンのような神聖な女性が着る民族衣装だそうである。たとえ虐げられていても、チェコの民族の誇りと反逆のまなざしがそこにあるように思う。遠くを見つめるそのまなざしは、この世の苦境を乗り越えようとする超越者としてのまなざしであるように思うのである。

あとがき

本書に収めた中で、「女神のお食事」「翁幻想」「断想」「超越するまなざし」は、短歌同人誌『鼓動』に二〇〇八年から二〇一三年にかけて年三回のペースで連載したもので、それを今回、本にまとめるにあたっていささか加筆・削除などで形をととのえました。その他は、二〇一〇年から二〇一四年にかけて執筆したものをまとめたものです。

ここに書いたものの多くは、母の傍らに付き添いながら書いたものです。

二十年前に父が亡くなりましたあと、母は大阪の家で一人で暮らしていたのですが、八十歳を超えたころからいささか一人暮らしがおぼつかなくなってきました。足腰が弱ってきてよく転びますし、一度転ぶともう起き上がれないという具合ですから、遠くに離れている娘としては気が気ではありません。で、「こちらで一緒に暮らそう」と提案すると、母は「そんな東《あづま》の果てで死ぬのはいや。私は大阪で死にたい」と言います。「ここは東の果てやない(埼玉なのですが)、花のお江戸のすぐ近く、銀座にも歌舞伎座にもすぐ行ける。宝塚歌劇だってある」と説得しましたら母は「仕方がない」と思ったのでしょうか、わが家に来てくれました。銀座や歌舞伎座、宝塚歌劇にも行くつもりだったのですが、思いがけず母の衰弱が進んで介護と看護の日々になってしまいました。しかし母の晩年の数年間をともに過ごせたこと、そしてその死を看取ることが出来たのは子として大変幸せだったと思います。とは言え、母は大阪で死にたかったようなのですから、これも仕方がないとはいえ親不孝だったのかもしれません。

こういう私を全面的に支えて、ごく自然に母との生活を引き受けていっしょに介護にあたってくれた夫の小林幸夫に心から感謝します。また、私のとりとめのないおしゃべりにも辛抱強く付き合い、私の考えることや書くものにもいろいろな意見・助言を惜しみなく与えてくれました。ただただ感謝する次第です。

二〇一三年の三月、画家ミュシャの展覧会で一枚の絵――「ヤロスラヴァの肖像」と出会いました。このヤロスラヴァさんがあまりに素敵な女性でしたので、お願いして今回、本書の表紙に出ていただきました。ヤロスラヴァさん、ありがとうございます。

本書の刊行にあたりまして、前著に続き、再び笠間書院の池田圭子氏、橋本孝氏のお世話になりました。担当の西内友美氏にはあれやこれやの私の希望を聞いていただき、ただただ感謝です。皆様にお礼を申し上げます。

小林とし子

二〇一五年十月

※本書で引用する原文について、底本の明記がないものはすべて「新潮日本古典集成」に拠った。

［著者］
小 林 と し 子

1954年（昭和29年）、大阪市生まれ。
学習院大学大学院人文科学研究科国文学専攻博士後期課程満期退学。
現在、作新学院大学・宇都宮大学等で非常勤講師。
所属学会は、日本文学協会等。

著書・論文
歌集『漂泊姫』（2000年　砂子屋書房）、『扉を開く女たち―ジェンダーからみた短歌史』（共著　2001年　砂子屋書房）、「性を売る女の出現―平安・鎌倉時代の遊女」（『買売春と日本文学』所収　2002年　東京堂出版）、『さすらい姫考―日本古典からたどる女の漂泊』（2006年　笠間書院）〈2006年度女性文化賞受賞〉、『女神の末裔―日本古典文学から辿る〈さすらい〉の生』（2009年　笠間書院）、『翁と媼の源氏物語』（2011年　笠間書院）

ひめぎみ考《こう》
王朝文学《おうちょうぶんがく》から見《み》たレズ・ソーシャル

平成27（2015）年11月30日　初版第1刷発行

［著者］
小 林 と し 子

［発行者］
池 田 圭 子

［装幀］
笠間書院装幀室

［発行所］
笠 間 書 院
〒101-0064　東京都千代田区猿楽町2-2-3
電話 03-3295-1331　FAX03-3294-0996
http://kasamashoin.jp/　mail：info@kasamashoin.co.jp

ISBN978-4-305-70786-4　C0091

印刷／製本　大日本印刷

著 者 既 刊 案 内

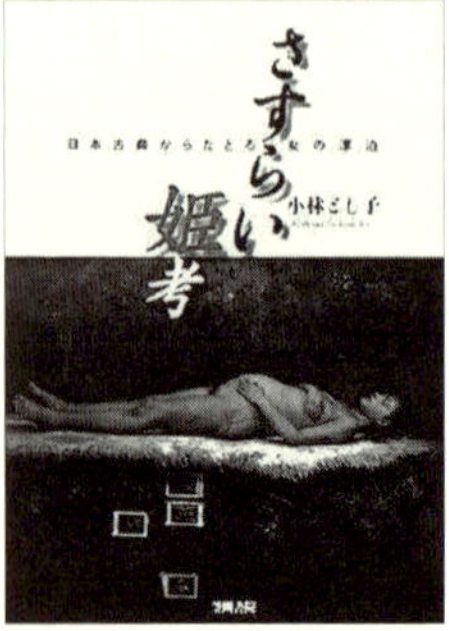

さすらい姫考　**日本古典からたどる女の漂泊**

かつては一族の神すなわち〈ヒメ〉として氏族共同体の中心にいた女性が、平安〜中世に男系社会へ取り込まれて行く流れを、各物語を分析しながらとらえていく。『鉢かづき』『しんとく丸』『をぐり』『源氏物語』『更級日記』他。

定価 1,900 円 + 税　**第九回（2006）女性文化賞受賞**
A5 判 312 頁 上製　ISBN978-4-305-70313-2　C0095　2005 年 11 月

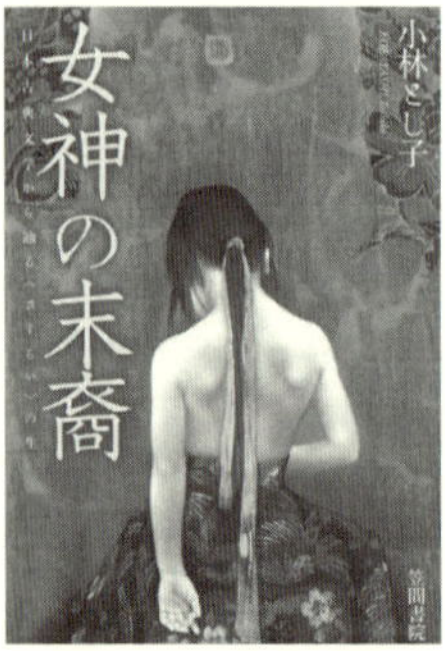

女神の末裔　**日本古典文学から辿る〈さすらい〉の生**

『更級日記』『とはずがたり』『竹むきが記』——書くという行為で自らの運命を見つめた女性たちの生きざまを探る。女神の消えようとする世界で、〈ひとり〉であることを知った女たちは、どこへ向かったのか。

定価 2,200 円 + 税
A5 判 340 頁 上製　ISBN978-4-305-70480-1　C0095　2009 年 5 月

翁と嫗《おうな》の源氏物語

鬼となる嫗、消える翁が、物語を導く。神の姿が投影された、翁と嫗の役割とは——。神の世界から人の世界へと流れ込む信仰・思想から、源氏物語に隠された〈系譜〉と〈構造〉を鮮やかに描き出した書。

定価 1,700 円 + 税
A5 判 238 頁 上製　ISBN978-4-305-70574-7　C0093　2011 年 12 月